A NONA VIDA DE LOUIS DRAX

Liz Jensen

A NONA VIDA DE LOUIS DRAX

Tradução:
Maria Luiza X. de A. Borges

1ª edição

EDITORA RECORD
RIO DE JANEIRO • SÃO PAULO
2016

CIP-BRASIL. CATALOGAÇÃO NA PUBLICAÇÃO
SINDICATO NACIONAL DOS EDITORES DE LIVROS, RJ

J53n
Jensen, Liz, 1959-
A nona vida de Louis Drax / Liz Jensen; tradução de Maria Luiza X. de A. Borges. – 1. ed. – Rio de Janeiro: Record, 2016.

Tradução de: The Ninth Life of Louis Drax
ISBN 978-85-01-10693-3

1. Romance inglês. I. Borges, Maria Luiza X. de A. II. Título.

16-30225

CDD: 823
CDU: 813.111-3

Título original em inglês:
The Ninth Life of Louis Drax

Copyright © Liz Jensen, 2004
Proibida a venda em Portugal.

Texto revisado segundo o novo Acordo Ortográfico da Língua Portuguesa.

Todos os direitos reservados. Proibida a reprodução, no todo ou em parte, através de quaisquer meios. Os direitos morais da autora foram assegurados.

Editoração eletrônica: Abreu's System

Direitos exclusivos de publicação em língua portuguesa somente para o Brasil adquiridos pela
EDITORA RECORD LTDA.
Rua Argentina, 171 — Rio de Janeiro, RJ — 20921-380 — Tel.: (21) 2585-2000, que se reserva a propriedade literária desta tradução.

Impresso no Brasil

ISBN 978-85-01-10693-3

Seja um leitor preferencial Record.
Cadastre-se no site www.record.com.br e receba informações sobre nossos lançamentos e nossas promoções.

Atendimento e venda direta ao leitor:
mdireto@record.com.br ou (21) 2585-2002.

Para Carsten,
com um amor que vai além das palavras

"Quando vemos o cérebro, percebemos que, em certo nível, somos apenas carne; e, em outro, não passamos de ficção."

Paul Broks, *Into the Silent Land*

ADVERTÊNCIA

Não sou como a maioria dos garotos. Sou Louis Drax. Comigo acontecem coisas que não deveriam acontecer, como se afogar em um piquenique.

Pergunte só à minha mãe como é ser mãe de um menino que sofre acidentes o tempo todo, e ela vai te contar. Não tem graça nenhuma. Ela não consegue dormir, imaginando aonde isso vai parar. Vê perigo em toda parte e pensa: *Tenho que protegê-lo, tenho que protegê--lo*. Mas às vezes não dá.

Minha mãe me odiou antes de me amar por causa do primeiro acidente. O primeiro acidente foi nascer. Aconteceu do mesmo jeito que com o imperador Júlio César. Eles cortam a mulher com uma faca até a barriga dela se abrir toda e depois puxam você pra fora, berrando e todo coberto de sangue. Pensaram que eu não sairia do jeito normal, sabe. (Que também é nojento.) E pensaram que ela iria morrer também, como a mãe do Júlio César, e que eles teriam de pôr nossos corpos mortos em caixões, um grande pra ela e um de criança pra mim. Ou talvez nos pusessem em um caixão pra dois corpos e tal. Aposto que fabricam coisas desse tipo. Aposto que a gente pode encomendar caixões assim na internet pra mães e filhos com uma ligação especial. Nascer foi nojento. Mesmo vivendo cem anos, você e sua mãe nunca vão superar uma coisa dessas, mas foi só o começo. Eu não sabia disso; nem ela.

O segundo acidente foi quando eu era bebê. Eu tinha uns dois meses e estava dormindo quando de repente comecei a sofrer a chamada morte súbita. *Tenho que protegê-lo, tenho que protegê-lo*, repetia ela em sua cabeça. *Não entre em pânico. Chame uma ambulância.* E eles explicaram a ela como me fazer voltar a respirar até que chegassem e me deram oxigênio, o que deixou hematomas em todo o meu peito. Provavelmente ela ainda tem as fotos. Poderá mostrar a você, se quiser, além dos raios X das minhas lindas costelinhas de bebê, todas quebradas e esmigalhadas. Depois, quando eu tinha 4 anos, tive um acesso em que gritei com tanta força que praticamente parei de respirar por nove minutos e meio. Verdade. Nem o Grande Houdini conseguiria fazer isso, e ele era um escapologista. Era americano. Depois, com 6 anos, caí nos trilhos do metrô em Lyon. Tive oitenta e cinco por cento do corpo queimado pela descarga elétrica. É muito difícil que isso aconteça com alguém, mas aconteceu comigo. Sobrevivi, mas foi praticamente um milagre. Depois sofri uma intoxicação alimentar por me empanturrar com comida estragada. Febre tifoide, tétano, botulismo e meningite são apenas algumas das doenças que tive, além de outras que têm nomes que não sei pronunciar, mas que estão no volume três da *Encyclopédie médicale*. Você pode ler sobre elas, são nojentas.

— Ter um filho como eu era um pesadelo pra ela — conto a Gustave. Gustave é especialista em pesadelos, porque sua vida toda foi um pesadelo. — Todo dia ela ficava pensando nos perigos que me cercavam e em como me manter a salvo.

— Você está melhor aqui — diz Gustave. — Eu estava me sentindo sozinho antes de você chegar, Jovem Senhor. Fique o tempo que quiser. Me faça companhia.

Estou me acostumando com ele, mas ele ainda me assusta. Sua cabeça está toda enfaixada, e há sangue nas ataduras. Se você o visse, também o acharia assustador; poderia até morrer de medo. Mas você poderia conversar com ele mesmo assim, como estou fazendo. É mais fácil quando a gente não vê a cara da pessoa.

O problema é que não dava pra confiar em mim. Se você me perdesse de vista por um minuto, eu me meteria em apuros. Todo mundo dizia que ter um QI alto piorava as coisas, não o contrário.

— Em alguns lugares do mundo dizem que os gatos têm nove vidas — disse mamãe —, porque a alma deles se prende ao corpo e não se solta. Se você fosse um gato, Louis, a esta altura já teria gastado oito das suas vidas. Uma para cada ano. Não podemos continuar assim.

Papai e Perez Balofo concordaram.

— Quem é o Perez Balofo? — pergunta Gustave.

Perez Balofo era um cara gordo que lia pensamentos, mas não era nada bom nisso. Mamãe e papai pagavam pra ele me escutar e decifrar o mistério. *O estranho mistério de Louis Drax, o incrível menino que sofre acidentes*. Era assim que papai sempre falava quando transformava minha vida em uma história. Mas não era uma história engraçada. Era terrivelmente séria e levava mamãe ao *total desespero*.

Ei, Gustave. Veja só o que as pessoas diziam. Todo mundo dizia que um dia eu iria sofrer um grande acidente, um acidente que poria fim a todos os acidentes. Que, um dia, era capaz de você olhar pra cima e ver um garoto caindo do céu.

Seria eu.

Meninos não devem fazer suas mães chorarem, e era por isso que eu ia conversar com Perez Balofo em Gratte-Ciel às quartas-feiras. Ele morava num apartamento perto da Place Frères Lumières. Talvez você não saiba quem foram os irmãos Lumières. Foram eles que inventaram o cinema, e há um museu sobre os dois e uma fonte na praça e um mercado onde mamãe ia comprar verduras, tomate e queijo. Eu detestava tanto tomate que era alérgico. E ela ia ao *charcutier* comprar *saucisson sec*, que eu e papai chamávamos, em segredo, de pinto de jumento. Enquanto ela fazia compras, Perez Balofo e eu conversávamos sobre sangue e outras coisas.

— Você pode me falar tudo que passa pela sua cabeça, Louis. Estou aqui para escutar.

Muitas vezes falávamos sobre morcegos-vampiros, porque sei um monte de coisas sobre *La Planète Bleue* e também *Les Animaux: leur vie extraordinaire*, e gente morta como Jacques Cousteau, Adolf Hitler, Joana d'Arc e os irmãos Wright, além de doenças e venenos.

O recorde mundial de sucção de sangue para um morcego-vampiro é de cinco litros; ele suga do pescoço ou da anca de uma vaca depois de paralisar ela com uma coisa chamada *saliva*. Eu podia dizer qualquer coisa que quisesse para Perez Balofo, porque aquilo ficava só entre nós dois e não saía da sala. Quanto mais nojento era, mais empolgado ele ficava. Sua poltrona de couro rangia.

Sempre achei que, se algum dia ele parasse de ficar tão empolgado com minhas histórias de sangue, poderia simplesmente deixar um gravador na sala com sua voz dizendo "fale mais sobre isso" a intervalos de poucos minutos. Então poderia passar seu tempo assistindo ao Cartoon Network e gastando seu dinheiro com balas.

— Uma sessão custa quantos euros?

— Essa é uma pergunta que você deve fazer à sua mãe — responde ele. — Ou ao seu pai.

— Estou perguntando a você. Quanto custa?

— Por que isso é importante para você?

— Porque talvez eu pudesse fazer o que você faz. Ganhar uma grana.

Ele abre seu sorriso gordo e repugnante.

— Você gostaria de ajudar as pessoas?

Então quem ri sou eu.

— *Ajudar* as pessoas? Eu gostaria de me sentar numa poltrona, dizer "fale mais sobre isso" e ganhar zilhões de euros. É disso que eu gostaria, parece uma vida fácil.

— Você gostaria de ter uma vida fácil quando crescer?

— Que pergunta idiota.

— Idiota por quê, Louis?

— Porque eu não vou crescer, vou?

— O que faz você pensar assim?

Será que ele achava que eu era idiota? Que eu vinha de Plutão ou de algum lugar onde os seres humanos não têm cérebro?

— Segunda pergunta idiota.

— Lamento que você pense que é uma pergunta idiota, Louis, mas continuo interessado em sua resposta — retruca ele com sua cara gorda. — Então. O que faz você pensar que não vai crescer, Louis?

Não diga nada, não diga nada, não diga nada.

Perez Balofo era meu maior inimigo, mas nunca me assustou tanto quanto Gustave. Se você conhecesse Gustave, também teria medo dele. Porque, por baixo das ataduras, ele não tem rosto, e de vez em quando tosse com tanta força que vomita. Às vezes acho que ele é fruto da minha imaginação, que eu inventei ele só pra ter alguém com quem conversar. Se for isso mesmo, não sei como parar, porque se uma pessoa vive na sua cabeça, como você consegue tirar ela de lá?

Não consegue, simples assim. Porque é lá que ela vive.

Existem leis, e a gente vai para a cadeia se desrespeitar elas, mas há regras secretas também, tão secretas que ninguém jamais toca no assunto. Eis uma regra secreta para ter animais de estimação. Se você é dono de um bichinho, digamos, um hamster chamado Maomé, e ele vive mais do que se espera para um pequeno roedor, que são dois anos, então você tem permissão para matá-lo se quiser, porque é o dono dele. Essa regra secreta da criação de bichinhos tem um nome, chama-se *Direito de Descarte*. Você tem permissão para fazer isso por meio de asfixia, ou com veneno se tiver algum, tipo um herbicida. Ou pode jogar uma coisa pesada em cima dele, como o volume três da *Encyclopédie médicale*, ou um exemplar de *Harry Potter e a Ordem da Fênix*. Contanto que não faça sujeira.

Visitar Perez Balofo foi ideia do papai, mas uma dor de cabeça pra mamãe, porque era ela que tinha que me levar. Papai estava ocupado trabalhando nas nuvens, dizendo "tripulação da cabine, quinze minutos para a aterrissagem, portas em manual" e estudando mapas de pressão e fazendo um curso de relações interpessoais, porque...

Na verdade, não sei o porquê. Não sei o que é um curso de relações interpessoais.

O apartamento do Perez Balofo ficava na rue Malesherbes, em Gratte-Ciel. Primeiro a gente tocava a campainha e ele apertava um botão pra gente entrar, e o caminho até o elevador fedia a *bouilla-baisse*, ou às vezes a vagem, e a gente tinha que subir quatro andares num elevador velho e barulhento. Toda vez que a gente entrava nele dava vontade de fazer xixi. Perez Balofo disse que isso tinha a ver com a sensação de estar preso.

— Você sofre de uma claustrofobia branda — explica ele. — Não é raro, acontece com muitas crianças e até alguns adultos, essa vontade de aliviar a bexiga em espaços confinados. Apenas tente segurar um pouquinho.

Mesmo assim, toda quarta-feira eu tinha de correr pra fazer xixi assim que entrávamos no apartamento repugnante do Perez Balofo. A bexiga é como um balão. É uma *bolsa muscular*, mas ela arrebenta se você segurar o xixi por tempo demais, acredite. Às vezes, antes de dar descarga, eu encostava o ouvido na porta que dava pra sala pra ouvir o que estavam dizendo sobre mim. Às vezes estavam discutindo, como se fossem casados, mas eu nunca conseguia entender as palavras direito, nem usando o copo em que ele colocava a escova de dentes, que tinha sempre uma gosma verde nojenta no fundo.

Se você paga a uma pessoa, ela não deveria discutir com você.

Quando eu saio do banheiro, ela diz: "Até logo, querido Louis, vou fazer as compras." E vai embora para que eu e Perez Balofo possamos ter nossa conversinha que custa muitos dos euros que vinham do caixa eletrônico e que papai ganhava com o trabalho na cabine do avião. De vez em quando a aeromoça levava café enquanto ele estava pilotando, mas nunca cerveja ou conhaque.

— Então, como vai a vida, Louis? — pergunta Perez Balofo.

— Papai poderia ser demitido da Air France se tomasse cerveja ou conhaque.

Perez Balofo era velho, devia ter uns 40 anos, e tinha uma cara grande e gorda como a de um bebê. Se você tivesse um alfinete, poderia estourá-la, e ia esguichar uma gosma amarela.

— Sim. Acho que sim. Ou qualquer bebida alcoólica, aliás. Eles têm normas rigorosas para os pilotos — explica Perez Balofo. — Agora responda a minha pergunta, Louis.

A Pergunta Número Um é sempre *como vai a vida*. Mas às vezes ele não perguntava nada, apenas esperava que eu começasse a falar, o que nunca funcionava por causa da regra secreta Não Diga Nada. Assim, só ficávamos lá sentados até ele não aguentar mais. Sou muito mais paciente que Perez Balofo, porque cinco minutos eram o máximo que ele conseguia aguentar até sua poltrona ranger, e ele não conhecia a regra secreta porque fui eu que a inventei. Quando me fazia a Pergunta Um, se eu não estivesse brincando de Não Diga Nada, podia responder "Tudo ótimo, obrigado, monsieur Perez. Sua dieta vai bem?". Ou podia inventar uma história sobre a escola, brigas e tal. Às vezes era uma coisa que tinha acontecido com outra pessoa, mas eu dizia que tinha sido comigo. Ele era muito otário, porque sempre acreditava em mim, ou fingia acreditar. Fingir tornava ele ainda mais otário. Um duplo otário. Saca só.

— Hoje sofri um ataque muito violento — digo.

Rangido.

— Fale mais sobre isso.

— Na aula de carpintaria. Eu estava fazendo uma miniatura de escada em espiral com pau-de-balsa. Aí apareceram os valentões, uns oito, dizendo Menino Maluco, Menino Maluco, Menino Maluco. Todos estavam carregando martelos, mas um deles, o maior, tinha uma serra tico-tico também. Ele me agarrou pelo pescoço e enfiou minha cabeça à força no torno. Depois todos pegaram seus martelos e começaram a bater pregos em meu crânio.

— Ai — diz Perez Balofo.

Rangido.

Que cara bizarro. Que otário. A gente nem tem mais carpintaria na escola, isso é coisa de antigamente, da época do meu pai. Nós temos tecnologia da informação, o que é muito mais útil porque você pode aprender a se tornar um *hacker*.

— Doeu pra caramba. E ele estava prestes a serrar a minha cabeça quando o professor chegou. Monsieur Zidane. Ele é campeão de futebol também. Mas o pior é que eu é que fui castigado. De verdade.

— Por que ele castigou você e não os valentões? — pergunta Perez Balofo. — Posso saber?

— Porque os valentões sempre vencem, e porque meu sangue fez a maior sujeira. Campeões de futebol não gostam de limpar as sujeiras de outras pessoas depois de ganhar zilhões de troféus e a Copa do Mundo. Quando tirei minha cabeça do torno, deixei um rastro de sangue por todo o corredor até o banheiro. Sangue verde. Isso o irritou.

— Por que verde?

— Porque tenho leucemia, e a quimioterapia deixa o sangue verde. Não sabia? Pensei que tivesse um diploma.

— Sangue verde. Leucemia. Fascinante! Fale mais sobre isso. *Rangido.*

Ele devia se chamar monsieur Fale Mais Sobre Isso em vez de Perez Balofo. Ou monsieur Idiota Bizarro Otário Bundão.

Seja como for, eu posso dizer tudo que quiser, porque todos os sentimentos são permitidos. As crianças devem se sentir livres para expressar seus sentimentos mesmo que sejam negativos. O mundo é um lugar seguro blá-blá-blá.

Rá-rá, estou brincando.

Agora preste atenção, Perez Balofo. Minha vez de fazer perguntas.

Pergunta Um: por acaso minha mãe visita você sozinha quando estou na escola?

Pergunta Dois: quando ela conta coisas sobre ela e o papai, sua cadeira range?

Pergunta Três: depois vocês transam?

E se ele estivesse lá para responder as perguntas, sua poltrona diria: *rangido, rangido, rangido*. E se Gustave estivesse lá, diria: *Calma, Jovem Senhor. Não desperdice energia. Mantenha o foco.*

— Vamos fazer uma coisa maravilhosa neste fim de semana — diz ela. — Para comemorar o nosso aniversário.

Nós fazemos aniversário quase no mesmo dia, sabe, da mesma forma que quase morremos no mesmo dia, quando eu nasci. Meu aniversário é 7 de abril, só dois dias depois do dela, de modo que somos mais ou menos gêmeos, ela e eu, e precisamos um do outro, morreríamos um sem o outro. Por isso comemoramos juntos, no dia entre o aniversário dela e o meu. Tenho 9 anos e ela tem 40, que agora chamam de Quatro Ponto Zero. Papai veio de Paris, onde ele meio que mora agora com sua mãe malvada, Lucille, e eu ganhei uma porção de presentes, e um deles foi um novo hamster. Ele se chama Maomé, exatamente como o último, e vai morar na mesma gaiola e fazer cocô no mesmo vidro de geleia. Eu sempre chamo meus hamsters de Maomé porque é um bom nome para um hamster. Papai diz que é uma dinastia.

Maomé III veio com um livro chamado *Como cuidar do seu pequeno roedor*.

— Vamos esperar que este dure um pouco mais — disse papai. — Você pode levá-lo para Paris, quando for visitar a mim e a vovó.

Mas mamãe olhou pra ele de modo esquisito, porque Paris não é um bom lugar.

É um hamster pálido, com o pelo mais claro que o último, e seus olhos não são pretos, e sim vermelho-escuros, como se estivessem injetados de sangue. Talvez porque estava com medo. Os Maomés sempre ficam com medo até passarem uma semana na gaiola e começarem a aprender as regras secretas da criação de animais de estimação. Papai chama a gaiola deles de Alcatraz, que é um filme sobre uma prisão de onde algumas pessoas fugiram e blá-blá-blá.

Dei pra mamãe de presente de aniversário um perfume chamado Aura, que era muito fedido, cheirava pior do que xixi de gato e rato morto. Papai comprou o perfume no aeroporto pra eu dar pra ela. Ele tem desconto. Portanto, foi um presente meu, mas eu não o escolhi, não paguei e não ganhei o desconto, só tive a ideia.

— Que boa ideia — disse mamãe ao borrifar atrás das orelhas, depois me abraçou e me beijou, me beijou e me abraçou, e eu mal consegui respirar, de tanto que tossi com o perfume.

É a ideia que conta.

Daqui a um ano serei eu o Um Ponto Zero.

Não contei pra ela que na verdade nem a ideia era minha. Eu esqueci que era aniversário dela porque estava muito empolgado com o meu e por ganhar Maomé III. Papai me lembrou pelo telefone e me disse pra fazer um cartão, mas eu estava montando um lança-foguete e uma cápsula espacial de Lego e me esqueci do cartão, por isso acabei só assinando o do papai quando ele chegou em seu carro novo, um Passat. Usei lápis de cera preto, que é bom pra desenhar morcegos-vampiros, coisas macabras e a suástica.

Mamãe é muito frágil, que nem vidro, porque a vida dela tem sido muito difícil, diz o papai. É por isso que ela tem dores de cabeça e chora e às vezes grita comigo e depois pede desculpa e chora mais e me abraça e me beija e me beija de novo. Mas papai não é frágil. Ele é um dos homens mais fortes do mundo. Se você o conhecesse, ele poderia dar um soco na sua cara e deixar você com uma baita dor de cabeça; é o que se chama de concussão. Ele é bom pra bater, poderia ter sido boxeador, mas nunca jogaria sujo, como o homem que matou o Grande Houdini dando um soco na barriga dele antes que ele estivesse com os músculos preparados. Papai exercita seus músculos na academia; o peitoral e o abdominal são apenas dois deles, mas ele também exercita outros, mais que a maioria dos pais. Ele poderia ser uma Máquina Mortífera se fizesse o treinamento. Mas ele não tem tempo, só isso. Está ocupado demais pilotando aviões. É um trabalho burocrático, diz ele. A cabine é um escritório glamorizado. É uma vida frustrante, não tão sedutora quanto você pensa, *mon petit loup*.

Além disso, você precisa ter cuidado com a cerveja e o conhaque, tem que beber escondido, porque ninguém pode saber, especialmente se você tem bebido mais desde a ida à Disney e se tiver ficado todo esquisito e zangado com sua mulher e seu filho, que são *vítimas inocentes da sua frustração e não deveriam ser censurados por coisas que não são culpa deles, porque a culpa é só sua e você tem que encarar isso.*

— Vamos todos passar o fim de semana fora — diz mamãe. — Sair de Lyon, ir para o campo. Vamos fazer um adorável piquenique de primavera em Auvergne, você, eu e papai. Vamos ser uma família novamente.

Toda sorridente com um batom cor-de-rosa.

Antes papai fazia voos internacionais, mas agora só trabalha em voos domésticos. É melhor, porque assim você não põe em risco sua vida familiar, que é a coisa mais preciosa do mundo. O cartão de aniversário que eu ganhei dizia: "Para nosso querido filho." E o que nós demos pra ela dizia: "Para uma mãe maravilhosa." Quando ela o leu, fez um muxoxo, olhou pro papai com um ar estranho e disse: "Suponho que foi Lucille quem escolheu, não?" E o pôs junto do cartão que ganhou da mãe dela, que me mandou um também, mas eu nunca a conheci porque Guadalupe é muito longe; lá cultivam mangas e frutas exóticas e blá-blá-blá.

— Tem umas flores silvestres por lá, nas montanhas, perto de Ponteyrol — diz ela. — Elas são chamadas de sinos-dourados e florescem em abril. Podemos colher algumas.

— Pra quê?

— Para pôr num vaso. E dar às pessoas — responde ela. — Amigos. — E sorri novamente.

Os amigos da mamãe estão sempre mudando. Isso porque eles sempre têm um Grande Desentendimento e é sempre sobre mim, e ela manda eles embora porque está do meu lado, me defendendo de pessoas despeitadas que fazem perguntas maldosas e dizem que eu sou maluco. É pra isso que as mães servem, mas é muito isolador. Papai tem colegas. São outros pilotos da Air France e aeromoças bonitas de outras companhias aéreas concorrentes. E talvez pessoas da academia. Mas aposto que eles acham que flores são uma droga. Que nunca ouviram falar de sinos-dourados. Eu nunca ouvi falar de sinos-dourados. Você já ouviu falar de sinos-dourados?

Ah, sim? Então de que cor elas são?

Está vendo? Ninguém ouviu falar disso. Ela inventou isso para nos fazer sair do apartamento. Ela faz isso às vezes porque se sente muito confinada. Mães precisam de ar, espaço e liberdade. São como aves; se você prende elas numa gaiola, ficam loucas. Não são só os pais que precisam voar. Eles andavam discutindo pelo telefone.

— Tudo culpa sua!

— Minha culpa? Você disse *minha* culpa?

Ela estava tentando fazer tudo voltar ao normal de novo. É isso que as mulheres fazem. *Elas fazem o Trabalho Emocional*. Caso contrário, ele poderia ficar longe para sempre e andar de bar em bar tomando cerveja e conhaque e tramando um jeito de destruir nossa família junto com Lucille, sua mãe malvada, que me mandou um cartão de aniversário com 50 euros dentro e uma foto dela e do papai quando ele era pequeno com o Youqui, o cachorro deles, que foi atropelado por um trator. Ele perdeu o movimento das pernas, por isso tiveram que sacrificar ele. É um pouco parecido com o Direito de Descarte, mas as regras são menos divertidas.

— Agora vejamos — diz mamãe. — Fiz a mala. Vamos passar a noite de sábado num hotel perto de Vichy, voltamos para Lyon domingo à noite. Papai tem todo o fim de semana livre, por isso vai ser muito especial. Agora, cesta de piquenique, garrafa térmica...

As coisas de piquenique parecem todas novas em folha; talvez seja parte do Trabalho Emocional. Nunca vi nada disso antes, pratos, copos, facas e garfos de plástico, porque nunca fizemos um piquenique antes. Já fiz piqueniques, mas não com eles. Com a escola. Em passeios da escola. Se você jogar lixo no chão, tem que voltar e pegar. Os professores obrigam você a cantar músicas idiotas e na volta alguém vomita no ônibus. Vejo o que está na cesta quando ela a põe na mala do carro. Levanto a tampa da caixa térmica e lá está a comida, tudo embrulhado em plástico filme, que é perigoso para as crianças porque, se você esticar ele sobre o rosto fica legal, parecendo um criminoso megaviolento, mas depois você sufoca e morre. Tem patê e o *saucisson sec*, chamado em segredo de pinto de jumento, *camembert*, uvas e um bolo de aniversário da Pâtisserie Charles. Papai se aproxima e olha também.

— Você caprichou, Natalie — diz ele.

Penso a mesma coisa, mas não digo nada.

— Só fazemos 40 anos uma vez — responde mamãe.

Pinto de jumento, articula papai discretamente pra mim, sem emitir nenhum som.

— Posso levar o Maomé? — pergunto.

— Não, *chéri* — responde mamãe. — Sinto muito. Está fora de cogitação.

Mas papai diz:

— Por que não, contanto que ele permaneça em Alcatraz?

Assim, Maomé entra no carro também, na mala, junto com a comida, embora não fosse problema abandoná-lo por até dez dias, porque é um animal de estimação que exige poucos cuidados. E, ei, olha só pra nós: somos uma família de novo, com uma mãe e um pai e um hamster. Mamãe bate o porta-malas e entramos no Passat, que tem um CD player com entrada para seis discos e teto solar. Papai põe seus óculos escuros, que o fazem parecer legal como um gângster, coloca o cinto de segurança, dá partida no carro, *zuummm*, sorri pra nós e diz "vamos pegar a estrada", como se não houvesse nada de errado, como se eles pudessem se amar de novo, como se não fosse haver um homem enfaixado que não tem rosto e como se nada terrível fosse acontecer.

Meninos gostam de monstros marinhos. Se eu tivesse um filho, o levaria para ver a lula-gigante de 15 metros de comprimento e conservada em formol que acabou de chegar a Paris. Vi uma foto no *Nouvel Observateur*: um corpo tubular com tentáculos cheios de ventosas que flutuam graciosamente atrás dele. Ele me lembrou uma orquídea, ou uma esguia e ávida anêmona-do-mar, livre, serpeando nas profundezas, perdida e atormentada pela dúvida. O nome científico da lula-gigante é *Architeuthis*. Em outros tempos, elas eram consideradas histórias de pescador, fruto do longo tempo passado no mar, delírio provocado pela água salgada. Mas agora o aquecimento global se tornou uma bênção para a lula-gigante; sua população cresceu muito, e a prova de sua existência são destroços diários lançados pelo mar em praias estrangeiras. Seus olhos são do tamanho de pratos.

Se eu tivesse um filho...

Mas não tenho. Só filhas já crescidas. Jovens sofisticadas com celulares, que têm pouco tempo para as aberrações da natureza. São estudantes em Montpellier. Eu as teria levado para ver monstros subaquáticos, se tivessem demonstrado alguma inclinação para o assunto. Mas meninos são diferentes. Um menino tem todo o tempo do mundo para uma lula-gigante.

Louis Drax teria adorado ver uma, tenho certeza. Ele tinha hamsters de estimação, mas ansiava por criaturas mais ameaçadoras: tarântulas, iguanas, cobras, morcegos — animais góticos, com espinhos, escamas e pelagem assustadora, um potencial destrutivo. Sua leitura favorita era um livro para crianças com ilustrações esplêndidas chamado *Les Animaux: leur vie extraordinaire*. Sabia grande parte do texto de cor.

Ele tinha uma imaginação vívida e excêntrica, segundo sua mãe, Natalie Drax. Um "problema com a realidade", como seu psicólogo, Marcel Perez, disse em seu depoimento à polícia. Louis era um sonhador, um solitário. Tinha dificuldade em distinguir fato de ficção. Como muitas crianças extremamente inteligentes e bem-articuladas, saía-se mal na escola porque se sentia muito entediado. Era pequeno para sua idade, com olhos fundos e escuros que pareciam nos perscrutar. Era o que todos diziam. *Um garoto estranho. Um garoto notável. Inacreditavelmente inteligente.* Lendo nas entrelinhas, tinha-se também a impressão de que essas mesmas pessoas poderiam ter acrescentado que ele talvez fosse também "típico filho único" — sinônimo de menino mimado. Mas depois do que aconteceu, ninguém ousava falar mal de Louis, independentemente das reservas que pudessem ter em relação a ele.

Tenho a impressão de que eu e Louis Drax, com seus 9 anos, teríamos nos dado bem se tivéssemos nos conhecido. Teríamos discutido fenômenos curiosos do mundo natural, e talvez eu tivesse ensinado a ele alguns jogos de cartas: pôquer, vinte e um, buraco. Cresci como filho único também, tínhamos isso em comum. Eu teria lhe mostrado meu mapa frenológico e poetizado sobre o funcionamento do cérebro humano. Teria explicado como diferentes partes dele controlam diferentes impulsos. Como piadas e trava-línguas vêm de uma região diferente da álgebra e da leitura de mapas. Ele teria gostado disso. Sim, tenho certeza de que teria gostado.

Mas não era para isso acontecer. As coisas descarrilaram para nós dois, e agora... Digamos apenas que não vejo balões de festa no horizonte.

Todo mundo reescreve a história. Eu sem dúvida tentei fazer isso. Minha versão favorita da história de Louis é aquela em que fiz sempre a coisa certa e pressenti o que de fato estava acontecendo. Mas esta não é a verdade. A verdade é que eu estava cego. E estava cego porque deliberadamente fechei os olhos para o que estava ali diante de mim.

Tempo bom e morte nunca deveriam se encontrar. Mas foi isso que aconteceu no dia do último acidente de Louis: era uma tarde deliciosa do início de abril nas montanhas de Auvergne. Fresca, mas com um sol luminoso. É uma região agreste e acidentada, muito apreciada pelos espeleólogos, que vão até ali explorar e mapear os sistemas de cavernas produzidos por terremotos e perturbações vulcânicas há milênios; fendas e fissuras profundas que se estendem por quilômetros, enrugando a crosta terrestre como uma cicatriz. O lugar do piquenique, perto da vila de Ponteyrol, era um ponto abrigado na encosta de uma montanha, perfumado com tomilho silvestre. Desconfio que até os gendarmes, ocupados com fotografias e mapas, não puderam deixar de notar como os arredores eram encantadores. O som do desfiladeiro lá embaixo é tranquilizante, não ameaçador. Era possível ser embalado pelo ímpeto daquelas águas até pegar no sono. Alguns dos gendarmes podem ter até pensado em voltar aqui com suas famílias num domingo de verão — embora não fossem mencionar como tinham chegado a conhecer o lugar, ou falar da catástrofe que havia acontecido ali.

Depois do acidente, a mãe do menino estava perturbada demais para fazer um relato adequado, mas assim que entenderam mais ou menos o que tinha acontecido, os policiais pediram reforço urgente para procurar o pai desaparecido. Em seguida, a Sra. Drax foi sedada, e a equipe da ambulância a levou embora, junto ao corpo destroçado do filho. Ela não queria soltar a mão dele, que ainda estava inerte, mas extremamente fria, como massa de pão refrigerada. O menino tinha caído no fundo do desfiladeiro, onde as águas rápidas o haviam engolido, regurgitando-o apenas mais tarde sobre umas pedras um pouco adiante, rio abaixo. Foi ali que eles encontraram seu corpo afogado, ensopado pela água gelada. Tomaram todas as medidas para reanimá-lo; tiraram água de seus pulmões, tentando trazê-lo de volta à vida, mas foi inútil. Ele estava morto.

Perguntei-me muitas vezes o que a Sra. Drax sentiu quando eles içaram o menino e ela viu seus membros molhados pendendo irremediavelmente, a extrema brancura de sua pele. O que se passou por sua pobre mente? Ao que parece, ela gritou várias vezes, depois gemeu como um animal ferido, mal parando para respirar. Por fim, conseguiram acalmá-la. Uma tempestade começava a se formar quando a ambulância partiu, nuvens cinzentas e carregadas de chuva se enfileiravam no horizonte.

Na ambulância, Natalie Drax ficou silenciosa, quase serena, segundo a policial que estava com ela. Tenho certeza de que nesse momento, enquanto segurava a mão morta do filho, ela deve ter rezado. Todos se tornam religiosos numa situação de crise, apelando para um Deus com quem desejam tentar um último pacto desesperado. Ela deve ter rezado para que o tempo voltasse, para que esse dia nunca tivesse existido, para que todas as escolhas deles tivessem sido diferentes, para que as palavras pudessem ser desditas, para que todo o episódio pudesse ser rebobinado e evitado. Acredito também que, de certa forma, a Sra. Drax deve ter se culpado, mesmo naquele momento, pelo que havia acontecido com Louis. Ela deveria ter visto o que estava por vir. Ela, entre todas as pessoas, sabia para onde Louis estava indo, o perigo que ele corria. Havia feito o possível para impedir que o inevitável acontecesse — e talvez tivesse até conseguido adiá-lo um pouco. Mas tinha sido incapaz de evitá-lo.

No hospital, ela foi tomada pela urgência de dar um depoimento, rápido, antes que os remédios a arrastassem para um sono sem sonhos. Contou à polícia o que aconteceu em detalhes, com uma voz monocórdia que parecia vir de uma máquina. E com o mesmo tom, respondeu a todas as perguntas. Era a única testemunha do acontecimento. A família que a encontrou aos berros na estrada chegou dez minutos depois da queda fatal de Louis no desfiladeiro e o subsequente desaparecimento de seu pai. Foram eles que chamaram a polícia.

A essa altura a tempestade tinha dominado o céu, desencadeando trovoadas medonhas que ecoavam num crescendo pelas montanhas. O aguaceiro logo se tornou tão implacável que os carros paravam no acostamento, esperando que o pior passasse. Em retrospecto, pareceu um extraordinário golpe de sorte que a equipe da ambulância tivesse conseguido chegar ao corpo de Louis com rapidez. Duas horas mais tarde, a chuvarada torrencial teria tornado qualquer tentativa impossível. Quando a noite caiu, a polícia foi obrigada a abandonar por completo a encosta da montanha.

Na manhã seguinte, a tempestade havia se dissipado, e o céu estava azul novamente, lavado da violência. Ao retornar para tirar mais fotografias e ampliar a busca, a polícia recuperou o carro abandonado dos Drax, um Passat novo em folha estacionado à beira da estrada, meio quilômetro acima do local do piquenique. Na mala havia um hamster numa gaiola, correndo freneticamente em sua pequena esteira. Eles removeram a toalha ensopada, a cesta e o restante dos objetos da área do piquenique: pratos, facas e garfos, uma garrafa térmica com café, meia garrafa de vinho branco, três latas de Coca-Cola fechadas, alguns guardanapos encharcados e — estranhamente — uma cartela de pílulas anticoncepcionais, usada até a metade do ciclo. O que deixaram escapar, imagino, a natureza reivindicaria bem rápido. Formigas marchariam em fileiras, determinadas para carregar o que a chuva não tinha varrido: minúsculos grãos de açúcar e sal, fragmentos ensopados de batatas fritas. Esquilos descobririam os amendoins, vespas zumbiriam furiosamente sobre farelos de bolo parcialmente dissolvidos e lascas de glacê. Apesar de uma busca rigorosa, que incluiu o envio de mergulhadores ao desfiladeiro, com o nível de suas águas elevado pela chuva, e uma verificação por vários quilômetros rio abaixo, a polícia não conseguiu encontrar nenhum vestígio do pai do menino, Pierre Drax. Parecia que ele havia simplesmente desaparecido da face da Terra, como se tivesse sido tragado e digerido por sua crosta vulcânica.

O fato é que somente as três pessoas envolvidas na tragédia sabiam o que havia acontecido na encosta da montanha aquele dia. Delas, uma nunca poderia saber toda a verdade. Outra escondia-se dela. E a terceira estava morta. Assim eram as coisas. E assim teriam continuado, se não tivesse acontecido um milagre.

Há muitos inícios para a história de Louis Drax, mas o dia de sua morte no desfiladeiro foi o ponto em que, de forma invisível, nossas existências começaram a se enredar. Mais tarde passei a vê-lo como o dia que marcou o começo da minha ruína e o provável fim da minha carreira. Eu quase disse "vida"; é estranho como ainda consigo confundir as duas coisas, mesmo depois de tudo que aprendi. Hospitais — ambientes médicos de qualquer tipo — são os lugares mais estranhos da Terra, repletos de milagres, horror e banalidade: nascimento, dor, pesar, máquinas de venda automática, morte, sangue, memorandos administrativos. No entanto, para um médico, é muito fácil sentir-se em casa ali, mais até que em sua própria casa às vezes: são seu meio de vida, sua paixão, sua razão de...

Bem. Até que um dia acontece uma coisa, e um homem como eu passa a compreender que há um mundo além do hospital onde trabalha, toda uma realidade alternativa àquela em que viveu e respirou durante todos esses anos, uma realidade cuja lógica venenosa pode levar um homem à beira do precipício, destruindo tudo por que ele trabalhou, tudo que respeitou, valorizou, apreciou, conquistou, amou. É aí que a vida começa a desandar. Ponha um ímã numa bússola e ela perde seu rumo; rodopia e abandona sua fidelidade ao norte. Foi o que aconteceu comigo. Quando o caso Drax surgiu, foi como se um ímã viesse e alterasse minha bússola, forçando a moralidade convencional a abandonar o barco. Você poderia tentar descrevê-lo da maneira normal, mas não conseguiria. Eu sei, porque tentei. O começo é simples:

O paciente, um indivíduo de 9 anos, do sexo masculino, foi declarado morto ao chegar à Unidade de Acidentes e Emergências de Vichy, após uma série de danos catastróficos ao crânio e à parte superior do corpo causados por uma queda seguida de afogamento. O corpo foi levado ao necrotério para ser preparado para a necropsia...

Até aí, tudo normal. Mas em seguida...

Na mesma noite, às onze horas... •

É aí que a coisa para de fazer sentido. É uma situação bastante simples. O menino estava mortinho sobre a bancada do necrotério do Hospital Geral de Vichy, a etiqueta com seu nome amarrada ao tornozelo. Os trovões ainda ressoavam lá fora, com relâmpagos difusos iluminando o céu a poucos minutos de intervalo. Natalie Drax, a mãe do menino, tinha sido fortemente sedada, acomodada em uma enfermaria no segundo andar e posta sob observação. Era considerada uma suicida em potencial.

Um dos técnicos do necrotério — seu nome era Frédéric Leclerc — limpava seus instrumentos num canto; seu turno estava prestes a terminar. Mas aí ele ouviu um barulho. Não de trovão, disso teve certeza imediatamente. Vinha ali de dentro e era humano; ele o descreveu como um "soluço". Assim, voltou-se... e o que viu, senão o peito do garoto se movendo? Algo como um espasmo. Frédéric ainda era jovem, não estava naquele trabalho havia muito tempo. Mas sabia que o cadáver já tinha passado do estágio em que pode ter reflexos musculares. A seu favor, pode-se dizer que não entrou em pânico — ainda que provavelmente tenha se sentido em um filme de terror de segunda categoria. Ligou para o andar de cima imediatamente, e a unidade de ressuscitação foi mobilizada.

Quando ela chegou, porém, a criança nem parecia precisar disso. Seu coração batia normalmente, e ele respirava, ainda que com dificuldade. Desse modo, levaram-no de volta para a emergência para ver quais ossos estavam quebrados e avaliar as lesões internas. Tiveram de extrair o baço. Uma das costelas lascadas ameaçava perfurar o pulmão esquerdo, portanto tiveram que cuidar disso. Investigaram também as fraturas no crânio e planejaram uma intervenção. A situação parecia muito desoladora. Mas ele estava vivo.

Philippe Meunier, que havia assinado o atestado de óbito, foi trazido de volta para avaliar os ferimentos cranianos. Eu e Philippe no princípio fomos colegas na faculdade de medicina, porém, mais tarde, quando ambos optamos por neurologia, iniciou-se certa rivalidade. Como ele está na ativa, topamos um com o outro de vez em quando em conferências, onde nos falamos com uma rudeza cordial e disfarçamos nossa hostilidade latente batendo nas costas um do outro com uma força ligeiramente excessiva. Tivemos nossos conflitos, mas Philippe é um bom médico, muito cuidadoso. Como o tempo era essencial, ele agiu com rapidez para reduzir o processo edemático que havia se iniciado. A tomografia mostrou que o dano cerebral era grave, mas o tronco encefálico estava intacto. O perigo real de ferimentos na cabeça provém do inchaço, porque o crânio é uma caixa que mantém o cérebro aprisionado. Com ventilação e esteroides, Philippe reduziu a pressão com eficiência, mas a criança continuou inconsciente, oscilando entre os níveis 4 e 5 na Escala de Coma de Glasgow.

Não podemos chamar de milagre o retorno de Louis à vida; não devemos falar sobre isso em nossa profissão. Erro médico grave está mais perto da verdade. Mas, para ser sincero, tive muita pena de Philippe Meunier. Afogamento e hipotermia podem se assemelhar à morte em raríssimos casos pediátricos. Buscando uma expressão eufemística para dourar a pílula, podemos talvez chamar o episódio de um "evento inesperado", ou "o resultado de um erro de diagnóstico anterior", ou mesmo "um fenômeno raro". Mas o que importa é que o menino voltou à vida, duas horas depois de ter sido declarado oficialmente morto. E ninguém neste mundo até hoje sabe exatamente o porquê. Não há necessidade de examinar o quanto a situação foi desagradável para os médicos envolvidos — e Philippe não foi o único — em matéria de culpa. Estavam todos enlouquecidos, é claro. Há um reservatório de paranoia em qualquer hospital: naquele dia em Vichy, ele transbordou.

Como quer que fosse, alguém tinha que dar a notícia à mãe, mas eles decidiram não fazê-lo — pelo menos não de imediato. Não viram nenhum sentido em acordá-la, pois havia a chance de o menino morrer uma segunda vez — uma clara possibilidade, tendo-se em vista a extensão das lesões em seu crânio. Tudo no caso apontava para um "desfecho ruim". Porém, quando ela acordou, algumas horas mais tarde, e disse que queria ficar junto do corpo, o menino ainda se encontrava na terra dos vivos — embora por muito pouco —, e eles não puderam adiar mais a notícia. "Ao que parece, senhora, seu filho na verdade está vivo. Em casos raros, não é algo totalmente extraordinário que... Não compreendemos totalmente como isso..." Ela ficou fora de si, radiante, chorosa, confusa, tudo ao mesmo tempo. Totalmente devastada. Havia estado no inferno, pensando que o filho estava morto. E de repente o médico lhe dizia que ele era um mini-Lázaro. Ela havia despertado do pior pesadelo de sua vida.

Ou não. Porque a parte "filho-voltando-à-vida" é a notícia boa. A má era que ele possivelmente seria o que, na linguagem popular, é chamado de "um vegetal". Nesse ponto Natalie ficou muito pálida e muito quieta. Posso imaginar seu estado de espírito. Ela havia rezado por um milagre na ambulância, rezado para um Deus que tinha abandonado há muito tempo, no qual nunca havia acreditado de fato. E agora ali, tal como pedido...

Era inconcebível. Ela estremeceu e pestanejou.

Embora seus pulmões e órgãos vitais tenham voltado a funcionar, o paciente não recobrou a consciência, ainda que sua condição tenha se estabilizado e melhorado. Ele permaneceu em estado comatoso na unidade neurológica do Dr. Philippe Meunier em Vichy por três meses, até que uma súbita convulsão deteriorou sua condição consideravelmente. Nesse ponto, segundo o procedimento normal, foi aprovada sua transferência para a Clinique de l'Horizon, na Provença.

No dia 10 de julho, ele chegou em coma profundo e se tornou meu paciente...

Uma releitura do mapa frenológico de Gall/Spurzheim feita por um pintor português está pendurada na parede da minha sala, acima da mesa em que mantenho meus bonsais. Com hábeis pinceladas, o artista transformou o crânio em uma peça de arquitetura natural, um conjunto de compartimentos justapostos, todos rotulados segundo a visão frenológica do conteúdo da mente: discrição, benevolência, esperança, autoestima, tempo, continuidade, amor parental, finalidade e assim por diante. Absurdo, porém muito mais poético, de certa maneira, do que a real estrutura do cérebro, com suas câmaras de carne

interconectadas: os lobos frontal, temporal, parietal e occipital, o pu-
tâmen, o globo pálido, o tálamo, o fórnix e o núcleo caudado. Lembro-
-me de erguer os olhos para meu mapa frenológico na manhã em que
Louis Drax deveria chegar, como se ele pudesse me dar uma pista.

Mas veja, antes que eu mergulhe mais na história de Louis, deixe-
-me lhe dizer que eu era um homem diferente naquela época. Apesar
de todo o meu sucesso profissional e de toda a perspicácia que acreditava possuir, eu vivia na superfície da vida. Pensava já ter visto
suas entranhas, tomado seu pulso, adquirido uma ideia de seu funcionamento interno. Mas ainda não a tinha visto realmente por dentro. Ainda não havia me maravilhado com ela. Digamos assim: eu era
um homem que amava o trabalho — talvez demais, talvez de forma
muito intensa —, mas tinha meus defeitos também, minhas tendên-
cias e meus traços e pontos cegos, ou seja lá como um psicólogo os
chamaria. Não vou pedir desculpas. O fato é que, durante o terrível
verão em que o mundo deixou de ser o mesmo, eu era quem eu era.

O dia em que Louis Drax chegou à clínica começou mal para
mim em casa. Era um julho sufocante, com escassez de chuvas, um
dos mais quentes registrados na Provença; todos os dias a temperatura se elevava até a casa dos 40 graus, e o rádio e a TV alardeavam
novos alertas sobre incêndios nas florestas. Parecia que a temporada dos incêndios criminosos estava começando cedo. Quando
eu terminava o café da manhã, sentado na sacada ao sol matinal e
passando os olhos pelo *Le Monde* do dia anterior, ruídos chegaram
até mim da cozinha. Quando eu cometia algum tipo de transgres-
são conjugal, Sophie tinha o hábito de esvaziar a máquina de lavar
louça de uma maneira particularmente estridente. Eu era prudente
o bastante para não provocá-la, por isso às oito horas preparei-me
para ir para a clínica sem meu usual beijo de despedida. Mas, no
momento que eu estava fechando a porta, ela escancarou a janela da
cozinha e botou a cabeça para fora como o cuco de um relógio suíço.
Tinha lavado o cabelo, e ele estava pingando.

— Então, devo esperá-lo em casa para jantar às oito ou terei mais
uma vez o prazer de cozinhar só para me sentar sozinha e ver a comida esfriar durante uma hora?

Sophie estava se referindo à noite anterior, quando eu tinha voltado para casa e a encontrado largada no sofá, de olhos vermelhos, rodeada por cartões das meninas, da irmã e da mãe dela desejando a nós dois um feliz 23º aniversário de casamento — data da qual eu havia me esquecido por completo, apesar de nossa filha mais velha, Oriane, ter me telefonado na semana anterior para me lembrar de "fazer alguma coisa romântica com a mamãe". Eu não só não tinha feito alguma coisa romântica, como havia piorado a situação chegando tarde do trabalho — chocante e deploravelmente tarde até para meus próprios padrões. Eu estivera relatando o conteúdo de um editorial do *United States Journal of Neurology* para meus pacientes e havia perdido a hora.

— É mesmo muito humilhante! Será que você não pode demonstrar apenas um *pouquinho* de romantismo? — lamentara Sophie ao tirar a mesa do jantar intocado que ela havia preparado. — Estou começando a me perguntar por que simplesmente não tomamos cada um o seu rumo, Pascal. Você prefere fazer preleção sobre teoria neurológica para comatosos a ter uma conversa com sua mulher. Olhe para nós, vagando nesta grande casa vazia como um par de... sei lá. *Bolas de gude inúteis.*

Sophie nunca se esquiva da realidade, e reconheci que ela havia dito uma verdade. Senti-me mal e verbalizei isso, mas minhas desculpas foram ignoradas. Não estávamos numa fase boa em nosso casamento. Tínhamos sido felizes. Tivemos filhos logo, formamos uma bela família. Depois... bem... um casamento típico, talvez: momentos incríveis, pequenas infidelidades, dúvidas irritantes, reconciliações, complacência. Nos últimos meses, a biblioteca pública em Layrac, que Sophie dirigia com zelo incomparável, havia sido ameaçada por cortes de verbas. Com nossas duas filhas agora na faculdade em Montpellier, ela estava se sentindo frustrada e insatisfeita.

Eu amava minha mulher, até onde eu sabia. Mas até que ponto eu *de fato* sabia? O ninho vazio havia tornado evidente uma ausência, não apenas para ela, mas para mim também. Emocional e física. (Por que, eu me perguntava, é tão difícil para uma mulher entender que um homem precisa do aconchego de um corpo feminino de vez em quando? Que é injusto fazer um homem dormir sozinho todas as vezes que ele a aborrece?) Naquele verão escaldante, antes mesmo da chegada de Louis Drax, as coisas pareciam estar em uma espiral descendente.

Minha caminhada até o trabalho levava cinco minutos. Uma fina névoa matinal pairava no ar luminoso, com um cheiro levemente selvagem, como acontece quando a temporada de caça está no auge. "Vida", pensei. É o cheiro da vida. Gosto de respirar essa mistura de resina de pinheiro e sal marinho. Ela instiga o cérebro, põe as turbulências do casamento em uma perspectiva adequada. Sophie sempre foi apaziguada por flores, em especial quando vêm na forma de um buquê extremamente caro envolto em celofane e fitas, desse modo, enquanto eu me dirigia para o trabalho em meio aos olivais, decidi passar no florista do vilarejo na volta para melhorar as coisas entre nós. Quando a clínica tornou-se visível mais adiante, toda branca e brilhante ao sol, o concreto caiado e o aço inoxidável enxertados na estrutura pétrea oitocentista do antigo Hôpital des Incurables, meu coração se animou. Quando finalmente as portas automáticas deslizaram para me dar passagem e inalei a primeira golfada de ar refrigerado, eu estava muito feliz.

Parte do meu alvoroço tinha a ver com o novo paciente que estava chegando. Talvez soe estranho dizer isso sobre alguém que parece se encontrar em um estado de coma irremediável, mas eu estava ansioso para conhecer o menino Drax. Não leio o noticiário com atenção, por isso não soube nada sobre seu acidente na época, mas certamente ouvi falar de seu estranho retorno à vida pelos rumores que circularam pelos círculos médicos, embora um rápido trabalho de relações públicas em Vichy tivesse assegurado que parte da história nunca chegasse aos jornais. Cadáveres com soluço não são nada bons para a imagem de um hospital. Diante de seu histórico médico, eu estava intrigado acerca do estado em que encontraria o menino. Será que eu descobriria um sinal de esperança onde outros — Philippe Meunier em particular — haviam fracassado? Em minha área, não podemos deixar de tecer fantasias sobre contrariar as expectativas de todos e obter uma recuperação inesperada. Eu passava grande parte de meu tempo fazendo exatamente isso.

Quando o assunto é coma, eu sou um otimista. Essas pessoas são capazes de muito mais do que parece. Aquelas que despertam — muitas vezes de uma maneira aflitiva, lenta, incompleta — podem ocasionalmente se recordar com nitidez de sonhos lúcidos, quase como se fossem alucinações: longas, intrincadas fantasias sobre pessoas que elas nunca poderiam ter conhecido na vida real; cenários muito mais animados e estimulantes do que os ruídos surdos e monótonos que se infiltram em suas mentes na enfermaria. Houve até casos — raros, vou admitir, e muito controversos — de um gêmeo comatoso comunicando-se telepaticamente com seu irmão idêntico, ou de uma mãe que "ouvia" a voz do filho inconsciente. Nem toda atividade cerebral pode ser detectada por uma máquina. Estamos nos enganando se acreditamos no contrário.

Portanto, eu sentia meu otimismo habitual com relação a Louis Drax, embora deva admitir que, ao ler seu prontuário de maneira mais detalhada, fui tomado por certo desânimo. Ele tinha sofrido uma convulsão na semana anterior, o que motivara sua transferência para cá. Segundo os últimos eletroencefalogramas, o episódio o havia mergulhado num coma mais profundo que antes, e o diagnóstico de estado vegetativo persistente não me parecia muito distante no horizonte. O que geralmente acontece com pacientes em EVP é que, quando eles contraem alguma doença — pneumonia, no geral —, um médico como eu consulta os familiares e deixa a natureza seguir seu curso. Não é impossível que um paciente saia de um coma tão profundo, mas ninguém aposta nisso.

A manhã toda, em minha sala, fiquei atento ao ruído de cascalho na entrada de veículos enquanto Noelle andava de um lado para o outro com cartas para assinar, lembretes de compromissos e um novo memorando do *directeur*, Guy Vaudin, sobre procedimentos de evacuação em caso de ameaça de incêndio. Eric Masserot — o pai de minha paciente anoréxica, Isabelle — iria chegar mais tarde, e eu precisava arranjar tempo para ele. Um detetive com um sobrenome bizarro havia telefonado e voltaria a ligar. Eu queria encomendar equipamento novo para a unidade de fisioterapia e devia me inteirar sobre o assunto com a nova fisioterapeuta até quinta-feira no máximo. Eu já tinha preparado minha palestra e meus slides para o simpósio em Lyon na semana seguinte? Respondi às várias perguntas de Noelle e assinei os papéis que ela me entregou, mas o menino Drax não saía da minha cabeça.

No fim da manhã, a ambulância chegou. Àquela altura, o ar parado tinha se tornado mais agitado, um vento que soprava sob um céu de cobalto, fazendo as folhas das oliveiras tremerem como um cardume errático e caprichoso. Há ocasiões em que o mistral pode nos levar à loucura. Ocasiões em que ele não nos refresca, apenas agita o ar quente. Nesse dia o vento encerrava uma ameaça, a mesma que Van Gogh pintou sobre o campo de trigo um dia antes de se matar, do tipo que começa do lado de fora, mas se aloja dentro de nossa cabeça assim que sentimos seu sopro. Eles o conduziram para dentro numa maca com rodinhas. Idade, 9 anos. Estado, muito grave. Enfermeiras vestidas de branco, uma delas carregando um bicho de pelúcia. E em sua cola a mãe, que me impressionou imediatamente pela maneira como mantinha o corpo ereto. Algo em sua postura e na forma como inclinava a cabeça anunciava: "vítima orgulhosa". A Sra. Drax era miúda, com cabelos claros de um tom entre o ruivo e o louro. Seus traços, finos e delicadamente salpicados com sardas, eram muito comuns para torná-la impressionante à primeira vista, mas havia algo de sedutor nela. Algo felino. Quanto à criança...

Pobre menino.

Seu cabelo e suas pestanas eram escuros, mas o rosto estava mortalmente branco. Parecia ter sido esculpido em cera. Havia algo quase luminoso em sua pele, que lembrava aqueles entalhes de pedra que vemos nas igrejas, representando os mortos. Suas mãos e seus pés eram pequeninos e perfeitos, os olhos sonhadoramente fechados. Sua respiração era tão superficial que mal se podia perceber a inspiração e a expiração.

Tudo o que eu sabia àquela altura era que, em abril, Louis Drax havia tecnicamente morrido em decorrência de uma queda, mas de alguma maneira havia retornado dos mortos — ou pelo menos de um chocante erro de diagnóstico. De qualquer modo, isso era tão estranho que beirava o grotesco. Um caso incomum na medicina e, após a convulsão, com prognósticos sombrios, segundo as anotações que eu tinha acabado de ler. Um caso a ser guardado em um álbum de recortes mental, talvez, não muito mais que isso para mim. Mas eu era um homem diferente naquela época. Não sabia de nada.

E, assim, o homem que não sabia de nada se apresentou à Sra. Drax e disse a ela que seu trabalho era fazer tudo o que fosse possível pelo seu filho. E que era um prazer conhecê-la. O primeiro contato é importante. Eu precisava da confiança daquela mulher se quisesse ajudar Louis.

Ela me disse que era um grande alívio estar ali. Tinha um sotaque parisiense, e a voz, ligeiramente embargada. O sorriso que me deu em retribuição não passou de um espasmo. Usava um perfume que não reconheci. A mão que me estendeu parecia não ter ossos, como se seu esqueleto tivesse se dissolvido. O sofrimento dessa mulher era terrível demais. O estresse pós-traumático pode assumir muitas formas. Ela exibia o ar de dignidade e atordoamento que vemos tantas vezes nos rostos de parentes angustiados.

— O prazer é todo meu, senhora. Louis é muito bem-vindo aqui. Como vê, esta é uma enfermaria aberta. Nove leitos estão ocupados no momento...

Enquanto falava, eu a observava. Estou habituado a estudar rostos. Há sempre um potencial tanto de beleza quanto de feiura, dependendo das emoções que se escondem por baixo da superfície. Sob a máscara que a Sra. Drax apresentava ao mundo, imaginei a solidão de um luto não resolvido e infindável — e, sim, a vergonha também, porque a dor é alienante — que tantos pais sofrem nessas circunstâncias.

— Ele estava num coma estável havia quase três meses — disse-me ela ao olharmos para o rosto adormecido do menino, emoldurado pelo travesseiro branco, lençóis brancos, um camisão todo branco. Enfiado embaixo de seu braço havia um brinquedo: um alce, com pelo opaco por causa das manchas de saliva. — Então, uma semana atrás, ele inesperadamente... é por isso que nós...

Ela parou: parecia não haver mais "nós". Não havia nenhuma aliança em seu dedo, mas uma faixa mais clara de pele onde ela tinha estado antes.

— Foi por isso que Louis e eu viemos para cá. Para o senhor. O Dr. Meunier o recomendou muito.

Nossos olhos se encontraram. Os dela de um castanho-claro esverdeado, a cor das encostas provençais após uma chuva de inverno. Claros e jovens. Fiquei comovido com o fato de ela estar enfrentando aquilo tudo sozinha e senti uma necessidade urgente de saber o porquê.

— E o seu marido, ele está...?

Ela olhou para mim em pânico, alarmada, e um tique nervoso subitamente contraiu os cantos de sua boca.

— Está querendo dizer que não soube sobre Pierre? Sobre como Louis entrou em coma? — perguntou ela, aturdida. — Eles não...

— Li os registros médicos, senhora, é claro. Fique tranquila.

Minha voz estava calma, mas me senti um pouco inquieto. Teria deixado escapar alguma coisa?

— Mas a maneira como aconteceu, a história toda... O senhor *não está ciente*? A polícia não...?

— Creio que houve uma ligação de um detetive esta manhã — falei rapidamente, lembrando que Noelle havia mencionado algo a respeito. Mas eu podia perceber algo (era raiva?) crescendo dentro dela. — Uma queda, pelo que entendi? Num desfiladeiro?

Mas eu tinha desencadeado uma lembrança excruciante: o rosto dela tornou-se rígido e mais lágrimas brotaram. Ela vasculhou sua bolsa à procura de um lenço de papel e virou de costas.

— Perdoe-me, senhora.

Eu supus que ela ia dar uma explicação nesse momento, mas não foi o caso. Em vez disso, secou os olhos com o lenço, pestanejou rapidamente, recompôs-se e mudou de assunto, contando-me que tinha alugado um chalé no vilarejo, na rue de l'Angelus, e queria participar do tratamento de Louis. O que podia fazer? Podia passar todo o tempo que quisesse com ele? A faxineira, Fatima, começou a passar o esfregão perto de nossos pés, e nos afastamos um pouco. Expliquei que ela precisava descansar e deixar que o filho fosse acomodado ali no hospital. Ela também precisava se estabelecer na cidade. Com demasiada frequência, os parentes dos pacientes se esquecem de si, o que não ajuda ninguém. Ela precisava se sentir tão bem e tão feliz quanto fosse possível.

— Há alguma atividade que a senhora aprecie particularmente? Algo que lhe dava prazer antes do acidente?

— Tenho muitas fotografias de Louis. Há anos que pretendo organizá-las em álbuns.

— Perfeito. Assim poderá mostrá-las a todos. Logo fará amigos aqui, com os outros parentes.

Ela pareceu constrangida.

— Na verdade, não conversei com muitas pessoas desde...

A imagem do trágico acidente de Louis pairava no ar entre nós.

— Hora de começar, então, não acha?

— Sim, suponho que sim. Tem sido muito isolador tudo isso.

— A senhora tem família? Amigos?

— Minha mãe mora em Guadalupe. Ela quer vir, mas meu padrasto está muito doente com Parkinson.

— E não há mais ninguém?

— Na verdade, não. Tenho uma irmã, mas não temos contato. Nós nos desentendemos muito tempo atrás.

Houve um breve silêncio. Tive vontade de perguntar qual havia sido a razão desse distanciamento e da ausência de seu marido, mas não quis parecer inconveniente.

— O Dr. Meunier disse que o senhor tem uma abordagem radical. Fiquei satisfeita ao saber disso, Dr. Dannachet. — Sua boca se contraiu novamente: um pequeno espasmo muscular. — Porque acho que a condição de Louis requer radicalismo.

Retribuí o sorriso com o que esperei ser humildade e dei de ombros, um gesto autodepreciativo. Poderia uma mulher como a Sra. Drax ficar impressionada com o que tinha ouvido a meu respeito? Reprimi rapidamente o pensamento, mas não depressa o suficiente para não me sentir envergonhado. O problema de ser casado com uma mulher como Sophie é que você recebe lembretes diários e afetuosos do quão ridículo você é e imagina a risada debochada dela em sua cabeça.

— Ele demonstra um pequeno lampejo de vida de vez em quando — continuou ela, afagando o cabelo do filho suavemente. Vejo

como o amor que sente por ele é ansioso, imensamente protetor.
— A pálpebra dele se contrai, ou ele suspira ou ronca. Uma vez me-xeu a mão, como se estivesse tentando agarrar alguma coisa. Coisas assim nos dão esperança, apesar de... toda essa parafernália. — Ela indicou a sonda de gastrostomia e os cateteres que emergiam de baixo do lençol, presos a sacos de silicone. Parou, mordeu o lábio. Sabia que ele podia nunca mais voltar.

Que podia ter trazido o filho até aqui para morrer.

— Eu sei. — Pousei a mão em seu braço gentilmente, da maneira permitida aos médicos. — Infelizmente é muito fácil confundir pe-quenos movimentos com a volta da consciência. Mas, acredite, eles não são voluntários ou deliberados; temo que sejam apenas tiques, evidências de função motora esporádica, não controlada.

Enquanto eu falava, afaguei a testa do menino e, suavemente, ergui sua pálpebra: a íris era um poço marrom-escuro vazio contra o branco diáfano da conjuntiva, imóvel no globo ocular. Nem um tremor.

Ela já tinha ouvido tudo isso antes, é claro. Como a maioria dos parentes, devia ter passado horas lendo sobre o estado do filho, con-versando com médicos especializados, baixando da internet a lite-ratura médica mais recente sobre o assunto e devorando histórias pessoais de consternação, desespero, falsas esperanças e recupera-ções milagrosas. Mas tínhamos de seguir os procedimentos de praxe. Ela precisava desembrulhar o pacotinho de palavras que havia tra-zido consigo e encenar os rituais necessários. Em troca, eu desempe-nharia o papel que me cabia, por mais precário que fosse. Nenhuma máquina pode trazer essas pessoas de volta. É a natureza que luta.

— Está vendo aquela enfermeira ali com flores? — Apontei para uma figura matronal que tinha entrado com uma enorme braçada de peônias cor-de-rosa. — Aquela é Jacqueline Duval, a chefe da enfermaria. Nosso remédio secreto. Está com a gente há vinte anos.

Jacqueline nos avistou e acenou, indicando que se juntaria a nós depois de arranjar as flores ao lado do leito de Isabelle. Ela o fez rapidamente e com estilo, ao mesmo tempo que falava ininterrup-tamente com a paciente. Observá-la foi o bastante para me fazer sorrir. Ela era melhor com os familiares do que eu. Sabia como se aproximar deles, como dizer a coisa certa na hora certa, conter-se quando era preciso ter tato. Muitos choravam em seu ombro e, se a necessidade surgisse e eu conseguisse me livrar de minhas inibições hierárquicas, eu faria o mesmo.

— Li sobre sua teoria do aumento de percepção — disse a Sra. Drax enquanto Jacqueline recuava para admirar as peônias. — E "desencadeadores de memória" e "estados de sonho lúcido" e... Bem, o Dr. Meunier me contou que o senhor acredita em coisas em que os outros médicos não creem.

Pronto. Ela havia revelado o verdadeiro objetivo de seu ritual. E logo, numa parca retribuição, eu a desapontaria, revelando a verdade árida e deprimente. Mas, antes que isso acontecesse, Jacqueline se juntou a nós, apertando a mão da Sra. Drax e curvando-se para afagar o rosto de Louis.

— Seja bem-vindo, *mon petit*. Vou mimar você até estragá-lo.

A Sra. Drax mostrou-se levemente espantada diante dessa intimidade e pareceu prestes a dizer alguma coisa, mas se conteve. Dentro de alguns dias, porém, Jacqueline já teria vencido essa resistência. Indiquei que deveríamos nos afastar, sair do alcance dos ouvidos do menino, e gesticulei para que a Sra. Drax fosse até as janelas francesas na outra extremidade da enfermaria. Baixei o tom de voz.

— Volto num minuto, *mon chéri* — disse Jacqueline, dando um tapinha de leve no braço de Louis. — Tenho certeza de que você vai se adaptar bem, *petit monsieur*. E lembre-se de que seu desejo é uma ordem para mim!

Seguimos os três pela enfermaria.

— Com relação ao que ouviu sobre meu trabalho, senhora, eu só queria dizer que minha taxa de sucesso não é tão boa quanto as pessoas pensam — murmurei. — É um campo delicado. Por isso, muitos fatores estão em jogo, nem todos físicos. Portanto, por favor, senhora, não eleve demais suas expectativas.

Transpondo as janelas francesas, adentramos o pátio pavimentado que dava para o jardim. Enquanto tentava ignorar o rugir daquele vento quente, senti novamente o impacto da vertiginosa beleza daquela terra subjugada, sua folhagem agora fustigada pelo vento numa desordem de prata e magenta, malva e branco. Mas a Sra. Drax não se deixava impressionar pelo jardim ou pelo talento de monsieur Girardeau, que podíamos ver a distância, extraindo algas gotejantes do lago artificial. Seu olhar estava perdido. Não estava pronta para emergir de sua dor. Como eu poderia explicar que seu sofrimento não ajudaria o filho, e que não era um ato de abandono libertar-se dele por uma fração de segundo para observar uma joaninha ou apreciar o perfume de uma rosa? O que eu poderia fazer para que aquele pobre rosto dominado pela tensão se suavizasse com um sorriso? Pensamentos absurdos. Imaginando o silencioso sorriso de desdém de Sophie, pigarreei, abriguei-me do vento quente e rearranjei as ideias na cabeça.

— Jacqueline, acabo de dizer à Sra. Drax que o índice de recuperação para uma pessoa nas condições de Louis está longe de ser elevado.

Jacqueline assentiu, protegendo os olhos do sol. Pude ver que, assim como eu, ela ainda não sabia lidar com a Sra. Drax.

— Mas continuamos muito otimistas — disse ela. — Para o bem de todos, inclusive o nosso. O otimismo é um excelente motivador. Fazemos o possível para fabricá-lo aqui.

Mais tarde ela contaria à Sra. Drax sobre seu filho, Paul. Não para deprimi-la, mas para introduzir com cuidado a ideia de que a morte é por vezes a única maneira de seguir em frente. Vinte e cinco anos antes, quando tinha 18, Paul sofreu um terrível acidente de moto. Estava em coma havia dezoito meses quando morreu. Ela esteve na mesma posição que todos os familiares ali, tensos, num estado de luto suspenso. De nós dois, era Jacqueline quem tinha maior conhecimento da natureza humana. Mas a Sra. Drax não parecia notar a presença da enfermeira. A seus olhos, o especialista era eu.

— Mas, Dr. Dannachet, os seus métodos! — Sua voz mudou de tom; eu não tinha imaginado que pudesse ser tão volátil. — Seus *métodos revolucionários!*

Jacqueline e eu trocamos um olhar. Estava claro que a Sra. Drax havia lido alguns dos artigos sobre Lavinia Gradin e meus outros casos de sucesso ("Pascal Dannachet: defensor dos mortos-vivos").

Mas, de repente, eu parecia renegá-los. A Sra. Drax mostrou-se ferida, traída. Eu a havia abandonado. Sim, ela era frágil. Extremamente frágil.

— Meus métodos não são tão revolucionários, na verdade — observei em tom tranquilizador. — Eles são amplamente praticados, mas, sim, parecem surtir efeito. Em alguns casos. Grande parte disso tem a ver com fé. Atitude. Psicologia. Mas realmente recomendo que não fique empolgada. Não espere demais. Farei o possível; todos nós faremos. O papel mais importante na recuperação de seu filho será desempenhado pela família dele. Pela senhora.

— Precisa compreender isso, Sra. Drax — disse Jacqueline suavemente. — Laços de sangue e vínculos emocionais podem ir muito além de qualquer coisa que possamos fazer. Ele precisa sentir seu amor e sua presença. Esteja ao lado de Louis, e ele a sentirá. Ele saberá.

Quando Jacqueline tocou o braço da Sra. Drax para tranquilizá-la, ela estremeceu, afastando-se ligeiramente, como se aquele contato pudesse machucá-la. Essa reação de dor revelou uma batalha interna. Vemos isso muitas vezes. Solidariedade demais desarma a pessoa. Finalmente ela se forçou a assumir novamente uma expressão de dignidade e disse:

— É claro. Foi isso que ouvi dizer. É assim que quero.

Claro que sim. Louis era seu único filho. Ela havia perdido tudo. Parecia muito sozinha. Não admirava que seu rosto fosse tão tenso, vazio.

— Diga-me, senhora, que tipo de garoto era seu filho — perguntei, sorrindo.

— É — corrigiu ela. — Acho que o senhor quis dizer *é*. Não *era*.

Novamente, Jacqueline e eu nos entreolhamos, mas a presença sólida e benigna da chefe da enfermaria me assegurou de que minha falta de tato seria atenuada. Dentro de uma semana, Jacqueline teria posto essa mulher ressentida inteiramente debaixo de sua asa, apresentando a ela os costumes da clínica e tornando-a parte da ampla família de pais de comatosos. Eu já a tinha visto fazer isso muitas e muitas vezes, mesmo com os mais traumatizados.

— Desculpe, senhora. Acredito que saiba que é imprudente supor que poderá haver uma melhora... imediata. Mas é claro que não devemos nunca perder as esperanças.

— O senhor compreende, Dr. Dannachet, que ele realmente voltou dos mortos? Isso não é muito incomum? Quer dizer, a não ser na Bíblia...

Nesse ponto, eu a detive rapidamente. Não me agradava o rumo que aquilo estava tomando. A fragilidade de sua voz me perturbou.

— Certamente é incomum. Notável. Mas a morte, a senhora sabe... Nunca é tão precisa quanto as pessoas pensam. Houve outros casos de afogamento em que... Quero dizer, há uma linha tênue. Isso acontece.

Dei um passo para trás, sentindo-me constrangido, e olhei desesperadamente para o relógio. Era hora de ir. A reunião estava quase encerrada. Jacqueline também sentia a necessidade de estar em outro lugar: ainda não tinha lavado o cabelo de Isabelle, explicou. O pai dela ia chegar naquele dia, permitindo que a ex-mulher tirasse uma folga muito necessária da cabeceira da filha. Era a primeira visita dele em um ano, pois morava no exterior.

— Mais tarde nos veremos, Sra. Drax — disse ela. — Se tiver alguma dúvida, é só perguntar a mim ou a uma das enfermeiras-assistentes E, mais uma vez, seja bem-vinda.

— Não foi apenas um acidente, Dr. Dannachet — insistiu a Sra. Drax enquanto assistimos à figura rechonchuda e protetora de Jacqueline entrar novamente no hospital. — Espero que não seja isso o que o senhor está me dizendo. Não foi acidente. Conheço o meu filho. *Sei do que ele é capaz.*

Confesso que, por mais que eu quisesse encorajar a pobre mulher, realmente não queria que a conversa tomasse esse rumo. Às vezes as pessoas enfiam ideias estranhas na cabeça. Observei uma borboleta passar dançando por nós, um almirante-vermelho que ziguezagueou sobre a lavanda e pousou num lupino violeta.

— Por favor, aceite minhas desculpas — falei gentilmente. — E me conte sobre Louis. Preciso conhecê-lo melhor.

Ela comprimiu os lábios, o que interpretei como um gesto de assentimento. De repente, nosso diálogo canhestro parecia tê-la exaurido emocionalmente. Ela baixou os olhos por um momento, depois olhou através das janelas francesas para o leito do filho na extremidade da enfermaria, como se procurasse se acostumar com a nova situação. Seu cabelo brilhava ao sol, uma fina teia de cobre e ouro. Perguntei a mim mesmo qual seria a sensação de tocá-lo, mas em seguida senti uma onda de culpa ante o pensamento impróprio. Para anulá-lo, pensei rapidamente em Sophie e nas flores que escolheria para ela naquela tarde. Zínias. Eu compraria zínias.

— Louis é um menino extraordinário — disse ela em voz baixa.

— Um menino extraordinário. Somos muito ligados. A questão é: não sei como poderia viver sem ele. Desde que nasceu, nós sempre... nos comunicamos. Sabendo o que o outro estava pensando. Como gêmeos. E agora... — Ela tentou conter o choro.

— Sim? — perguntei gentilmente.

— Bem, estou começando a pensar... depois do que aconteceu... — Parou e olhou para as mãos, pequenas e bem-cuidadas, as unhas caprichosamente feitas e pintadas com esmalte claro, rosa-perolado. Era um bom sinal: sentia-se devastada, mas não havia descuidado da própria aparência, como tantas faziam. Voltei a notar a faixa clara deixada pela aliança. — Isso soará muito idiota. E supersticioso e ignorante, e não é o tipo de coisa que o senhor esperaria ouvir de uma pessoa... bem, de uma pessoa instruída. Mas se o senhor tivesse conhecido Louis, se soubesse como ele é, e tudo por que passou...

— E então? — perguntei. Não pude evitar: com hesitação, permiti-me pousar as mãos levemente em seus ombros estreitos, a fim de olhar bem no rosto dela e tentar decifrá-lo.

— Passei a acreditar em uma coisa sobre meu filho. Dr. Dannachet, ele realmente não é como as outras crianças. Eu acho...

— Sim?

— Que meu filho é uma espécie de anjo — disse ela num impulso. E seus olhos desesperançados se encheram de lágrimas.

Meninos não devem fazer suas mães chorarem. E, se suas mães chorarem, os meninos devem estar por perto para consolar elas e dizer sinto muito que tenha dado tudo errado, mamãe, sinto muito que você esteja com o coração na boca o tempo todo, sinto muito que o perigo tenha me pegado e que eu esteja num lugar onde você não pode me alcançar. Sei que tentou impedir isso. Sei que pensou *Tenho de protegê-lo, tenho de protegê-lo*. Sei que disse isso. Não é sua culpa se não adiantou.

Meninos não devem fazer suas mães chorarem, especialmente se elas tiverem tido uma vida difícil e se a *grand-mère* mora em Guadalupe, que é longe demais para visitar e onde eles cultivam mamão que tem sementes parecidas com cocô de hamster. E, na época antes de Gustave, os meninos não deviam espionar suas mães, porque não vão entender as coisas direito, vão começar a pensar coisas estranhas e a inventar besteiras só para impressionar as pessoas, e isso vai acabar em choro. Mas às vezes a gente não pode evitar, porque precisa saber as coisas e elas não vêm num CD em que a gente pode clicar numa imagem para mandar os animais fazerem coisas e aprender sobre o Habitat deles e a Nutrição e o Ciclo de Vida e Como Eles Criam Seus Filhotes e blá-blá-blá. Mas eu não tenho o CD sobre seres humanos, porque vai ver ainda não fizeram. Por isso tenho de espiar e escutar escondido quando eles fazem coisas secretas como transar um com o outro (*hã-hã-hã*) ou chorar ou ter uma discussão ou uma conversa secreta sobre Crianças Perturbadas.

Uma boa maneira é usar a babá eletrônica que eles mantêm para o caso de você ter morte súbita de novo à noite, embora você não seja mais um bebê. Você reverte o som, e assim pode escutar o que eles dizem quando está no seu quarto comendo cereal, aquele tipo com framboesa, e eles estão na cozinha tendo uma conversa secreta. Talvez você não saiba como as framboesas ficam desse jeito. Eles secam elas por congelamento a vácuo, é um processo especial.

— Devemos contar a verdade ao Louis — diz papai. — Sinto muito, Natalie, mas tenho pensado muito nisso ultimamente.

— *E prejudicá-lo pelo resto da vida?* — pergunta mamãe.

— Você está exagerando. Ele tem o direito de saber, e eu preferiria que soubesse por nós. Ele sabe que há alguma coisa que não se encaixa. É muito estranha a maneira como capta as coisas. Veja o modo como ele percebe todas as suas variações de humor. De qualquer forma, ele entenderia. Ele sabe o quanto eu o amo. Não vai ser um problema.

Baixo minha colher. Maomé está correndo na sua roda, então enfio um lápis nela para que ela emperre e o barulho pare. Porque eu preciso escutar, mas talvez não.

— Ele faria perguntas — diz mamãe. — Você conhece Louis. Uma pergunta sempre leva a outra e depois a outra e outra. Até chegar àquela que você não pode responder.

A voz dela está trêmula. *Tenho de protegê-lo, tenho de protegê-lo,* pensava. Provavelmente está olhando o espelhinho nessa hora, aquele junto à pia. É isso que ela faz quando está pensando. É seu espelho do pensamento.

— Deixe que ele pergunte. Podemos contar com Perez. **Ele** pode ajudá-lo a lidar com isso.

— Com certeza você não está dizendo que deveríamos contar a história toda, não é? Sobre Jean-Luc e...

O rosto dela no espelho do pensamento. Assustada.

— Não. Claro que não. Não a história toda, obviamente.

Papai provavelmente está sentado à mesa da cozinha, limpando o canivete suíço que sua *mamie* deu a ele no último Natal e que ele chama de Brinquedo de Menino Grande. *Dezoito lâminas, e a gente não sabe pra que serve metade delas*. Mamãe deve estar de costas, mas ele pode ver o rosto dela no espelho do pensamento.

— Quanto da história, então? Contar como ele *veio ao mundo?* Como você e eu nos conhecemos? Meu Deus, Pierre, não posso acreditar que você queira fazer algo tão destrutivo. Não acha que o pobre garoto já tem problemas o suficiente? Sabe do que o chamam na escola? Menino Maluco.

— Foi exatamente por isso que sugeri um terapeuta!

— Mas sou eu que tenho que levá-lo, não é? Sou eu que quase enlouqueço lidando com ele depois!

Depois acho que ela não quer mais se olhar no espelho do pensamento, porque está chorando de novo. Mamãe chora pelo menos uma vez por dia e às vezes duas, porque não é fácil ser a mãe de uma Criança Perturbada.

— Desculpa, Pierre. Estou apenas dizendo... não, estou *insistindo*, Pierre, estou *insistindo...* que a gente deixe esse assunto de lado. É melhor que ele não saiba. Só vai ficar confuso e ansioso, além de tudo. Pense em toda a autoaversão. Vamos encerrar esse assunto agora mesmo.

Não é permitido comer no quarto. Vai ver foi por isso que parei de mastigar e de repente não consegui engolir mais nada. Vai ver foi por isso que precisei cuspir tudo em Alcatraz antes de tirar o lápis da roda e deixar Maomé correr de novo. Mais tarde, quando pensei melhor, não consegui ver qual era o grande problema, porque eu já sabia de onde eu tinha vindo. Os médicos tiveram que cortar a barriga dela como aconteceu com a mãe do imperador Júlio César e me puxar pra fora com um gancho, e nós dois quase morremos. Então era tudo blá-blá-blá e nem valia a pena ter espionado. Mas fiquei pensando no Jean-Luc. Quem era Jean-Luc? O que é *autoaversão*?

Muita gente — não a mamãe, é claro, porque ela sabe que não sou um mentiroso, mas outras pessoas — pensava que eu estava inventando os acidentes. Mas não estava. Não todos. Eu tinha sorte, porque nunca me importei se as pessoas acreditavam em mim, especialmente Perez Balofo.

Toda quarta-feira depois da escola, quando todos os outros estão fazendo *ateliers* ou *cathécisme* ou vendo televisão, eu visito Perez Balofo, que é um cara gordo que lê pensamentos, mas não é nada bom nisso, e pra castigá-lo a gente podia mandar pelo correio pra ele um envelope com alguns cocôs de hamster, só que talvez ele achasse que eram sementes de mamão e plantasse elas num vaso, porque é muito idiota, e ficasse esperando, esperando e esperando eles crescerem, mas nunca cresceriam. E às vezes eu conto em voz alta só pra deixar ele maluco, *un deux trois quatre cinq six sept huit neuf dix onze douze*, ou em inglês *one two three four five* só que aí eu tenho que parar porque não sei o que vem depois de *five*.

— Algum acidente essa semana?

— Eu me queimei com um fósforo porque estava acendendo velas. A mamãe detesta que eu brinque com fogo, ela morre de medo, detesta velas e fogueiras, mas eu adoro. E depois ralei o joelho quando caí no playground. E ontem fiz uma bolha na mão. Quase peguei tétano. Eu podia ter ficado com trismo. Estou com um band-aid, olha.

— E como você fez essa bolha?

Eu tinha aprendido uma coisa que era tipo estalar a língua contra o céu da boca, que se chama *paleta*, e pareceu uma boa hora para fazer isso. Foi bem alto, mas Perez Balofo não diz nada.

— Eu fiz a bolha usando uma pá, porque estava cavando um túmulo.

— Ah, me conte sobre o túmulo! — *Rangido*. — Era para um animalzinho que você encontrou, talvez?

— Se eu encontrasse um animalzinho, não o mataria. Não na mesma hora.

— Eu quis dizer...

— Eu o deixaria vivo, em Alcatraz, com Maomé. Se fosse um rato, eu provavelmente daria larvas para ele comer e depois talvez matasse ele. Depois de, digamos, uns dezesseis ou dezessete dias.

Faço outro estalo, mais alto desta vez.

— Então me diga. Para que era o túmulo?

— Para um ser humano.

— Um ser humano. Que tipo de ser humano?

— Um gordo grandão que mora na rue Malesherbes.

— E quem poderia ser ele?

Bah! Gordos são tão lerdos!

— Esses pequenos acidentes que você teve — continua Perez Balofo, olhando pra mim com sua cara pensativa. — Eles não foram graves o bastante para mandá-lo para o hospital, não é? Quero dizer, uma pequena queimadura, um arranhão, um corte.

— E daí? Sempre sofro acidentes. Às vezes são grandes acidentes, e às vezes são pequenos.

— Vamos falar sobre os grandes. Aqueles que o levam para o hospital. Quero perguntar uma coisa, Louis. Você gosta de estar no hospital?

— Não gosto do pronto-socorro. Detesto essa parte. Mas a parte da recuperação é legal.

— O que é legal nessa parte?

— A gente não tem que ir pra escola. Ficam paparicando a gente. Ela se senta do lado da cama e conversa com você como se fosse bebê de novo e você pode só ficar ali deitado, escutando. E ela faz tudo que você quiser, porque está muito feliz de ver que o perigo não te matou.

— O perigo?

Faço o estalo de novo, mas não saiu tão alto, pareceu um chiado.

— Sempre existe perigo. A gente não sofre acidentes sem correr risco. E depois é bom porque papai traz modelos grandes de Lego. E comidas legais. Mas depende do hospital. O melhor é aqui em Lyon. No Edouard Herriot, você pode comer pizza ou lasanha e sempre tem sorvete de sobremesa se você quiser, porque Lyon é a capital gastronômica da França.

— É o que dizem — concorda Perez.

— E costumam ter PlayStation ou Nintendo.

— Você gostaria de voltar ao Edouard Herriot, Louis? Hospitais podem ser lugares muito reconfortantes, não é? Como você disse, nada de escola, e uma porção de gente paparicando você.

Estalo a língua bem alto de novo. Fiz certo desta vez.

— Você acha que poderia às vezes ficar um pouquinho contente quando vai parar no hospital?

— Você está dizendo que eu faço de propósito, né?

— Não, Louis. Eu nunca disse isso e não é o que penso.

É nessa hora que começo a ter vontade de quebrar a tigela com água e conchas marinhas que está sobre a mesa e ver elas se espalharem por toda parte no vidro quebrado e ver também a cara gorda dele.

— Me diga uma coisa, monsieur Perez. Sou uma Criança Perturbada?

Ele ri.

— Isso não existe, Louis.

— Que me diz agora? — pergunto quando ele termina de enxugar a água e recolher o vidro quebrado com uma pá de lixo e uma vassoura e um pano de prato gay e de pôr um band-aid em um corte. Ele telefonou pro celular da mamãe dizendo que precisamos terminar a sessão mais cedo.

— Em quem você estava pensando quando quebrou essa tigela, Louis? — pergunta enquanto está esperando por ela. — De quem você estava com raiva?

Ah, de novo! Ele está sempre falando de "raiva". "Sua raiva." Por que não consegue achar outra palavra no dicionário? Por que não consegue usar uma palavra como "aversão"?

A campainha da porta toca, o que significa que o tempo acabou, e é nessa hora que pergunto:

— É verdade que existe uma pílula que as mulheres podem tomar para não ter bebês? A pessoa toma uma todos os dias de uma cartelinha verde que tem vinte e uma pílulas pequenininhas e fica guardada num lugar secreto?

Ele olha para mim como se eu fosse um Menino Maluco.

— Sim, Louis, existe. Chama-se pílula anticoncepcional. Por que pergunta?

— Eu só queria saber. Foi uma aposta.

— Com alguém na escola?

— Com monsieur Zidane, meu professor. Eu disse que existe uma pílula pra não fazer bebês, e ele disse que não.

Ele pensa por um minuto.

— Você por acaso estaria *engolindo* essas pílulas que você encontrou, Louis?

Então eu finjo pensar por um minuto também. Pense, pense, pense. Depois estalo a língua outra vez.

— Talvez. O que acontece se a gente engolir?

Mamãe diz que crianças precisam de regras e de segurança. *Sempre se deve dizer a verdade às crianças. Elas devem dizer a verdade também, devem sempre dizer aos médicos a verdade sobre como se machucaram. Nunca devem inventar histórias só para fazer as coisas parecerem dramáticas e impressionar as pessoas. Você não imagina como é difícil ser mãe de uma criança que sempre sofre acidentes. O coração fica na boca o tempo todo. Adultos fazem coisas ruins às vezes. Se um adulto fizer uma coisa ruim com você, você deve contar para outro adulto, um em que possa confiar. Estarei sempre aqui para ajudar você, Lou-Lou. Estou sentada ao lado da sua cama neste momento, e, quando aperto sua mão assim, talvez você possa sentir.*

— Você não precisa ouvi-la — diz Gustave. — Pode desligá-la. Conte-me mais de sua história, Jovem Senhor.

— Aconteceu uma coisa um dia.

— Onde?

— Na Disney.

Era inverno. Na previsão do tempo, falaram que a temperatura média naquela manhã seria de 12 graus e à tarde subiria pra 15, mas haveria ventos soprando do sul para enfrentar a baixa pressão sobre o norte da França. Isso significa um risco de sessenta e cinco por cento de pancadas de chuva amanhã e na segunda-feira, por isso não esqueça seu guarda-chuva. Antigamente, o Disneyland Resort Paris chamava-se EuroDisney, mas o pedaço do Euro não funcionou, disse papai. Só a parte da Disney. Por isso eles se livraram do Euro e chamaram o lugar de Disneyland Paris e depois disseram: que tal chamá-lo de Disneyland Resort Paris e deixar as pessoas beberem bebidas alcoólicas? E aí, abracadabra, as pessoas chegaram aos bandos porque o folheto dizia que é *um domínio encantado com muitos reinos,* especialmente a *Discoveryland, com a Space Mountain e suas experiências únicas. É um sonho mágico, ideal para toda a família,* mesmo que vocês não sejam realmente uma família, só uma mãe, um pai e um menino com um hamster. Eu e papai fomos de Lyon pra lá no TGV, o trem muito rápido, e passamos o fim de semana todo no Hotel Santa Fé, dando um descanso à mamãe e a Maomé, porque nós dois somos homens e às vezes homem demais cansa e dá dor de cabeça.

Na Adventureland, diz o folheto, você pode *perambular pelo bazar oriental do mundo de Aladdin, absorver sua atmosfera exótica e acompanhar o ritmo dos bongôs até o coração do Caribe,* então fazemos isso, vendo decorações de Natal por toda parte, e papai me carrega nos ombros por algum tempo, mesmo eu sendo grande demais e pesado. Alguém tinha derrubado pipoca no Mundo de Aladdin, por isso entramos na fila, no frio, pra ver a árvore gigante de *A família Robinson* na Adventure Island. Eles eram uma família que ficou presa numa ilha tropical e teve que construir uma casa numa árvore. Estamos só começando a subir a escada quando uma voz de mulher diz:

— Pierre? É você?

Imediatamente sinto a mão do papai apertar a minha, como se a mulher fosse me raptar ou coisa parecida. Ele põe a outra mão no meu ombro e paramos na escada. A mulher está com um homem, e eles têm duas meninas chinesas, mais novas que eu, que parecem gêmeas, e um bebê gorducho, que não é chinês, num carrinho. Ficamos todos espremidos ali, com gente passando por nós ao subir a escada.

— Puxa — diz papai. — Que surpresa.

Ele está com cara de quem vai vomitar, mas ele e a mulher se beijam no rosto como se tudo estivesse normal, e depois todos nós recuamos pra que outras pessoas possam passar.

— E este deve ser o Louis — diz ela. — Olá, Louis.

Ela se curva e eu beijo seu rosto também, e ela beija o meu. A mulher cheira a baunilha. Tem os lábios macios e frios, por causa do vento, e de repente parece que o Natal vai ser no dia seguinte, ou no outro, não dali a duas semanas.

Ela olha pra mim com seus olhos azuis, claros como água de piscina, mas eu não digo nada. Nunca a tinha visto antes, então como ela sabe o meu nome? Talvez tivesse me conhecido quando eu era bebê. Ela usa casaco e brincos vermelhos, tem um rosto bonito e cabelo preto, mas não tão preto quanto o das meninas chinesas, que estão dando risadinhas como se alguma coisa fosse engraçada, talvez aquelas luvas idiotas que mamãe me obriga a usar, por isso tiro elas e enfio elas no bolso. Depois o pai delas, que também não era chinês, aperta a mão do papai.

— Alex Fournier — diz ele, se apresentando.

— Pierre Drax — responde papai.

Eu queria saber por que as meninas são chinesas se a mãe e o pai não são.

— Então você é o famoso Pierre Drax.

Papai não parece muito feliz por ser o famoso Pierre Drax.

— Não sabia que você era famoso, papai.

— Foi só uma brincadeira — diz ele rapidamente.

O homem continua olhando pro papai e depois pra mulher. Balança a cabeça como se estivesse solucionando algum problema, talvez encaixando uma peça complicada de Lego, e depois diz:

— Bem, não posso dizer que não ouvi falar muito de você, Pierre.

— E estes são nossos filhos — fala a mulher, toda alegre e sorridente, de mão dada com Alex, mas é fingimento. — Esta é Mei e esta é Lola, e o bebê é Jerôme. Ele tem 1 ano e 1 mês.

— Parabéns — diz o papai.

— E você? — pergunta a mulher. — Tem mais algum em casa?

— Não, é só o Louis — responde o papai. Depois eles se olham por muito tempo, até que o marido pigarreia e abre a boca como se fosse dizer alguma coisa, mas não diz.

— E como vai a mãe do Louis? — pergunta a mulher.

— Natalie vai muito bem, obrigado — responde o papai. — Ela não pôde vir com a gente hoje.

— Porque nós damos dor de cabeça nela — digo. — Porque às vezes os homens cansam.

— Que pena — diz a mulher, e olha bem para o papai, e ele me manda vestir as luvas de novo porque minhas mãos vão congelar, e pergunto como as filhas dela podem ser chinesas. Papai diz pra eu não ser grosseiro. Mas a mulher diz que não é grosseria, que eu sou curioso. Elas tinham nascido na China, que era um país muito distante da gente, e eu já tinha ouvido falar em adoção? Ela espera que sim, espera que a mamãe e o papai tenham me explicado tudo sobre adoção. Mas eu digo que eles não me explicaram nada, e isso faz as meninas chinesas rirem como se fosse engraçado eu não saber o que era adoção. A mulher olha pro papai e pra mim e depois diz muito depressa que ela e o Alex tinham recebido as meninas da China dois anos antes e logo depois tinham tido uma surpresa adorável, porque o Jerôme veio também. — Foi muito inesperado — diz ela, ficando com o rosto todo vermelho de felicidade.

— Não perdemos tempo — diz o homem, que também está feliz. — Três filhos em um ano!

Ele parece orgulhoso, como se tivesse ganhado na loteria. Como se estivesse dizendo pro papai: Está vendo? Eu tenho três e você só tem um, e eu tenho duas meninas e todo mundo sabe que meninas chinesas são melhores que Meninos Perturbados. Além disso, nós temos um lindo bebê com bochechas rosadas e gorduchas e um boneco e um chapéu com orelhas de coelho.

— E agora somos cinco — continua a mulher —, o que deixa o apartamento um pouco apertado, mas esperamos nos mudar logo, porque me ofereceram um novo emprego em Reims. Alex soube ontem mesmo que poderia ser transferido também, e eles vão promovê-lo a gerente regional, então hoje estamos todos fazendo uma pequena comemoração.

— Puxa, fico feliz em saber que as coisas estão indo bem para você — diz o papai. — Você merece, Catherine.

Ela parece uma mulher simpática, eu não entendo por que o papai parece tão aborrecido; quanto mais ela fala e parece feliz e sorridente, mais aborrecido ele fica, e então de repente ele olha pro relógio como se estivesse chocado ao ver as horas.

— Acho que é melhor irmos andando, *mon petit loup* — diz ele. Sim, blá-blá-blá.

— Mas e a árvore da Família Robinson? — pergunto. — Podemos subir lá com eles.

As meninas chinesas ainda estão rindo de mim, mas não me importo; elas não passam de meninas idiotas e, além disso, são chinesas e têm olhos do formato de uma folha e eu não quero mesmo brincar com elas porque meninas são uma chatice e eu sei que elas estão rindo das minhas luvas, apesar de estarem no meu bolso.

— A fila está um pouco grande — respondeu o papai. — Vamos almoçar primeiro. Acho que vi alguém vendendo algodão-doce ali adiante. Você pode comer um depois do almoço. Foi ótimo ver você — diz ele à mulher. — Fico satisfeito por ver que as coisas deram certo. Tudo de bom. Tchau!

Dessa vez eles não se beijam, só apertam as mãos. Ele e ela, depois ele e ele. O homem olha pro papai como se o papai fosse um batedor de carteira que estivesse pensando em roubar alguma coisa dele. Eu teria gostado de ficar e subir na árvore com as meninas chinesas, mesmo que elas continuassem rindo das minhas luvas idiotas e elas fossem meninas idiotas, mas papai me puxa — dá um puxão no meu braço com tanta força que dói. Se eu deslocasse o braço, iria para o hospital, e era melhor não ir, porque eu tinha prometido à mamãe que, se pressentisse o perigo, falaria com um adulto, um em quem eu pudesse confiar; é isso que a gente sempre deve fazer quando não se sente seguro. Quando olho para trás, vejo uma das meninas chinesas acenando e a mulher e o homem de mãos dadas. Mamãe e papai não fazem isso, nem se beijam, porque beijar é bobagem *e há outras maneiras de demonstrar amor, como ser um provedor responsável para sua família e não a decepcionar.* Mas às vezes eu gostaria que fizessem isso.

Vejo uma lata de lixo e aproveito pra jogar minhas luvas idiotas de bebê lá dentro enquanto papai não está olhando. No almoço, comemos um fast-food mexicano chamado *tacos* que tem gosto de papelão com *pommes frites et ketchup*. Papai está com uma cara esquisita e não para de pedir cerveja e pega minha mão e diz que me ama e eu digo que amo ele também, mas sei que alguma coisa está errada.

— Quem eram aquelas pessoas? Quem era aquela mulher?

— Apenas uma conhecida minha — responde papai. — Nós éramos... amigos. Bons amigos. Na verdade... — Ele pega a minha mão. — Não contei isso a você antes. Mamãe achava que você não precisava saber, mas... bem, não vejo motivo para isso. Eu fui casado com aquela mulher.

— Casado?

— Sim. Durante três anos. Há muito tempo.

— Ah.

— Louis, me desculpe por contar isso assim. Está chateado?

— Não. Por que estaria? Agora você está casado com a mamãe. E você não me teria se não fosse casado com a mamãe, né? Teria meninas chinesas e um bebê com um boneco idiota e orelhas de coelho.

Ele não diz nada, só olha pra mim, pensativo.

— Sim. Talvez. Não sei o que eu teria. — Suspira. — Mas não vamos contar à mamãe sobre o encontro com Catherine, está bem?

— Não vamos? Por que não?

— Bem — diz ele, pegando uma *pomme frite* e comendo —, você conhece a mamãe.

É verdade. Mamãe é engraçada com relação ao papai e outras mulheres. Não gosta que ele fale com elas. Isso dá problema. *Os homens decepcionam as mulheres. Muitas e muitas vezes. É isso que estão programados para fazer.* E ficamos comendo nossas *pommes frites* por algum tempo e conto pra ele sobre o novo aeromodelo que eu quero, que tem um metro de envergadura, o que me faz derrubar minha Coca-Cola, por isso papai precisa chamar com um gesto a moça do restaurante.

— O que é *adotado*?

O homem que vem limpar a mesa é negro, mas não tem nas bochechas os riscos da Tortura Ritual, da Iniciação, como o homem do mercado de Lyon que vende colares de conchas. Enquanto ele limpa, papai me conta que adoção é quando uma pessoa pega o bebê de outra se não consegue ter um. A mãe e o pai do bebê não podem tomar conta dele porque são pobres demais ou não podem lidar com a situação, assim dão o bebê pra outro casal, que não pode ter seus próprios filhos. Aquelas meninas chinesas tinham sido adotadas porque Catherine pensou que não podia ter filhos. Mas depois que ela e o marido adotaram as duas, ela conseguiu ter o seu próprio bebê.

— Então não foi porque ela estava tomando aquelas pílulas que não deixam a pessoa ter um bebê?

— Não. Ela queria ter um bebê. As mulheres só tomam aquelas pílulas quando não querem.

— É por isso que mamãe toma?

Ele olha pra mim e fecha a cara.

— Ela não toma. Ela toma vitaminas e outras coisas. Ácido fólico. Todo tipo de coisas. Provavelmente foi isso que você viu. Não é a mesma coisa.

— Então por que você e a mamãe não têm mais um bebê? Estou cansado de hamsters. Estou cansado de nossa família ser tão pequena, só você e eu e ela. Por que não posso ter um irmão?

— Nós gostaríamos — diz o papai. — Gostaríamos muito. Acredite, *mon petit loup*. Estamos cuidando disso.

Mas o rosto dele parece muito pálido, abatido e amarelo, como se ele fosse chinês.

Quando uma coisa se atrasa, pode ser sinal de azar. O TGV pra Lyon se atrasou quatro minutos e meio. A gente não tem ideia do azar até ele acontecer.

— E nenhum acidente! — conta papai pra mamãe na cozinha, falando sobre a Disney. Ela está preparando uma massa na batedeira, porque, se alguém disser que ela não sabe cozinhar, a Lucille, por exemplo, estará mentindo.

Mamãe olhou pra ele de um jeito esquisito, zangado, porque eles não se amam como aquela mulher e seu marido com as crianças chinesas. Talvez se detestem. Talvez só queiram o divórcio. Mas não podiam, não é? Não podiam, por minha causa.

Porque eu não deixaria. Veja só.

— Encontramos uma família na Disney — comento. — O papai conhecia a mulher.

Ela toma mesmo aquelas pílulas. Eu vi a mamãe tirar a cartela da gaveta da penteadeira, pegar uma e engolir. Tem montes de caixas delas, não dá nem pra contar, e Dornormyl e Óleo de Prímula e blá-blá-blá. Se um menino comesse as pílulas, podia ficar com peitos de mulher, porque o Perez Balofo explicou que havia um hormônio nelas, que é um hormônio de mulher. Isso podia fazer você mudar de sexo, como na televisão. Vi um programa que dizia que existe uma operação que o cara pode fazer pra virar mulher e parar de ser estuprador. Você paga cinquenta mil euros e eles cortam o seu pinto.

— Então me conte sobre essa família, Louis — diz a mamãe com a sua Voz Gélida, como o papai chama. *O barulhinho do gelo.* — Quem é essa mulher que o papai conhece?

Papai se levanta da mesa e começa a esvaziar a máquina de lavar louça e a empilhar os pratos no armário.

— Ela tem duas filhas chinesas que não param de rir. São adotadas. E um bebê que não é, com seu chapéu de coelho idiota com orelhas de coelho idiotas.

— Uma ex-colega minha — explica o papai, tirando as facas e os garfos. — Da Air France.

Ele bate os pratos.

— De que departamento?

— Ah, é... do RH.

— E ela era simpática? — pergunta a mamãe.

Ela pergunta pra mim, mas olha pro papai de um jeito engraçado. Só que ele está de costas pra ela, batendo mais pratos e talvez pensando *no barulhinho do gelo.*

— Sim. Muito simpática. Mas tivemos que ir embora. O papai disse que tínhamos que ir. Mas a gente não tinha que ir. Eu nem estava com fome, mas fomos a um restaurante que era pra ser o México.

— Entendo — comenta mamãe. — O México.

Ela continua olhando pro papai, mas ele está verificando se os copos estão bem limpos.

— Que tal ir ver desenhos animados por algum tempo, Lou-Lou? — sugere papai. Ele olha pra mim e seus olhos estão tristes, e se ele não fosse praticamente uma Máquina Mortífera você pensaria que está morrendo de medo.

Não sei por que contei à mamãe sobre a mulher na Disney. Eu não disse quem ela era, não disse que se chamava Catherine, não disse que ele tinha sido casado com ela. Mas talvez ela soubesse, porque agora eles iam brigar. Enquanto eu assisto ao desenho *Madeline*, mamãe berra com ele e ele tenta acalmá-la.

— Era ela, não era? Você mentiu! Por que você mentiu? — grita ela. — Por que não pôde simplesmente dizer a verdade, pelo amor de Deus?

Ele responde alguma coisa muito devagar e baixinho, por isso não escuto.

— Você vai vê-la de novo, não vai? Vai se jogar aos pés dela. Bem, vá em frente. Faça isso, se é o que quer. Louis e eu não precisamos de você.

Ele diz alguma coisa em voz baixa de novo, tentando acalmá-la, e depois ouço a voz dela também. *Se você se sente tão culpado. Não se atreva. Queria nunca ter feito isso. Devia ter dado a vocês dois o que queriam. Coração sangrando... Ter feito vocês felizes. Ter que viver com isso. Não me culpe. O erro foi seu, não meu.*

Quando acabei de contar tudo isso a Gustave, ele não disse nada. Nunca dava pra saber se ele ia responder ou apenas tossir e tossir até sair vômito ou algas. Mas ele não fez nada. Nem se mexeu. Estava tendo um dia ruim, havia mais sangue do que de costume, vermelho vivo, que ensopava as ataduras. Pensei que poderia estar chorando embaixo de tudo aquilo. Eu contei que ele tem a cabeça toda enfaixada, como uma múmia? Contei que não tem rosto? Contei que mora dentro da minha cabeça?

Gustave tem piorado. Ele me falou da vez em que ficou preso num lugar escuro. Sentiu cada vez mais fome, mas não havia nenhuma comida, e de todo modo ele não tinha boca porque seu rosto estava todo comido. O sangue ensopava as ataduras e escorria pelo seu pescoço como se fosse um rio vermelho vivo. Embaixo das ataduras, ele estava morrendo.

— Conte-me mais da sua história, Jovem Senhor — diz ele. — Antes que eu vá embora.

Falo sobre o segredo sujo do Perez Balofo.

Uma vez eu estava lá em seu apartamento nojento em Gratte-Ciel e ele foi até sua cozinha gay pegar uma Coca-Cola pra mim, porque eu sempre tinha que tomar Coca-Cola, *me recusava a cooperar sem Coca-Cola*, e às vezes balas também. Enquanto ele não estava na sala, comecei a vasculhar pra ver se ele tinha arranjado alguma coisa nova. Olhei nas gavetas e debaixo das almofadas porque às vezes eu achava moedas ou pilhas AAA, e uma vez uma nota de dez euros e eu podia pegar e ele nunca notava. Bem, dessa vez achei uma coisa grande e nova. Binóculos.

Legal.

Apontei eles pra janela e mexi nas lentes até que a imagem não estivesse mais borrada. Estava nevando lá fora e dava pra ver os flocos de neve caindo como grandes pedaços de papel picado. Queria descobrir de onde vinha a música, porque quando eu brincava de Não Diga Nada dava pra ouvir música alta e uma mulher gritando coisas como "um, dois, três, apertem esse bumbum, moças, queremos ou não queremos que ele fique firme?".

— O que você está fazendo, Louis? — perguntou Perez Balofo, ao entrar na sala com seu corpo enorme e a minha Coca-Cola.

— Você pôs gelo? Me diz pra que usa isso e eu devolvo.

— Sim, três cubos. Servem pra ver coisas a distância. Como aves.

— Que aves?

— Bem, na cidade você pode ver pombos e estorninhos, às vezes uma garça — disse ele. — Elas vêm atrás dos peixes nos laguinhos.

Olhei pra ele, que não passava de um grande borrão. Mas quando mexi um pouco mais nas lentes, focalizei seu rosto. Ele estava sorrindo, a mão estendida querendo os binóculos de volta. Mas eu ainda não tinha terminado.

— Você é um pervertido, não é? — perguntei. — Olha as moças tirando a roupa e fazendo aeróbica. Olha pras bundas e pros peitos delas. Não olha?

— Louis, acho que está na hora de começarmos.

— Você olha pras moças peladas e brinca com o seu pinto. Você é um estuprador.

— Um o quê, Louis?

— Um estuprador.

Ele sentou e olhou pra mim como se eu fosse um Menino Maluco, como me chamavam na escola. Era a mesma expressão. Seu rosto voltou a ser um borrão quando olhei pra ele, um grande borrão gordo. Mas eu podia ver que estava me dando um sorriso bizarro.

— Fale mais sobre estupradores. Não é a primeira vez que você fala sobre eles. O que sabe sobre estupradores, Louis?

Ele devia procurar no dicionário, né? Sou só um menino. Lá fora os flocos de neve continuavam caindo, caindo, e às vezes subiam um pouquinho, quando havia uma corrente de ar chamada térmica. Você fica tonto olhando esses flocos de neve que parecem papel picado. Quando fica tonto, você cai. Falaram sobre estupradores uma vez na TV, eu não sabia o que eles eram nessa época, mas a mamãe ficou com uma cara estranha, e ela e o papai olharam um pro outro e depois os dois estenderam a mão pra pegar o controle remoto. Papai chegou primeiro e desligou a TV e depois os dois me olharam de um jeito esquisito.

— O que é um estuprador? — perguntei.

— Um homem mau — respondeu meu pai, e ficou vermelho como um pimentão. Mamãe não disse nada, só foi pra cozinha e começou a picar cebolas pra chorar.

— Nunca vou virar um estuprador — eu disse ao Perez Balofo. — Porque ou vou ter peitos, ou vou morrer.

Mas eu estava errado sobre os peitos, porque aquelas pílulas de mulher que a gente guarda no bolso e come no café da manhã e no almoço e no jantar e num piquenique, que não têm gosto de nada mesmo que a gente mastigue, não funcionam. Porque depois de algumas semanas você continua sendo um menino sem peitos, nem pequenininhos. Portanto, Perez Balofo estava mentindo mais uma vez. Ele estava jogando Minta Sempre, que é um dos jogos secretos que os adultos jogam. Eles têm uma porção de jogos com Regras Secretas, igualzinho às crianças. Tem o Voto de Silêncio, que parece um Não Diga Nada de adultos, tem o Punição Extrema e o Finja que Você Não O Odeia. Esse é muito difícil de jogar. Você tem de ser craque em Trabalho Emocional.

— O papai não é meu pai de verdade. Sou adotado. Sou uma Criança Adotada, como um chinês.

— Ah — disse Perez Balofo. — Que ideia interessante. Não é incomum crianças pensarem isso. E sua mãe?

— Ela é minha mãe de verdade.

— Como sabe?

— Porque ela quase morreu quando eu nasci. Tiveram que abrir a barriga dela e me puxar e nós dois quase acabamos num *caixão duplo*, que você pode encomendar pela internet.

— Então a mamãe é sua mãe de verdade, mas o papai o adotou. Alguém disse isso a você ou é apenas uma ideia que passou pela sua cabeça?

— Ninguém me contou.

— Então como sabe?

— Eu sei porque sei. Ele me adotou como se eu fosse um chinês. Como bebês chineses que têm pais que não podem tomar conta deles, aí eles vêm pra França e vivem com outra família e riem das luvas idiotas de outras crianças.

— Entendo. Então quem você acha que é seu verdadeiro pai?

— Eu não tenho pai.

— Todo mundo tem um pai de verdade, Louis.

— Bom, eu não.

Ele pensou durante muito tempo com seus olhos apertados de porquinho.

— Se pudesse escolher um pai, em vez do seu pai, há alguém que você escolheria, Louis?

Fingi pensar durante um minuto também, apertando meus olhos como ele fez. Pense, pense, pense. Depois eu disse:

— Sim, monsieur Perez. Você.

Tive a impressão de que ele ia vomitar.

— Verdade? — perguntou, a voz toda fraca e rouca.

Isso me fez cair numa gargalhada. Eu ri e ri e ri.

— Te peguei!

Não conseguia parar de rir, e, quanto mais eu ria, mais ele detestava a situação, mas não pôde dizer nada porque estava sendo pago. Quer saber? Acho que Perez Balofo não é capaz de lidar com o Menino Maluco. Quando mamãe chegou, eles me deixaram na sala assistindo a *Des Chiffres et Les Lettres* e conversaram na cozinha. E depois que ele falou por algum tempo, ela começou a usar a Voz Gélida. Aumentei o volume com o controle remoto porque detesto essa voz. Tive que continuar aumentando o volume. Quando a mamãe entrou pra me pegar, ainda estava furiosa, apertando a boca feito doida. Ela faz isso às vezes.

A caminho de casa, no carro, mamãe disse que ela e monsieur Perez tinham tido uma breve conversa porque ele estava com umas ideias estranhas na cabeça. Foi aí que eu soube com toda certeza que Perez Balofo estava mentindo. Ele disse que tudo que eu contasse a ele nunca sairia da sala porque era um segredo entre ele e mim.

Mas veja só. Ele contou pra ela, entende? É um mentiroso igual a todos os outros e joga os mesmos jogos que todos jogam como Finja que Você Não O Odeia, que parece um programa de TV. Estão todos representando e querem que eu acredite neles, assim como querem que eu acredite que o papai é meu pai de verdade. Mas ele está só jogando Finja que Você é Pai Dele. E isso torna ele o maior fingidor de todos, e foi por isso que resolvi não falar mais com ele pelo telefone quando ele liga de Paris, e foi por isso que parei de escrever cartas pra ele e comecei a odiá-lo porque ele fez uma coisa terrível, ele não tem honra, ele me decepcionou muito.

Eu era sonâmbulo quando criança. Minha mãe me encontrava em lugares estranhos. Na primeira vez eu tinha só 4 ou 5 anos, e ela me encontrou procurando alguma coisa lá fora no jardim; quando me perguntou o que era, respondi que estava procurando "aquilo". Procurei o "aquilo" não indentificável em meu sono em ocasiões posteriores — no jardim, no campo do vizinho ou na praia próxima. Esses episódios preocupavam meus pais e também me deixavam inquieto quando me contavam tudo na manhã seguinte. De uma maneira estranha, porém, eu também achava fascinante que uma parte de mim pudesse estar dando ordens a meu corpo na minha ausência. Nunca me lembrava de meus sonhos, mas sempre acordava me sentindo grogue e exausto, como se tivesse passado por um enorme esforço físico e mental para visitar um lugar que não estava nos mapas. O sonambulismo tornou-se um fato cada vez mais frequente em minha vida, e chegou ao ápice durante minha adolescência, quando a mente e o corpo estão se desenvolvendo muito rápido. Durante minha puberdade, aqueles anos de assombro diário com o próprio corpo, fantasia sexual e masturbação furtiva embaixo dos lençóis, acontecia quase todas as noites. Não cheguei a ir até a praia novamente, mas às vezes acordava e estava no celeiro de um fazendeiro vizinho, ou no depósito onde meus pais guardavam antiguidades à espera de restauração. Surpreendentemente, nunca sofri nenhum acidente durante qualquer um desses episódios. Meu sonambulismo parecia ser completamente benigno, e todos passamos a aceitá-lo como uma idiossincrasia que eu superaria algum dia. E, de fato, um dia a superei. Na época que saí de casa e me tornei estudante de medicina, o sonambulismo havia se tornado algo distante em minha paisagem mental, desbotada até se tornar espectral, como as velhas fotos Polaroid de minha infância.

Mas isso suscitou um impulso que não me abandonaria, por mais turvas que as lembranças tivessem se tornado — uma curiosidade de revisitar esse país fora dos mapas cujos contornos eu havia outrora traçado em meu sono, em minha inquieta busca por "aquilo". Como qualquer pessoa fascinada pelo aspecto psiquiátrico da neurologia, estudei com o professor Flanque no instituto. Mas, em última instância, foi o estado completamente inconsciente, e não as disfunções do estado consciente, que exerceu maior atração sobre mim, e, desse modo, quando deixei Paris, decidi me especializar em coma. Foi assim que acabei na Provença. Afora Philippe Meunier, que também foi para a neurologia, meus contemporâneos — em particular os cirurgiões — têm a teoria de que é uma tarefa ingrata cuidar dessas pessoas tão arruinadas. Eles veem o que faço como algo quase patológico: cuidar de seres humanos que não são mais que cascas de homens e mulheres, cadáveres vivos. Não poderiam estar mais enganados. Mesmo cérebros lesionados podem estabelecer conexões. A mente é mais que a soma de suas partes.

Assim que me despedi da Sra. Drax, voltei à minha sala. Ao atravessar o pequeno anexo onde Noelle trabalha, fiquei surpreso ao me ver no pequeno espelho que ela mantém na parede e vagamente chocado com a aparência severa e dogmática de meu rosto, emoldurado por um cabelo que rareava nas têmporas. Como era rígido! Meus olhos, fundos, de repente pareciam encovados. Será que eu ainda tinha o que poderíamos chamar de beleza, ou a idade tinha acabado comigo?

Estarei morto um dia, pensei subitamente. Morto e acabado.

Um dos quatro bonsais que uma paciente, Lavinia Gradin, havia me dado — meu favorito era a cerejeira — parecia estar precisando de uma poda, portanto comecei a apará-lo com minha pequena podadeira enquanto ligava para Philippe Meunier, em Vichy. Philippe, segundo sua secretária, acabava de retornar de uma breve licença médica.

— Já de pé outra vez? — perguntei quando ela transferiu a ligação. — O que você teve?

— Que foi que Michelle contou a você? — vociferou. Ele soou ainda mais brusco do que de hábito, e senti uma pontada da habitual animosidade.

— Que você esteve fora, doente — respondi. Esperava que ele não pudesse ouvir o som das tesouradas.

— Precisei apenas recarregar as baterias — disse ele. — Depois de uma virose.

Ele claramente não queria falar sobre o assunto. Médicos podem ser reservados em se tratando da própria saúde. Francamente, detestamos sucumbir a alguma coisa. A doença sempre parece uma espécie de derrota.

— O caso de Louis Drax — eu disse, inspecionando uma folha pequena, lustrosa, perfeita.

— Então ele chegou bem? — perguntou Philippe, bruscamente. — Tudo em ordem, espero?

Parecia mais irritado que de costume por eu o estar importunando.

— Nenhum problema. Está na enfermaria.

Houve um curto silêncio, em que contemplei minha obra de arte. Lembro-me de que senti certa consternação assim que Lavinia Gradin me deu os bonsais, como um presente de agradecimento depois de sair de seis anos de coma. Isso não era um pouco parecido, perguntei-lhe na época, com ganhar um animal de estimação de presente? Mas ela apenas sorriu e me disse para esperar. São como pacientes em coma, falou. Nada acontece durante muito tempo, mas depois, quando florescem...

Ela estava certa; a estética contida dos bonsais pouco a pouco me conquistou. Mas é uma paixão estranha de se ter, como Sophie sempre me lembra. Ela os chama de meus *bebês geriátricos*.

— Então, como ele está se saindo? — perguntou Philippe de repente.

— Fantasticamente ativo. Pulando para cima e para baixo por toda parte e cantando a Marselhesa.

Fez-se outro silêncio, diferente do primeiro, do outro lado.

— Bem, o que você espera? — perguntei. Era exasperante que Philippe não pudesse tolerar uma brincadeira. O que será que acontece quando um homem chega aos 50? — Você o mandou para mim, que mais há para dizer?

Mais silêncio.

— Na verdade, a razão por que liguei é que estou um pouco intrigado com relação à gênese do estado dele. Essa queda que sofreu.

— Charvillefort não lhe informou?

— Quem é ele?

— Ela. A detetive que está trabalhando no caso Drax. Stephanie Charvillefort.

— Ainda não. Ela ligou, creio.

— Bem, você não lê os jornais? "Piquenique familiar transforma-se em tragédia"? Deu até no *Le Monde*, acho. E passou na TV também.

Era irritante, mas desta vez Philippe tinha levado a melhor; desconcertado, pousei a podadeira e peguei uma caneta e um papel.

— Isso deve ter me escapado — disse. — Conte-me.

— Bem — murmurou ele. — É medonho. A detetive Charvillefort poderá lhe dar mais detalhes que eu. Mas o resumo é que, ao que parece, a queda de Louis não foi um acidente. Embora ele seja uma criança que já sofreu muitos acidentes. Em razão de uma epilepsia não diagnosticada, eu suspeito, mas quem sabe? Seja como for, segundo a mãe, ele não caiu no desfiladeiro. Foi empurrado.

De repente minha garganta ficou insuportavelmente seca, e houve uma pequena pausa, que Philippe não pareceu ansioso para preencher.

— Como assim? — perguntei por fim, quase a contragosto.

— Pelo pai.

— *Pelo próprio pai?*

— Sim. Isso mesmo.

Fiquei sem palavras nesse momento. Philippe também. Brinquei com a caneta e fitei as vagens espinhentas de meu bonsai de castanheiro-da-índia, que fica ao lado do bordo. No outono, elas estouravam e derramavam castanhas lustrosas, miúdas como contas. Junto dele, do outro lado, meu salgueiro.

— Mas onde está esse pai agora? — perguntei, por fim.

Philippe suspirou profundamente, como se estivesse com um fardo nos ombros.

— Fugindo, ao que parece. Houve uma busca, mas, segundo a última notícia que tive, ainda não tinha sido encontrado. Não sei se há novidades sobre isso. Quando Natalie Drax estava aqui, sentia-se aterrorizada com a ideia de que ele viria atrás dela. Chegou a comprar um pastor-alemão.

Pobre mulher, pensei. Philippe deve ter lido meus pensamentos.

— Então, como ela está agora? — Sua voz continuava estranhamente tensa. (Poderia ter sido mais do que uma virose? Problemas conjugais? Algo disciplinar relacionado com a "morte" de Louis?)

— Como seria de esperar, suponho. Um pouco tensa, mas... bem. Digna é a palavra que eu escolheria. Ela alugou uma casa no vilarejo.

— Fez alguma menção a Vichy? — perguntou.

— Não propriamente. Deveria ter feito?

— Não, claro que não — disse Philippe. — Perguntei por perguntar.

Conversamos por alguns instantes sobre o prognóstico, que concordamos ser precário.

— Ela está em negação — disse ele.

— Sim, essa foi a impressão que eu também tive. Bem, talvez isso não seja tão surpreendente, dado o histórico dele de... — fui deixando as palavras morrerem.

— Ressurreição? — Ambos rimos, de forma um pouco nervosa.

— Ela está tomando alguma coisa? — perguntei, visualizando seu rosto desolado, vazio, emoldurado pelo cabelo cor de fogo, pálido.

— Sugeri que tomasse alguma coisa para o estresse — disse Philippe. — Ela estava muito mal quando Louis chegou aqui. Um pouco delirante. O caso todo é muito inusitado. A maneira como ele retornou dos mortos. Foi o único caso com que já me deparei. Só prejudicou a mim e ao hospital, posso lhe garantir. Um dos episódios mais complicados que tivemos. Exigiu muito jogo de cintura.

Ele me contou que tinha achado que Natalie precisava de ajuda psiquiátrica. Mas ela recusara o tratamento, alegando que queria estar ao lado de Louis caso ele saísse do coma. Depois fez uma pausa e, embora eu tivesse acabado de perceber que tanto o bordo quanto o salgueiro precisavam ser regados, algo me disse para esperar antes de tentar pegar o regador. E, de fato, quando Philippe voltou a falar, foi num tom muito diferente.

— Na realidade, Pascal, há mais uma coisa. Você sabe bem como é. Médicos enfrentam dilemas o tempo todo. — Sua voz estava mais baixa, cautelosa, apressada. — Todos nós passamos por isso. Mas às vezes os dilemas... bem... não são do tipo que a literatura descreve. Não são do tipo que podemos facilmente discutir.

— *Dilemas* — repeti devagar. Do lado de fora, uma fileira imperfeita de gaivotas rodopiava pelo céu, traçando uma espiral branca.

— Sobre a melhor atitude a tomar. Não estou falando apenas dos pacientes, estou falando de seus entes queridos, os parentes e amigos que...

Havia algo de estranho na voz dele, algo que soava um pouco como pânico. De repente, fui tomado pela suspeita de que Philippe havia se apaixonado por Natalie Drax e que ela não tinha correspondido a seu interesse. De que as coisas tinham dado errado entre eles num nível pessoal. De que ele tinha sido obrigado a escolher entre ela e outra coisa. Teria sido esse o dilema que ele havia enfrentado? Como Sophie comentou muitas vezes, com um inconfundível tom de advertência na voz, homens da nossa idade estão sempre se comportando como idiotas diante de mulheres mais jovens. Lamentei por ele.

— Philippe — arrisquei. — Há alguma coisa que precise me dizer sobre a Sra. Drax? Algo que eu deveria saber ao lidar com o caso? Estou me sentindo um pouco no escuro aqui. Ela... bem, ela é uma mulher atraente...

— Você acha? — perguntou ele com irritação. — Você a acha atraente?

De repente aquilo começou a ficar um pouco pessoal demais.

— Espera aí, Philippe! — falei, forçando um riso. — Vamos lá, sempre fazíamos piada sobre esse tipo de coisa.

Era verdade. Tínhamos passado muitas noitadas de bebedeira juntos nos velhos tempos, quando éramos estudantes e amigos. Mas, naquele momento, aqueles tempos pareceram muito distantes.

— Não, espera aí você, Pascal — disse ele. — Estou falando sério. Não se envolva. Mantenha-os a certa distância. Ouça meu conselho desta vez. Veja Louis Drax como apenas mais um caso. Mas fique de olho nele.

— Você precisa me contar mais.

Philippe suspirou.

— Ele teve uma convulsão, como você sabe, apenas dois dias antes de eu o mandar para você, mas sem nenhuma razão aparente. Ninguém estava presente quando aconteceu. Mas houve algo de estranho.

— Epilepsia?

— É uma possibilidade.

— Quer dizer que há outras?

— Não sei. Pergunte à detetive Charvillefort. Não sei mais nada. Há algo estranho com relação a esse menino. As circunstâncias. Tudo.

— Philippe, diga-me apenas...

— Não. Lamento, Pascal, mas preciso voltar a um paciente. Apenas... bem, tome cuidado. A detetive Charvillefort dará mais detalhes sobre esse caso. Apenas observe o menino. Preciso ir. Ele não pode esperar.

Depois de sua despedida apressada, um monte de perguntas abarrotou minha mente. Fiquei aborrecido comigo mesmo por não ter insistido em saber mais. Mas Philippe havia se mostrado ainda menos comunicativo que de costume. Talvez estivesse contente por se livrar do caso Drax. Certamente parecia que estava irritado comigo por trazê-lo à tona — ainda que de forma breve — em sua mente. Nesse meio-tempo, agora que eu sabia alguma coisa da história de Louis e do que sua mãe havia sofrido, não podia deixar de ficar impressionado com a capacidade de Natalie Drax de demonstrar dignidade diante das piores circunstâncias. Compreendi sua tensão também. Poderia seu marido reaparecer aqui na Provença? Eu nada sabia sobre a investigação policial, mas de repente senti a necessidade de saber mais.

— Aquela detetive de Vichy vai chegar dentro de meia hora — anunciou Noelle, entregando-me um papel. — Ela gostaria de falar com o senhor e com o Dr. Vaudin juntos na sala dele, sobre questões de segurança. Que foi que o Drax pai fez?

— A informação que tenho é que ele empurrou o filho num penhasco.

— Que horror! — exclamou ela, franzindo o nariz e escrevendo o nome Pierre Drax com letras maiúsculas em seu bloco. — O que está acontecendo com as famílias hoje em dia?

— Ligue para a secretária de Philippe em Vichy; veja se ela pode fornecer mais informações sobre esses acidentes que Louis sofreu. Qualquer coisa que tiver, o máximo que conseguir. E diga a Guy Vaudin que acho que Jacqueline deve participar da reunião com a detetive Charvillefort. A enfermaria é tão dela quanto minha, e ela instruirá as enfermeiras.

Sem pressa, Noelle pegou seu hidratante e começou a cuidar das mãos.

Eu não deveria ter ficado tão surpreso ao ouvir a história de Louis. Ele não era a primeira vítima de violência de quem eu tratava. Frequentemente, é algum tipo de tragédia humana — uma briga, um acidente de carro, um percalço decorrente da embriaguez — que me traz pacientes com contusão múltipla, edema cerebral, fraturas cranianas, hemorragias cerebrais. Laurent Gonzalez, Claire Favrot e Mathilde Mulhouse estão na enfermaria há tanto tempo que agora parecem velhos amigos. Kevin Podensac — um coágulo, resultado de uma tentativa de suicídio malsucedida — está aqui há dois anos. Outros, como Henri Audobert, Yves Franklin, Kathy Dudognon e minha anoréxica, Isabelle Masserot, são mais recentes.

Percebi que tinha tempo, antes de minha reunião com a detetive, para apresentar Louis aos outros e socializá-lo um pouco. Quando entrei na enfermaria, encontrei a Sra. Favrot e Eric Masserot lá, bem como Lotte, a prima de Kevin, e minha nova fisioterapeuta, Karine. Natalie Drax, Jacqueline me contou, tinha acabado de sair. Após cumprimentar todos eles, sentei-me em minha cadeira giratória e manobrei até o centro da enfermaria. Jacqueline empoleirou-se numa maca, onde se pôs a passar batom e pó enquanto eu falava com meus pacientes.

— Estamos encantados por ter um recém-chegado entre nós — anunciei. — Claro que espero que ele não vá precisar ficar por muito tempo. Mas, enquanto está conosco, eu gostaria que todos vocês fizessem Louis Drax se sentir bem-vindo.

Nesse momento, alguns parentes trocaram murmúrios. A história de Louis Drax deve ter se espalhado rapidamente. Talvez até soubessem mais do que eu a respeito. Após apresentar cada um dos pacientes pelo nome, bem como os parentes, fiz para Louis meu pequeno discurso sobre a clínica — que, numa época mais obscura, era conhecida como l'Hôpital des Incurables, uma lata de lixo onde a sociedade jogava seus casos de mais difícil solução. A boca do menino estava ligeiramente aberta, e um pequeno filete de saliva emergia de um canto. Enxuguei-o.

— Antigamente, Louis, algumas pessoas eram internadas desde o nascimento. Aqueles que nasciam com defeitos físicos severos e deformidades, ou problemas cerebrais. Havia também os chamados histéricos, junto com os sifilíticos, os surdos-mudos e os loucos que representavam um perigo para a sociedade. — Isabelle, nossa ano-réxica, se encolhe e se vira, importunada com seu tubo de alimenta-ção. Seu pai afaga sua mão. — Seja como for, sinto-me feliz por dizer que os tempos mudaram, e l'Hôpital des Incurables acabou mudan-do de nome. Assim, seja bem-vindo à Clinique de l'Horizon, Louis.

Afaguei o cabelo do menino (como é cheio!), disse a todos para cuidarem de nosso recém-chegado e repeti minha mensagem diária a todos eles: que suas chances de recuperação eram excelentes e que minha confiança neles era interminável. Jacqueline abafou uma risadinha e Jessica Favrot deu um sorriso irônico. Todos nós falamos assim com eles. Essas conversas unilaterais são inevitáveis com pacientes em coma. Jacqueline é imbatível: conta anedotas engraçadas sobre sua vida doméstica, histórias insólitas dos jornais ou, por vezes, em seus dias mais extravagantes, canta velhas canções de Piaf, ou de Françoise Hardy. Eu achava que ela mantinha a fantasia de que seu filho Paul ainda estava vivo, num leito secreto, invisível em algum lugar na enfermaria. Podia sentir isso nela. Tinha até consciência de ter sido eu mesmo cúmplice disso. Esses eram nossos mecanismos para gerar e manter a esperança. Pensei muito nesse sentimento e cheguei à conclusão de que ou ele existe ou não. Não há meio-termo. Eram necessários oceanos de esperança num lugar como aquele, e era por isso que Jacqueline e eu estávamos ali.

— É realmente verdade que o pai dele tentou matá-lo? — Ouvi Jessica Favrot murmurar para Jacqueline quando me aproximei dela. Jacqueline assentiu. — Pobre mulher — sussurrou Jessica. — Ela está pronta para falar?

— Acho que não — respondeu Jacqueline em voz baixa, enquanto eu a conduzia para a reunião. — Fiz uma tentativa, mas não consegui estabelecer nenhum contato.

Perguntei a mim mesmo, enquanto Jacqueline e eu percorríamos o frio corredor rumo à sala de Vaudin, que impressão a Sra. Drax teria da clínica. Do prédio novo, tão engenhosamente enxertado no antigo, do jardim paisagístico, dos cromados e do vidro, das cores suaves, serenamente luminosas. Tudo projetado para induzir um estado de calma, de aceitação. Poderia uma pessoa como ela sentir-se algum dia pronta para a aceitação?

Quando entramos na sala enfumaçada de Vaudin, ele estava no meio de um fluxograma sobre procedimentos de evacuação, para o caso de um incêndio florestal invadir nossos limites. Fez sinal para que nos aproximássemos e admirássemos sua obra. Era uma impressionante página de quadrados interligados, codificados pela cor e repletos de detalhes.

— Seria de se supor que fosse possível baixar uma coisa assim da internet — disse ele, os olhos brilhando sob as grossas sobrancelhas.

— Bastaria introduzir o projeto arquitetônico do prédio e um mapa local. Mas nada feito. Tive que elaborá-lo com um lápis.

Jacqueline abafou o riso. Um momento depois, a detetive Stephanie Charvillefort entrou. Era uma mulher baixa, troncuda, surpreendentemente jovem e com um rosto sincero, sensato, sem maquiagem. Seus olhos eram de um azul muito luminoso. Tinha um ar inteligente. Lembrou-me de uma ave. Vaudin apresentou-se e depois a nós.

— Louis Drax estava tecnicamente morto quando me envolvi neste caso — disse a detetive Charvillefort, tentando se acomodar numa das desconfortáveis cadeiras modernosas de Guy Vaudin. — Na verdade, eu mesma vi o corpo. Do ponto de vista médico, muito incomum, pelo que entendi. Importa-se se eu fumar?

— Fique à vontade — disse Guy antes que eu pudesse objetar, indicando que iria acompanhá-la. — De nada adianta ser o chefe se você não pode quebrar as regras.

Juntos acenderam seus cigarros e soltaram a fumaça ao mesmo tempo. Eu tinha tentado proibir o fumo em toda a clínica, mas Guy insistiu que sua sala ficasse isenta.

— Estão todos a par da história? — perguntou ela. Guy respondeu que tinha lido algo a respeito no jornal, mas não se lembrava dos detalhes. Confessei que não havia lido nada e que a única coisa que sabia era o que tinha ouvido de Philippe Meunier, basicamente a parte médica. Jacqueline afirmou que só ouvira rumores.

— A razão de minha presença aqui é dizer a vocês que, caso alguma coisa incomum aconteça, estranhos aparecendo na recepção ou algum comportamento esquisito por parte de algum visitante, quero que me liguem imediatamente. Vou deixar o número do meu celular e o da minha casa. A preocupação é que Pierre Drax possa reaparecer. Há algum membro da equipe na enfermaria o tempo todo?

— Sim — respondi.

— Quando visitantes chegam para ver seus parentes, qual é o procedimento para autorizar a entrada deles no prédio?

— Temos um registro — disse Guy, e explicou o sistema. A detetive Charvillefort bateu sua cinza no cinzeiro antes de falar e olhou pela janela.

— Soube que vocês estão sujeitos a incêndios florestais — comentou ela. Guy indicou seu fluxograma com um resmungo, e ela abriu um sorriso solidário. — Pois bem. A família Drax. Não posso revelar todos os detalhes para os senhores, mas posso delinear o que é sabido publicamente, ao menos. Os pais estavam separados na ocasião do acidente de Louis, mas tentavam ostensivamente fazer um esforço pelo bem do menino. Pierre Drax era piloto da Air France. Segundo sua mulher, bebia muito, mas escondia isso bem.

— Ele precisava fazer isso, se era piloto — refletiu Guy. Mas eu percebi que sua mente ainda estava em seus fluxogramas. Ele lançou uma olhadela furtiva para o relógio.

— Seja como for, Louis é um pouco perturbado — continuou a detetive Charvillefort, soprando fumaça. — Não vou retê-lo por muito tempo, Dr. Vaudin. Louis estava sendo acompanhado por um psicólogo. Causava perturbações na escola. Não tinha amigos, não se enquadrava. Chamavam-no de Menino Maluco. De todo modo, era seu nono aniversário, por isso o pai veio de Paris, onde estava morando com a mãe dele, a avó de Louis, e a família foi fazer um passeio nas montanhas. Vejam, a Sra. Drax é a única testemunha que temos. Portanto, o que vem em seguida, lamento dizer, não pode ser visto como prova do que aconteceu.

Guy Vaudin assentiu e tragou, os olhos semicerrados contra a nuvem de fumaça que havia criado.

— É claro.

— De todo modo, a Sra. Drax e o marido tiveram uma discussão sobre Louis. Na frente dele. A situação saiu do controle, e de repente Pierre estava tentando enfiar o menino no carro. Queria levá-lo para Paris.

— A senhora quer dizer raptá-lo? — perguntou Jacqueline.

— Ao que parece, sim. Então, quando Louis percebeu o que estava acontecendo, começou a lutar e correu em direção ao desfiladeiro. O pai o perseguiu e o agarrou. Louis tentou se desvencilhar dele, que ficou furioso e o jogou do precipício. Segundo a Sra. Drax, não há possibilidade de ter sido um acidente. Pode ter sido feito no calor do momento, mas ainda assim estamos diante de uma tentativa de assassinato.

Senti falta de ar ao ouvir isso. Uma ligeira náusea até. Não podia imaginar tudo aquilo. Veio-me à mente uma imagem horrível da Sra. Drax de pé no topo de uma montanha, gritando para o nada. Fechei os olhos por um instante.

— Portanto, minha próxima observação é que, caso Louis comece a manifestar algum sinal de recuperação...

— Isso é improvável, por enquanto — interrompi, satisfeito por sair do meu desagradável transe. — O prognóstico não é bom.

— Mas, caso isso ocorra, precisaremos falar com ele. Ele pode se lembrar de algo vital.

— Poderá vir a se lembrar um dia — falei. — Mas não de imediato. Algumas pessoas perdem a memória por completo, outras só chegam a recuperá-la parcialmente.

— O que talvez seja o melhor para elas — acrescentou Jacqueline. — Em casos em que pode ter havido trauma psicológico. Temos um rapaz na enfermaria que tentou se suicidar. Francamente, todos preferimos que ele não venha a se lembrar disso, se sair do coma.

A detetive Charvillefort assentiu e pareceu pensativa. Guy Vaudin olhava para ela com uma expressão um pouco intrigada, e percebi que estava tentando adivinhar que idade teria. Não parecia muito mais velha que as minhas filhas, mas devia ter uns 30 anos. Seus modos eram um pouco bruscos, mas parecia competente.

— E sobre o histórico de acidentes dele? — perguntei.

— É difícil chegar ao cerne dessa história — disse a detetive, amassando o cigarro no cinzeiro e estendendo a mão para pegar outro. Tive vontade de dizer a ela para parar de fumar. Fazer uma preleção médica sobre câncer de pulmão e enfisema, ordenar que cortasse esse hábito pela raiz. Era jovem demais para morrer. — O psicólogo de Louis achava que ele talvez causasse danos a si mesmo como uma forma de chamar atenção. Porém alguns danos ocorreram cedo demais para isso. Louis era muito pequeno. Talvez ele tenha ouvido as histórias, algumas muito dramáticas, dos acidentes e das doenças que teve quando bebê e se agarrado à ideia de repetir de alguma maneira esse padrão. Mas há também a possibilidade de que a mãe, ou o pai, ou os dois estivessem empenhados em causar dano físico a ele.

Ela fez uma pausa para que absorvêssemos a ideia. Jacqueline assentiu devagar, e Vaudin soltou um resmungo infeliz. Eu sabia que nenhum de nós queria contemplar essa possibilidade. De minha parte, continuei simplesmente a fitar a detetive. Tinha ouvido o que ela dissera, mas de alguma maneira aquilo não havia chegado à parte do meu cérebro que reage aos estímulos. Eu precisava de tempo para absorver a informação. Sou lento para isso.

— Se estivermos procurando por agressão física, temo que tenhamos de ver a Sra. Drax como possível suspeita também. — No silêncio que se seguiu, senti-me ligeiramente nauseado, como se o ar na sala estivesse pesado demais. Vaudin balançou a cabeça em descrédito, e Jacqueline pareceu perplexa. Levantei-me e abri a janela, deixando entrar os sons das gaivotas distantes e o rugido do trânsito vindo do vale. — Isso é puramente formal — disse Charvillefort, apagando o cigarro fumado pela metade ao lado da bituca de Vaudin e se levantando para partir. — Temos de nos ater a um protocolo em nosso trabalho. Tenho certeza de que os senhores fazem o mesmo.

Quando ela se despediu, porém, senti-me constrangido. De fato, dissera-nos mais sobre o caso de Louis Drax do que eu esperava ouvir. Muito mais. Mas o que estava escondendo?

Num estado de espírito inquieto, rumei de volta para a enfermaria com Jacqueline. Não conversamos sobre o que a detetive Charvillefort tinha dito. Em vez disso, discutimos sobre Isabelle e a chegada de seu pai. Ele amava a filha, isso era claro, mas suas visitas haviam se tornado raras e espaçadas. A mãe de Isabelle era amargurada e tensa, sempre ávida para nos puxar para um canto e relatar como o ex-marido era negligente. Eu por vezes me perguntava se Isabelle não estaria se escondendo dos dois em seu coma. Era um assunto delicado a ser abordado com os pais, mas o monsieur Masserot parecia mais receptivo à sugestão de que eles deveriam tentar aparentar união.

Jacqueline abriu as janelas francesas e permitiu que a brisa entrasse, afastando as cortinas brancas entre os leitos. Vários parentes estavam por ali, e havia um burburinho no ar. Cumprimentei Jessica Favrot e a irmã de Mathilde Mulhouse, Yvette, depois me apresentei a monsieur Masserot, um homem de ar obstinado que parecia contrafeito, intimidado pela brancura do lugar. Ele estava sentado junto de Isabelle, afagando o cabelo da filha; cachos ruivos que se espalhavam sobre a fronha branca como as folhas de uma samambaia exótica.

— O cabelo dela sempre foi tão vivo — disse ele baixinho. — Por mais doente que estivesse, seu cabelo resistia. Nunca foi afetado. Não é estranho, estando tão perto do cérebro?

Sorri. Não queria abordar assuntos delicados ao alcance do ouvido de Isabelle, por isso, depois de sugerir que ele marcasse uma hora comigo para discutir o progresso da filha, deslizei minha cadeira giratória para junto do leito de Louis, onde segurei sua mãozinha limpa, apertando-a. Ele estava usando fones de ouvido presos a um walkman. Segundo Jacqueline, a Sra. Drax tinha feito questão de gravar alguns novos cassetes para ele poucas horas depois de chegar. A maior parte dos parentes falava com os pacientes em fitas-cassetes, bem como à cabeceira deles; todos, acho, detestavam a ideia de que seus entes queridos pudessem se sentir sós e abandonados. A Sra. Drax havia claramente posto alguma música na fita de Louis, porque ouvi o ritmo metálico através do fone. Enquanto eu o deixava entrar em minha consciência, lembrei-me do que a Sra. Drax dissera sobre o filho. *Acho que ele é uma espécie de anjo.* Talvez seja preciso se tornar um pouco delirante para lidar com horrores dessa magnitude. É difícil, pensei, censurar qualquer pessoa na posição da Sra. Drax por optar por tornar a verdade menos dura tecendo um conto de fadas à sua volta. É o mesmo impulso que nos diz para não falar mal dos mortos. Critique seu filho quando ele está mais vulnerável e isso poderá matá-lo. Diga a si mesmo que ele é um anjo e ele poderá se tornar imortal.

Ainda assim, essa história de anjos me deixou intrigado. O fato era que, antes do acidente, Louis era uma criança efetivamente perturbada. Problemas comportamentais, conduta antissocial na escola, um histórico de acidentes. Tentei imaginar a pequena família saindo para um piquenique, e o pai pondo subitamente na cabeça a ideia de raptar o menino. Tive de fechar os olhos brevemente ao pensar no que Drax acabou fazendo — motivado por pura raiva — com seu próprio filho. A vertigem moral disso. Imagine seu remorso. Quão imediato, quão total, quão esmagador. Todos nós temos pesadelos nos quais fazemos algo monstruoso, depois acordamos, a pele suada de repulsa. Em seguida vem a onda de alívio por aquilo ter sido somente um sonho — acompanhada por uma ressaca de culpa, apenas por termos imaginado tal coisa. Não era isso, afinal de contas, a expressão inconsciente de um desejo real? É vergonhoso para qualquer pai admitir, mas há momentos em que a carne de nossa carne, as criaturas que mais amamos no mundo podem nos encher de uma fúria passional. Aversão, até. Teria sido isso que havia ocorrido com o pai de Louis? Um súbito, incontrolável acesso de raiva ao se ver rejeitado pelo filho, que o fizera arremessar o menino de um penhasco?

A Sra. Drax entrou, com o cabelo ruivo preso num coque no alto da cabeça e um batom escuro que emprestava certa dramaticidade a seu rosto. Cumprimentou os familiares dos outros pacientes com um pequeno sorriso e um breve aceno de cabeça, mais nada. Sim, esta mulher tinha presença. Certa aura distante, uma *hauteur* que poderia simplesmente se passar por classe, caso alguém não desconfiasse — eu, por exemplo, pois sentia que começava a conhecê-la um pouco — de que na realidade era apenas uma atroz solidão que a distinguia dos outros. De que ela havia prendido o cabelo e aplicado nos lábios aquele batom cor de sangue para não se desfazer em pedaços, não perder a sanidade. Ainda não estava pronta para o mundo.

— A mensagem é: nunca desista — disse a ela uma hora mais tarde em minha sala, onde eu a convencera a comparecer para uma xícara de café antes de me lançar novamente à palestra que estava prestes a dar em Lyon. Eu havia contado novamente a história de l'Hôpital des Incurables. — Acredite, percorremos um longo caminho desde a época em que se falava em incurabilidade — assegurei-lhe. — Simplesmente não a aceitamos mais, sequer como noção, na Clinique de l'Horizon. Por mais desesperada que a situação de Louis pareça, Sra. Drax... Posso chamá-la de Natalie?... Nós haveremos de nos comunicar com ele. Encontrá-lo. Persuadi-lo a emergir.

Discurso terminado, ofereci um sorriso e deixei meus olhos vagarem até o mapa frenológico pendurado na parede ao lado. *Memória, faculdades morais, energia mental, linguagem, amor...*

— Acha que ele está se escondendo? — perguntou ela suavemente, seus olhos vagando para os bonsais. — Não pensava que via a situação assim.

— Alguns deles estão se escondendo — respondi. — Outros estão apenas... perdidos. É preciso podar as raízes primárias, assim como os galhos — expliquei. — É muito delicado.

— São bonitos — disse ela. — De uma maneira macabra.

— Não é macabro. É mais arte que horticultura. Minha mulher os chama de meus bebês geriátricos. Mas são muito mais fáceis de cuidar que crianças.

— E mais recompensadores? — Ela sorriu.

— Às vezes.

— O senhor tem filhos?

— Duas moças. Adultas.

— Um cérebro é a mesma coisa que uma alma, Dr. Dannachet? — perguntou ela. — Quero dizer, se o cérebro de Louis estiver lesionado, ele ainda é Louis?

— Ele ainda é Louis — respondi. — De alguma forma. Sabe, em algumas sociedades canibais, eles consumiam os cérebros de seus inimigos. Devoravam literalmente o órgão que, pensavam eles, abrigava a alma. Nossa cultura não acredita na alma. Falamos da mente como uma construção social. Ou como carne que pensa e conta histórias e inventa coisas como a ideia de "alma" para se consolar. Nós excluímos a magia.

— Não eu — disse ela com firmeza, tirando um envelope da bolsa. — O senhor me perguntou que tipo de menino é Louis. — Ela despejou um monte de fotografias sobre minha mesa. — Agora pode ver. Tenho centenas. Só trouxe algumas.

Enquanto eu passava os olhos pelas fotos, ela falava mais sobre o filho. Suas paixões, sua mente incomum, seu interesse pela vida animal, aviões, vários heróis. Fiquei comovido. Dava para ver uma vivacidade nos olhos do menino, uma fome de conhecimento. A maior parte das fotos mostrava Louis sozinho; deviam ter sido tiradas por ela. Mas uma em particular me impressionou, porque os mostrava juntos. Ele era apenas um bebê, envolto em cueiros nos braços da mãe. Os olhos dela pareciam tristes e exaustos, mas um pouco vigilantes, como se mesmo então ela estivesse tendo de proteger o filho de alguma coisa que ninguém mais podia ver. Tão diferente, pensei, das fotos de Sophie em nossos velhos álbuns, esgotada também, mas zonza, eufórica, extasiada, fervilhando de orgulho. Havia outra de Louis um pouco maior, com 3 anos, com a perna engessada após a queda de uma árvore e um grande sorriso para a câmera.

Ela deixou as mais recentes para o fim.

— Quase não mandei revelar estas — disse. — Foi penoso demais. Pierre as tirou, no dia. — Ela parou. — Em Auvergne.

E lá estava Louis sentado numa toalha de piquenique com a mãe. Ela o abraçava. No primeiro plano, um bolo de aniversário. Nove velas. Felicidade.

Natalie explicou que o trabalho de Pierre o mantinha muito tempo longe de casa. Havia sido uma existência solitária. Ela quis trabalhar — em Paris, havia estudado história da arte e já havia trabalhado em galerias —, mas Louis precisava muito de atenção.

— Ele estava sempre doente e sofrendo acidentes. Era como se houvesse uma praga sobre ele. Dizem que um raio nunca cai duas vezes no mesmo lugar. Mas não parava de atingir Louis.

— Estou interessado em ouvir mais sobre esses acidentes — falei, me lembrando da teoria da epilepsia de Louis. — Noelle falou com você dos arquivos sobre antecedentes? Quero dar uma olhada em tudo, por isso vou precisar saber que hospitais trataram Louis e os nomes dos médicos, se você conseguir se lembrar. É revoltante que ainda não tenhamos um sistema centralizado neste país. Isso é levar a privacidade longe demais.

Por um momento ela pareceu não estar compreendendo, depois suavizou a expressão.

— Sim, é claro. — Foi nesse instante que o pensamento me assaltou de novo: ela sabe que ele pode morrer; assim como eu sei, como Philippe sabia. Nesse ponto a distraí (e a mim mesmo, porque não gosto de admitir essas ideias), explicando-lhe os procedimentos médicos que pretendíamos efetuar em Louis: intervenção física na forma de massagens, hidroterapia e fisioterapia para impedir que os músculos se debilitassem. Ele teria sessões duas vezes por semana na sala de exercícios. — Todo mundo gosta dessa parte. É muito sociável, você verá. Os parentes, os irmãos mais novos, principalmente, dão muita risada. Parece relaxar a todos. Eles conseguem até começar a ver um pouco de graça. É extraordinário.

— E quando não há graça? — retrucou ela, com um sorrisinho tenso. Senti-me aturdido com sua franqueza, suas oscilações de humor.

— Não creio no pessimismo. — Quantas vezes usei esta expressão no curso de minha carreira? A cada vez sinto sua restritiva inadequação. — Acredito que a esperança é parte do processo.

— Mas eu sei o quanto é grave, doutor. — Agora sua voz estava enfadonha e cansada, sem nenhuma variação em tom ou volume. Eu não era capaz de imaginá-la rindo. Era como se tudo que havia acontecido tivesse cauterizado os músculos que expressam alegria. — E aconteça o que acontecer, estarei ao lado dele. Irei até o fim. Mas quero que me diga uma coisa. Sei que cada paciente é diferente, dependendo dos ferimentos e assim por diante... Mas o que quero saber é... — Ela fez uma pausa para se assegurar de que detinha a minha atenção: nesse momento, seus olhos pareceram despertar um pouco e brilhar com algo que poderia, finalmente, ser esperança. Ou era medo? — Se ele voltar, qual é a probabilidade de que se lembre do acidente?

Era uma pergunta absurda, diante dos prognósticos, mas tentei me manter cauteloso.

— O que um paciente lembra ou deixa de lembrar de seu acidente em geral é a menor de nossas preocupações, se ele recobrar a consciência — respondi. — Nunca se pode prever como estará a memória. De todo modo... eu soube do que aconteceu. Conversei com Philippe Meunier. E com a detetive.

— E o que eles disseram? — perguntou ela. Houve uma pausa durante a qual estudei seu rosto. Houve uma pequena contração muscular, a mesma que eu tinha observado antes, mas sem qualquer desconforto à menção de Philippe.

— Apenas... Bem, o que aconteceu naquele dia. O acidente. Eu não fazia a menor ideia. E realmente sinto muito. Mas, sem dúvida, é melhor que ele não se lembre, não é?

— Sim — concordou ela. — Exatamente. Não quero que se lembre. Preferiria que toda a memória fosse apagada a vê-lo reviver aquilo. Sou a principal suspeita, sabe? Eles disseram isso? Pode imaginar como me sinto?

— Não. Mas esse é o procedimento. Não deve ver como algo pessoal. Você ainda... — Eu estava prestes a lhe perguntar sobre o marido, mas ela me interrompeu, agitada.

— Vi a queda de Louis. Vi o rosto dele quando... — Ela parou e inspirou profundamente, decidida a terminar. — Ele não caiu de imediato. Foi batendo na parede do penhasco e quicando, até... Pareceu durar uma eternidade.

Natalie Drax suspirou e inclinou o rosto na minha direção. Grossas lágrimas brotaram em seus olhos castanho-claros, e não pude me conter: levantei-me, contornei a mesa até onde ela estava sentada e abri os braços, oferecendo um abraço.

Ela não hesitou. Levantou-se, deu um passo em minha direção e desabou contra o meu peito. Fechei os olhos e senti o alívio tomar conta de nós. Ela me abraçou desesperadamente, como uma criança que se agarra aos pais. Senti imensa piedade. E depois — para meu horror —, o súbito, inconfundível cutucão da excitação sexual. Seguido por vergonha e ansiedade, e a compreensão de que as coisas estavam tomando o rumo errado. Nesse momento, enquanto eu a segurava contra meu confuso coração e sentia a batida do dela em resposta, tornei-me consciente da tênue linha que existe entre compaixão médica e conduta antiprofissional. E soube que, pela primeira vez em minha carreira, eu a tinha cruzado.

O que eu não sabia naquele momento é que não havia volta.

Não sou um homem discreto por natureza, por isso não levo jeito para esconder as coisas. E Sophie é uma pessoinha arguta, que não deixa nada escapar. Isso pode ter sido, tempos atrás, uma das razões por que me apaixonei por ela, mas, com o gradual esfriamento de nosso casamento, o fato de eu ser tão transparente com ela tornou-se problemático, pelo menos para mim.

— Conte-me sobre esse paciente que você estava esperando — pede ela no café da manhã no dia seguinte. Estamos comendo do lado de fora, na sacada. Faz um calor opressivo, mas o céu está nublado e uma rede de nuvens paira a baixa altura no horizonte. Como de hábito, ela tem uma enorme pilha de livros a seu lado, ameaçando desabar. Kierkegaard, John Le Carré, García Márquez, um volume de Proust, o novo Alexandre Jardin e *L'Internet et vous*. É onívora.

— Ele se chama Louis Drax. Tem 9 anos e está em EVP. Você pode conseguir para mim um livro chamado *Les Animaux: leur vie extraordinaire*? É um dos favoritos dele, ao que parece. Gostaria de ler para ele.

— A mãe está com ele? — pergunta Sophie, servindo-se de café.

— A Sra. Drax? Sim, claro que está. É a mãe dele.

— Carente? — Ela estreita os olhos, e eu reviro os meus, irritado.

— Um pouco.

— Marido? — interroga, acrescentando açúcar para si e leite para mim.

— Não está aqui.

— Por que não?

— Porque está fugindo da polícia.

Para minha satisfação, isso parece derrubá-la. Ela manuseia o Proust e observa a floresta de pinheiros como se em busca de sua próxima pergunta. Tomo meu café tranquilamente, até que uma gaivota agita as asas na sacada, em busca de migalhas. Afugento-a com meu jornal.

— Você não vai me contar o que ele fez?

Sem pressa, tomo mais dois goles.

— Parece que tentou matar o filho jogando-o de um penhasco — disse.

Pronto. Isso tira o sorriso dela do rosto. Mas não por muito tempo. Ela sempre se recupera depressa dos pequenos choques.

— Em Auvergne? Acho que li sobre isso. Houve uma busca.

— Que ainda continua. Tivemos de reforçar a segurança no hospital.

— Então — diz ela, estendendo a mão para pegar um croissant.

— É uma trágica mulher solitária.

Nesse ponto dei um suspiro, dobrei o jornal e me levantei.

— Ela simplesmente precisa de minha ajuda — vocifero.

— Também conhecida como seu complexo de salvador.

Essa última observação — *complexo de salvador* — me exaspera terrivelmente. Muitas vezes eu havia me enfurecido com a ideia — implícita nessa expressão — de que a compaixão é uma forma de fraqueza ou perversão. Certamente é o contrário, não? Que tipo de pessoa pode resistir a oferecer ajuda quando alguém suplica por ela silenciosamente?

Mas Sophie não traz o assunto de nosso aniversário de casamento à tona novamente e mais tarde chega a dizer, num tom quase conciliador, que me arranjará um exemplar de *Les Animaux: leur vie extraordinaire* caso haja um na biblioteca. Ela sempre aprovou meu hábito de ler para os pacientes e trata de manter a enfermaria bem abastecida com audiolivros. Noto que ela tinha arrumado as flores — um enorme buquê de zínias — de forma muito caprichada na mesa do hall, no nosso maior vaso.

* * *

No dia seguinte o ar estava quente, mas leve e estranhamente carregado de eletricidade. As gaivotas pareciam sentir isso também, porque seus gritos estavam mais estridentes, mais roucos que de costume, abafando o som dos carros na *route nationale* no vale abaixo. Enquanto eu caminhava pelos olivais rumo ao trabalho, senti uma vaga excitação. Trabalhei intensamente a manhã toda em minha palestra em Lyon e depois me juntei a Guy Vaudin na cantina para o almoço. Ele estava ficando cada vez mais preocupado com a possibilidade de ter de evacuar o prédio, e ansioso para explicar o fluxograma que concluíra antes de se encontrar novamente com o chefe do Corpo de Bombeiros para discutir logística. Mas, embora afirmasse estar desesperado, eu podia perceber que parte dele — a parte que o tornava feliz administrando um lugar como aquele — estava empolgada com o planejamento. Ele fixou em mim seus olhos azuis sob as sobrancelhas grossas.

— Esse caso Drax — disse. — Ter de providenciar segurança extra é a última coisa de que precisamos. O que achou da detetive?

— Fuma demais. Se os incêndios florestais não tocarem fogo neste lugar, ela o fará.

Guy sorriu.

— Ela me pareceu muito jovem — continuou ele, e em seguida abaixou a voz de maneira conspiratória. — Tive impressão de que era lésbica. Muitas delas são, você sabe.

Não pude deixar de sorrir.

Funcionários, pacientes e visitantes, todos comem bem na clínica; depois de terminar uma terrina de salmão defumado, seguida por um risoto de cogumelos e um pouco de um *clafoutis* de ameixa, eu estava pronto para me instalar em minha cadeira giratória de espaldar alto junto ao leito de Louis e conversar com ele. Sempre aprecio a tranquilidade desses momentos. Quando afaguei a testa fresca do menino, senti, não pela primeira vez, que meus comatosos exercem um efeito calmante sobre mim. Que são a minha terapia, tanto quanto sou a deles. Se algo me advertiu de que estar com Louis era outra maneira de estar com a mãe dele, eu o silenciei.

— Pode me chamar de Pascal, se quiser — falei. — Ou de Dr. Dannachet, se preferir. Você está em coma, Louis. É como dormir, porém mais profundamente. Um lugar fascinante para se estar. Mas não queremos que fique aí para sempre. Sabe, Louis, tenho muitas teorias sobre o estado em que você se encontra. Você, Isabelle, Kevin e os outros. Acho que algumas pessoas permanecem em coma porque não querem acordar. Têm medo do que poderiam encontrar. Por isso continuam dormindo. E talvez só acordem quando tiverem conseguido reunir coragem. Mas o mundo é um bom lugar, Louis. Cheio das coisas mais intrigantes. Eu adoraria levar você a Paris e mostrar a você uma coisa que li no jornal. Uma lula-gigante com 15 metros de comprimento. Seu nome científico é *Architeuthis*.

De vez em quando, Sophie me faz perguntas difíceis sobre o que se passa na minha cabeça, perguntas que não sei como responder. No que estou pensando, para onde meus pensamentos realmente viajam quando estou sentado com meus pacientes? Por que me sinto tão convencido de que eles estão ouvindo alguma coisa? *O que me atraiu tanto para o coma, antes de mais nada?* Ela tem suas próprias teorias, é claro, sendo um pouco cética a meu respeito. Por exemplo: posso conversar o quanto quiser com eles, e não vão me responder. Posso propor teorias absurdas que meus colegas de trabalho se recusam a aprovar. Ou, afirma ela (inversamente), eu mesmo estou num outro mundo. Talvez esta última seja a mais próxima da verdade. Em meus anos de sonambulismo, aprendi a existência de outra dimensão. Não a habito mais. No entanto, ela continua a habitar em mim às vezes.

A Sra. Drax chegou, trazendo consigo um pouco da eletricidade ofuscante do lado de fora. Seu cabelo estava mais desarrumado, e sua palidez fora substituída por um leve brilho de mel. Mais sardas estavam à mostra, salpicando sua testa como minúsculos grãos de areia. A Provença faz bem a todos. Depois notei suas unhas. Estavam muito mais longas agora do que da última vez que eu as tinha visto, pintadas de vermelho vivo. Unhas postiças, do tipo que minhas filhas usam. Por algum motivo isso me chocou. Ela apertou a minha mão e beijou Louis, curvando-se para sussurrar um cumprimento que não consegui ouvir.

— Então — disse ela, deslocando-se ligeiramente, a mão acariciando o braço de Louis. — Tenho que preencher alguns papéis?

— Noelle os está preparando. Há apenas algumas coisas para você assinar hoje quando estiver de saída, o resto pode esperar até a próxima semana. Por que não dá uma volta? — sugeri. — Há uma sala de estar onde alguns pais se reúnem às vezes e tomam café; logo você conhecerá todos os frequentadores assíduos, tenho certeza. A Sra. Favrot é a mais antiga de todas as mães; ela fará com que se sinta em casa. Sua filha Claire está com a gente há quase dezoito anos.

Mais uma vez falei o que não devia.

— *Dezoito anos?*

— Acontece. Mas outros casos... bem, tive um ano passado. Entrou em uma semana e se recuperou na seguinte. Olhe, está vendo nossos jardins? Sinta-se à vontade para passear por eles — apressei-me em dizer, gesticulando muito em direção às janelas. — E claro que há muita coisa acontecendo na cidade... Temos um cinema em Layrac, sabe, e um campo de golfe, caso isso a atraia...

Na tentativa de me recuperar da gafe, vi-me tagarelando e incapaz de parar: minha boca não me obedecia. Assim, expliquei que uma comunidade de aposentados como Layrac também tinha muitos pedicuros, centros médicos, locais para caça e pesca e lojas de brinquedos para vovós corujas. Um pouco desprovida de vida noturna, talvez, mas uma cidade amigável, com uma excelente piscina... Continuei tagarelando com a mesma disposição, antes de me calar quase no meio de uma frase.

— Tenho certeza de que vou me adaptar — disse ela, mas sua voz embargada a traiu.

Sou cego às vezes. Simplesmente não vejo as coisas. O que deixei de perceber até aquele momento foi que o tempo todo, enquanto eu falava sem parar, ela estivera tentando conter as lágrimas, e naquele instante não conseguiu mais refreá-las. Afundou numa cadeira perto de Louis e jogou o braço sobre ele, beijando seu rosto, pegando suas mãos, chorando abertamente. Foi uma visão deplorável. Apesar da minha determinação de que não deveria haver choro na enfermaria — porque o sofrimento, compreendam, pode transbordar de uma alma para outra —, não consegui pedir a ela que saísse. Tampouco pude envolvê-la em meus braços, como desejava. Em vez disso, desesperado para levá-la dali, segurei seu cotovelo e a ajudei a se levantar. Em silêncio, atravessamos a enfermaria e saímos pelas janelas francesas para o calor intenso do jardim estival, onde, ao abrigo de um arbusto de loureiro, peguei um lenço de papel e enxuguei gentilmente as suas lágrimas.

— Sonho com aquilo todas as noites — sussurrou ela. — O mesmo sonho, repetidamente. Tal como um filme. É sempre em silhueta, não vejo os rostos deles. É como se eu os tivesse apagado. Duas pessoas se engalfinhando. Uma enorme, a outra pequenina, a distância. E elas se aproximam demais do penhasco. Estou gritando para elas. Mas não me ouvem, estou longe demais. Simplesmente impotente. Completamente impotente. E em seguida ele está caindo. Então acordo.

Seus olhos se tornaram vítreos; de repente, como se tivesse ganhado consciência de si mesma novamente, ela sacudiu a cabeça e pestanejou.

— Perdoe-me — eu disse por fim. — Mas quando aconteceu... o que o seu marido fez? Depois?

— Pierre? — Ela parou e mordeu o lábio, depois se virou de costas para mim. Abaixando a cabeça, disse com voz inexpressiva: — Ele deu um passo à frente e viu o que tinha feito. Mas Louis estava na água nessa altura. Não havia nada para ver.

Estávamos ao ar livre e não podíamos ser ouvidos da enfermaria, mas ambos sussurrávamos. Ela era tão pequena, parecia tão frágil naquele momento contra as folhas escuras do loureiro. Seu cabelo era como ouro entremeado com cobre e mel. Eu sentia o calor do sol batendo nas minhas costas.

— Ele fugiu. Simplesmente me deixou lá. Gritando por ajuda.

Sua voz era monocórdia, inexpressiva como sempre. Ela virou a cabeça ligeiramente, e pude ver o sangue aflorar ao seu rosto. Através das portas de vidro, víamos os leitos, inclusive o de Louis. Víamos o menino também: um montinho sob os lençóis. Como se incitada pelo *pathos* dessa visão, ela girou de repente para me encarar, os olhos reluzindo com lágrimas.

— Está vendo com que covarde eu me casei? — deixou escapar. — Quem faria isso com o próprio filho e depois simplesmente fugiria?

Fiz menção de dizer algo conciliador, algo sobre como nem todos os homens são iguais, como o marido dela devia ter...

Mas as palavras não vieram. Em vez disso, tomei seu rosto perfeitamente oval em minhas mãos e a beijei. Ela não resistiu; na verdade, sucumbiu de uma maneira tão doce, quase agradecida, que me perguntei se a resistência que sentira antes nela — certa frieza, timidez, intocabilidade — não tinha sido produto de minha imaginação, uma ideia que minha consciência maquinara para me manter longe. Ela exalava o mesmo perfume de antes. É intenso, sensual. Ou seria o sol nas minhas costas? Como cheguei a isso? Como ousei? Foi um beijo delirante ao qual me entreguei como um sonâmbulo. Afoguei-me nele.

— Nunca fiz isso antes — eu disse, afastando-me dela gentilmente, ainda espantado comigo mesmo e me perguntando se ela teria ficado chocada, se teria feito a coisa errada.

— Beijar a mãe de um paciente? — perguntou ela suavemente. As lágrimas ainda marcavam seu rosto, e limpei-as com delicadeza.

— É.

— Suponho que devo me sentir lisonjeada.

— Não consigo deixar de achá-la muito atraente.

— Não consegue?

— Estive lutando contra isso, confesso. Deveria eu... continuar?

— O quê? A me achar atraente ou a lutar contra isso?

— A lutar.

— Sim. Certamente por algum tempo. Não estou pronta para nada. Tenho certeza de que compreende.

Mas ela não resistiu quando me inclinei para beijá-la de novo. Mais intensamente dessa vez, e mais uma vez me encontrei num outro mundo, onde me afogava, me afogava...

Até que alguma coisa me deteve. Não sei explicar o que foi, aquela sensação ruim, um pavor estranhamente amorfo que se aproximou furtivamente de mim e me disse que havia algo errado. Teria sido a advertência de Philippe Meunier, minha própria culpa com relação a Sophie, ou alguma outra coisa? Um ruído distante? Um instinto? Alguma coisa, de todo modo, me forçou a abrir os olhos no meio do beijo e a olhar, através das janelas francesas, para minha enfermaria. O que vi — um movimento rápido e resoluto no leito mais afastado — me fez estacar e arquejar ruidosamente. Afastei-me de Natalie, o coração sobressaltado.

— O que foi? — perguntou ela, alarmada. Abri a boca, mas não consegui falar. Meus olhos estavam fixos na enfermaria.

Onde Louis estava se sentando.

Está vendo com que covarde eu me casei? Quem faria isso com o próprio filho e depois simplesmente fugiria?

Foi que nem eletricidade passando por mim, e me sento.

Eles estavam se beijando.

Não deviam fazer isso, deviam? Coisas ruins vão acontecer, e isso vai acabar em choro. O sol está brilhante demais. Se você olhar para o sol, vai ficar cego.

— Cadê o papai?

Quando eu era pequeno, com uns 5 ou 6 anos, eu tinha todo tipo de bichinho de pelúcia idiota de bebê. Não ria, eu era só um garotinho nessa época, e todo garotinho tem bichinhos de bebê, ainda mais se vai muito pro hospital e não gosta do Action Man porque ele é uma bicha fracassada. Quando fiquei mais velho, com uns 7 ou 8, eu usava eles pro Jogo da Morte. Enfileirava todos — Monsieur Pinguim e Cara de Coelho, e Pif e Paf, que eram cangurus, e Cochonette, que é um alce, e um gato preto e branco chamado Minette —, e eles morriam um de cada vez. Às vezes morriam como heróis numa luta contra as Forças do Mal, e outras vezes coisas aconteciam, acidentes infelizes como se afogar ou ser estrangulado. Ou então eles iam procurar nomes de remédios e venenos perigosos e coisas com que podiam morrer. Você pode fazer isso se tiver os livros certos. Livros sobre fungos, a *Encyclopédie médicale*. Insulina. Clorofórmio. Arsênico. Gás sarin. Sementes de lupino. É engolir uma e você está morto.

Às vezes Pif e Paf decidiam morrer juntos. A melhor vez foi quando Pif pôs Paf em sua bolsa e eles entraram no meu aeromodelo e voaram pela janela e se espatifaram no quintal. Legal. Eles também gostaram, porque foi uma verdadeira acrobacia camicase.

Quando um bicho de brinquedo morria, nós fazíamos Arranjos para o Funeral. Todos os outros bichos colocavam o bicho morto num caixão que era uma caixa de sapato e faziam discursos. Às vezes falavam sobre como estavam arrasados. *Estou mal. Estou mesmo muito mal.* Mas outras vezes riam. Quando Cochonette assassinou Monsieur Pinguim, enfiando-o num micro-ondas de mentirinha, ele disse: se pudesse, eu faria tudo de novo, porque Monsieur Pinguim era mau e eu odiava ele. Ele merecia morrer. Devia ter cortado seu pinto fora.

— Por que são só a Pif e o Paf? Onde está o pai do Paf? — pergunto à mamãe quando eu e os bichos acabamos com toda a pipoca do funeral.

— O Paf não tem pai — responde a mamãe, que está lendo uma revista de beleza feminina outra vez.

— Por que não? Todo mundo tem pai.

— Não, na verdade — explica a mamãe. Ela põe de lado sua revista de beleza e olha para o papai. Ele está lendo o jornal, a página de esportes.

— Por que não?

— Porque alguns pais não merecem ter filhos — diz a mamãe. — E outros estão só fingindo ser pais. Se fossem homens de verdade, tomariam conta de suas famílias, não iriam atrás de sonhos idiotas do passado que nunca se tornariam realidade.

Papai dobra sua página de esportes e sai, e logo ouvimos a porta bater e o carro ser ligado.

— Aonde ele vai?

— Para o aeroporto — disse mamãe. — E depois para o céu.

E papai nos deixa de novo. Demora muito tempo pra voltar, porque está em Paris com a mãe malvada dele, que se chama Lucille ou *Mamie*. Ela é uma má influência, trata-o como um bebê e o mima, e ele provavelmente acredita em todas as bobagens e mentiras que ela conta a ele sobre a mamãe *porque ela detesta a mamãe, porque pensa que a mamãe não é boa o bastante para seu precioso menino, é isso que ela diz ao papai, ela faz lavagem cerebral nele, e fazer lavagem cerebral no filho é a pior coisa que uma mãe pode fazer, nenhuma mãe decente sonharia em fazer isso, brincar com os sentimentos do próprio filho.*

Depois que o papai vai embora, pomos a TV na cozinha e mamãe me deixa assistir a ela enquanto janto. A mamãe não janta porque está sempre de dieta pra ficar magra. Está passando *Asterix* porque é hora de desenho animado, e a mamãe está lendo uma revista com a foto de uma mulher e um homem se casando e as palavras TERCEIRA VEZ DA SORTE PARA DOMINIC.

— Quem é Dominic?

— Um ator famoso.

— Por que é a terceira vez da sorte pra ele?

— Porque é seu terceiro casamento, e quando alguém tenta fazer uma coisa e não dá certo nas duas primeiras vezes, em alguns lugares as pessoas dizem que é a terceira vez da sorte, para desejar sorte.

— Quantas vezes você se casou?

Ela riu.

— Só uma.

— E o papai?

— Lucille andou conversando com você?

— Não. Talvez.

Nosso segredo, papai disse. Esperei muito antes que ela falasse alguma coisa, e quando falou, foi depressa, para acabar logo com aquilo.

— Ele foi casado uma vez por muito pouco tempo com uma pessoa que nunca amou de verdade. Só pensou que amava. Foi um erro. E depois me conheceu, e eu fui a pessoa que ele amou. Muito mais do que ela.

— Mas quem era ela?

— Ninguém. Não há nada a dizer sobre ela. Ele a deixou. Isso foi há muito tempo. Eles se divorciaram. Ok?

— Então por que ele se sente mal com isso?

Mamãe me olha por muito tempo, como se eu fosse o Menino Maluco.

— Eu disse que ele se sentia mal?

— Não.

— Então por que perguntou isso?

— Não sei.

Eu ainda estou me sentindo como um Menino Maluco. Não dá pra saber o que ela pensa pelos olhos dela. Eles parecem sempre iguais, como se não existisse nada dentro deles. É assim que ela se esconde da gente.

— Bem, se ele ainda se sente tão mal, deveria voltar para ela, não? Ele não consegue lidar com a gente, e não consegue lidar com a culpa. Você tem um pai que não consegue lidar com as coisas.

E ela começa a folhear a revista de novo, e não dizemos nada por algum tempo, e eu penso: *ele não pode voltar pra ela de qualquer maneira, porque ela está casada com outro homem agora e eles têm as meninas chinesas que são adotadas e um bebê gordo que eles fizeram sozinhos.* Mas não me atrevi a dizer a isso pra mamãe porque meninos não devem fazer suas mães chorarem. *Asterix* acabou, e começou *Tom & Jerry*. É aquele em que o Tom tenta pegar o Jerry, mas o Jerry escapa. Rá-rá.

— Você amou mais alguém antes do papai?

Ela para de sorrir, então talvez não esteja tudo ok, e olha pra mim.

— Pensei que sim. Mas estava errada.

— Por quê?

— Porque ele me decepcionou muito.

O tio do Tom escreveu a ele uma carta dizendo que queria passar alguns dias na casa dele. Mas precisava avisar Tom de uma coisa: morria de medo de ratinhos. Esperava que não tivesse nenhum onde o Tom morava.

— Como ele te decepcionou muito?

Ela dá um suspiro.

— Você já ouviu falar de honra, Lou-Lou? Honra é fazer a coisa certa. Mas ele fez a coisa errada. Uma coisa terrível.

O Tom tem que tentar se livrar do Jerry antes que seu tio chegue. Mas assim que percebeu que o tio do Tom tinha pavor de ratos, o Jerry fez tudo que podia para ser assustador. E por aí vai como sempre, Tom se queimando com o ferro e passando pela parede e deixando um buraco em formato de gato. Eu quero perguntar a ela qual é a coisa terrível que não é *honra*, mas não posso porque ela está olhando pra mim como se eu fosse fazer ela chorar de novo, e os meninos não devem fazer suas mães chorarem, isso deixa elas muito decepcionadas. Então o Jerry ri e ri e ri porque venceu de novo. E depois aparece o círculo e dentro dele está escrito *That's all Folks!*

O Jogo da Morte é um bom jogo para um filho único. Filhos únicos precisam ser *autossuficientes* se não conseguem ter nenhum amigo e a mãe deles está muito ocupada no apartamento lendo revistas sobre como tornar ele ainda mais bonito, e que roupas vestir nele, e chorando porque o papai nos abandonou de novo. *Algumas famílias são diferentes demais e especiais demais para serem como as outras. Mas isso não significa que sejam piores. Na verdade — e este é um grande segredo, não é o tipo de coisa que você deveria sair por aí contando pra qualquer um na escola e especialmente não pro seu professor —, isso poderia significar que elas são só um pouquinho melhores.*

Por isso, *shhh.*

Perez Balofo diz que é normal ter sentimentos confusos sobre os pais e que não faz mal detestar o seu pai porque ele não está com você. *Detestar as pessoas faz parte do amor por elas. Tudo o que uma criança sente está certo. Todos os sentimentos são permitidos porque o mundo é um lugar seguro pras crianças. Mas lá no fundo você sabe o quanto sua mamãe e seu papai amam você.* Foi por isso que decidiram passar um fim de semana juntos sendo uma família de novo e levar você pra um piquenique, não é?

Um piquenique com uma surpresa.

Foi uma pena o que aconteceu lá, porque talvez eu tivesse conseguido terminar minha miniatura de escada em espiral de pau-de-balsa, e talvez meu professor monsieur Zidane fosse me recompensar por ela estar muito boa e me levar pra jogar um pouco de futebol na hora do recreio. Ele ainda joga uma bola por aí pra se divertir de vez em quando. Não está interessado só no dinheiro, sabe.

Isso ia acontecer, mas nunca aconteceu, porque não conseguimos sair de lá.

Era um lugar bacana na montanha. Com arbustos e uma descida para um penhasco enorme de onde você não devia chegar perto. Todos nós cantamos parabéns, e a mamãe e eu cortamos o bolo e o papai tirou uma foto e todos nós fizemos um desejo secreto. Eu sei qual foi o desejo dela. O desejo dela foi provavelmente que eu fosse o menininho dela pra sempre. Meu desejo foi que o papai fosse meu pai de verdade, porque, se fosse, eu sempre poderia ficar com ele.

E depois tudo aconteceu muito depressa. Alguma coisa sobre minhas balas escondidas. O papai me viu comer uma e tentei esconder elas de novo, mas não consegui e ele ficou gritando perguntas pra mim e depois eles tiveram uma briga, não uma briga normal, uma muito pior, e foi tudo culpa minha por causa das balas escondidas, e eles ficaram falando uma língua enrolada e depois começaram a gritar e a mamãe ficou fazendo Trabalho Emocional. Ela gritava feito louca, e gritava e gritava: *Solte-o! Não se atreva a tocar no meu filho!* E aí eu me soltei dele e saí correndo e correndo, mas então...

Mas então.

Ver e pensar são a mesma coisa se você estiver com os olhos fechados. Uma sala cheia de luzes brilhantes e médicos gritando e pessoas ao meu redor como se estivessem andando de rodinhas, e às vezes você vê o sol ou a lua ou um relógio, e às vezes fotos da mamãe e do papai sendo felizes e morcegos pipistrelos e às vezes você se lembra de pedaços da tabuada do sete, por exemplo, sete vezes sete dá quarenta e nove, e dos binóculos do Perez Balofo, e do som deles transando de noite hã-hã-hã e da foto de Youqui, que foi atropelado por um trator, e chiclete e os irmãos Lumières e sete vezes oito cinquenta e seis e Jacques Cousteau e as Meninas Superpoderosas e as estrelas e sete vezes nove sessenta e três e aí você pensa num prédio que é branco e parece Lego e todo cercado de florestas e você está lá no alto como num balão flutuando e sete vezes dez setenta, flutuando sobre a terra e olhando pra essa estrada branca de cascalho lá embaixo, e por ela vem uma ambulância que faz a poeira voar por todo lado, poeira branca. E quando ela para aparece uma maca e um menino nela que parece morto, e a mamãe dele que está tentando não chorar, e depois há algumas vozes que soam como se estivessem debaixo d'água, e depois você vê nuvens brancas que são cortinas balançando ao vento, e mais vozes...

— Fazemos o possível para fabricá-lo aqui...

— Dez milímetros deveriam bastar...

— L'Hôpital des Incurables.

— Os meninos mandam lembranças...

— Uma enorme, a outra pequena... Estou gritando para elas. Mas não me ouvem... Completamente impotente. E em seguida ele está caindo... Simplesmente me deixou lá. Gritando por ajuda.

— *Está vendo com que covarde eu me casei?*

E aí você se senta. *Ele não é um covarde*, você quer gritar, mas não consegue. E abre os olhos e sabe que ela estava beijando um homem. Um homem que não é o papai. Eles estão lá longe e é como se estivessem na TV e o sol está brilhante demais. Ele abraça ela. Ela abraça ele. Depois ele afasta ela.

— Mamãe! — você grita, mas não sai nenhuma voz porque você está paralisado. Entalado olhando pra eles até ficar cego. E de repente há um milhão de vozes explodindo bem no seu ouvido e a mão de alguém está segurando a parte de trás da sua cabeça e você abre os olhos, mas ainda está cego e a mamãe está gritando.

— Não foi culpa dele! Ele não queria fazer isso! Foi um acidente!
Gritando alto demais bem no meu ouvido.

— Louis, consegue me ouvir? Sou o Dr. Dannachet. Você está no hospital.

Hospitais são um saco. Você beijou a mamãe.

— Você sofreu um acidente. Esteve em coma. É como dormir, porém mais profundamente.

Vai embora. Para de beijar a mamãe.

— Mas você escapou. E está aqui.

Não, não estou. Estou em algum outro lugar. Fica longe de mim, seu nojento babaca bundão. Onde está o meu pai? Quero o papai.

A mão dele parece ter um milhão de volts. Ele está me dando choque, e quero gritar *Vai embora daqui, seu pervertido, me deixa em paz*, mas não sai nenhum som. Minha cabeça virou uma bola pesada, a gravidade deixou ela pesada demais pro meu pescoço, ela poderia sair rolando e quebrar meu pescoço e aí vou ficar numa encrenca ainda maior. Você acha que a mamãe gosta de ter um filho como eu?

— Eu disse: Louis, consegue me ouvir? Você está no hospital. Na Provença.

Não. Não. Não posso ouvir você porque encontrei o botão Desligar. E Desligar é melhor.

Eu aperto o botão e eles desaparecem.

Todos, menos um.

— Olá, Jovem Senhor — diz ele. — Bem-vindo à sua nona vida.

A cabeça dele está toda enfaixada e a voz dele é rouca, como se ele tivesse engolido cascalho.

O estranho espasmo de Louis aparentemente não mudou nada — mas de algum modo, como um abalo sísmico, ele sacudiu a todos de modo imprevisível. A pior parte de todo o episódio, pensei depois, foi a reação da mãe. Isso deveria ter me revelado instantaneamente que as coisas não estavam se encaixando como deveriam. Que algo estava fundamental e irremediavelmente errado, que uma verdade aterradora estava aprisionada dentro dela, insistindo para se libertar. Mas eu estava cego. Todos nós estávamos.

Quando avistei Louis se sentando na cama, antes mesmo de eu registrar o fato de que ele poderia estar despertando, senti uma onda de culpa supersticiosa. *Ele nos ouviu. Ele nos viu. Ele sabe.* Corri pelo jardim, segui pela alameda — cascalho e poeira brancos chispando sob meus pés — e subi os degraus de pedra até a sacada. Tinha consciência de que Natalie vinha atrás de mim, gritando para eu esperar, para, por favor, explicar o que estava...

Mas não havia tempo. Transpus as janelas francesas de encontro ao caos. As enfermeiras tinham vindo correndo, e todo mundo se amontoava em volta da cama, inclusive vários visitantes, entre eles o pai de Isabelle. Abriram caminho quando cheguei. Quando vi que Louis continuava sentado, senti uma onda de esperança.

Seu rosto miúdo e extenuado estava branco como gesso e brilhava com um suor pegajoso e febril. Seus olhos escuros — maiores do que eu poderia ter imaginado — olhavam para a frente. Sentei-me na cama e tomei gentilmente seu rosto em minhas mãos, encarando-o. Mas quando olhei para os poços escuros de suas pupilas dilatadas, tive a impressão de estar diante de buracos que conduziam à escuridão, mais nada. O que quer que Louis visse, não era algo que estava ali, naquele momento. Seu olhar fixo era de uma imperturbável cegueira, como a introversão da loucura ou a pura alienação que se vê em vítimas de tortura. Senti um arrepio involuntário. Nada poderia ter nos preparado para ver Louis assim, capaz de um movimento tão grande, decisivo. Ou para o que aconteceu em seguida.

A criança falou. Numa vozinha débil, quase um sussurro.

— Cadê o papai?

As palavras pareceram ecoar silenciosamente por um instante, e em seguida sua mãe gritou. Foi uma reação retardada de choque, suponho. Mal houvera tempo para alguém registrar que a voz que tínhamos ouvido vinha de Louis e subitamente Natalie Drax se arremessou sobre ele, abraçando o filho freneticamente.

— Não foi culpa do papai! Ele não queria fazer isso! Foi um acidente! — gemeu.

— Solte-o! Você quer matá-lo? — gritei, arrancando-a do menino. — Ele tem ferimentos na cabeça! Não toque nele!

Agarrei-a pelo braço e empurrei-a violentamente para a cadeira vizinha à cama, onde ela se encolheu, cobrindo a cabeça com as mãos e tremendo como uma criatura eletrocutada. Senti uma pontada de remorso por ter agido com tanta brutalidade, mas não era hora para sutilezas. Louis exigia minha atenção; sua mãe teria de se defender sozinha. Àquela altura, Jacqueline já avaliara rapidamente a situação e chegara à mesma conclusão que eu: Natalie Drax, em seu atual estado de histeria, era um risco e precisava ser retirada da enfermaria. De alguma maneira, ela e Berthe a convenceram a acompanhá-las e a ficar a alguma distância do leito de Louis.

— Louis, você pode me ouvir? — perguntei, ainda incapaz de acreditar que ele tinha falado. — Sou o Dr. Dannachet. Você está no hospital.

O menino ainda estava sentado, perfeitamente ereto na cama, cercado pela confusão de móveis e monitores, e prendi o fôlego enquanto esperava que mais palavras viessem. Mas nada foi dito. Não havia absolutamente nenhum sinal de que ele tinha falado, a não ser o fato de seus lábios continuarem ligeiramente separados. Pareciam secos. Continuei segurando seu rosto e olhando diretamente em seus olhos. Por uma fração de segundo, eles pareceram estremecer com vida.

— Isso, Louis! — sussurrei.

Mas quando senti o peso de sua cabeça se adensar, meu lampejo de esperança evaporou. Calmamente, mudei de posição para proteger a parte de trás do crânio e, ao fazê-lo, senti — muito distintamente — uma rápida série de espasmos musculares na região do pescoço à medida que a energia que o inundara voltava a fluir, como água do mar tragada pela areia. Ele tombou para trás, seus olhos se fechando depressa. Havia terminado. Louis tinha voltado para o lugar de onde viera, fosse qual fosse. Todo o episódio não tinha durado mais de dois minutos, calculei. Fosse o que fosse, o inexplicável espasmo que animara seu corpo havia se encerrado. Senti a mais completa derrota. Parecia que alguma coisa estivera muito perto de acontecer, mas não tinha acontecido. A culpa me invadiu de novo. Se eu tivesse sido profissional, passando meu tempo com Louis na enfermaria em vez de beijando sua mãe no jardim — *beijando sua mãe, pelo amor de Deus* —, as coisas teriam sido diferentes?

Aquela vozinha perguntando pelo pai. Simplesmente não é assim que as coisas acontecem no coma. Nunca em vinte anos eu...

Meus pensamentos rodopiavam.

Ao mesmo tempo, a reação de Natalie ao espasmo do filho tinha sido igualmente bizarra à sua maneira. Ela se comportou, pensei depois, como se tivesse visto um fantasma. E talvez tenha pensado que sim.

— Pode voltar quando estiver preparada para ficar quieta — falei a ela enquanto fixava o soro do menino. — Mas, por ora, por favor, vá para casa.

— Vou ficar com o meu filho.

— Não — respondi com firmeza enquanto Jacqueline afagava seu braço. Percebi que novamente Natalie Drax se esquivava de contato físico, como se estivesse machucada. — Acredite, é o melhor a fazer — afirmei. — Você tem que confiar em nós. Agora tente relaxar.

— Relaxar? — A voz de Natalie foi um sussurro rouco, desafinado. — Meu filho quase volta à vida pela segunda vez, e você quer que eu relaxe?

Seu rosto, tal como o do filho, havia assumido uma brancura fantasmagórica. Em contraste com sua palidez, sua boca pintada de batom era como uma ferida, um corte sangrento em seu rosto.

— Venha comigo agora — disse Jacqueline. Falava delicadamente, mas com uma firmeza que não permitia discussão. — Vamos à cantina tomar um café. Conversaremos sobre Louis lá, e vou apresentá-la a alguns dos outros familiares. É hora de conversar com eles. E de ouvi-los. Eles já viram de tudo. E eu também. Ainda não contei a você sobre Paul, contei? Acho que é hora de eu contar a você sobre meu filho Paul.

E conduziu a pobre e abalada criatura para fora.

Por mais que tivesse ficado horrorizado com a reação de Natalie Drax, eu podia compreendê-la em algum nível. A mente é delicada. A dela fora assaltada repetidas vezes pelo inimaginável, o inesperado, o inexplicável e o injusto. E, naquele momento, confesso que houve um surrealismo no episódio que me fez querer gritar também. Foi quase, pensei, como se Louis fosse um boneco, seu corpo operado por um estranho.

Como se a voz que saiu daqueles lábios não fosse dele.

Se você quisesse se esconder, este seria um bom lugar.

— Meu nome é Gustave — diz o homem assustador. — E o seu? Mas não consigo me lembrar de nada a não ser Menino Maluco.

— Não é da sua conta — respondo.

— Eu estava esperando por você — continua ele. — Queria que viesse. A gente pode se sentir muito sozinho aqui. — E estendeu a mão pra mim, mas fiquei imóvel. *Não se mexa, não se mexa, não se mexa, não diga nada, não diga nada, não diga nada.* Você não deve tocar um estranho, ou deixar que ele toque você, porque ele pode muito bem ser um pervertido ou um pedófilo, e além de tudo ele parece uma múmia, que é um ser humano em conserva, e fede à água que sai quando você esvazia um vaso de flores. O pedacinho de boca que consigo ver está sorrindo, ou talvez ele esteja apenas com fome.

— Do que vamos chamá-lo, então? — pergunta Gustave. — Todo mundo aqui precisa ter um nome. Se você não consegue se lembrar do seu, eles podem te dar um, ou você escolhe um para si. Acha que Gustave combina comigo? Passei a gostar muito dele.

Ele estava repleto de germes e bactérias, dava para ver. Mamãe gritaria se visse ele. Gritaria e diria que é um pervertido doente nojento, *afaste-se do meu filho, não toque nele, não chegue perto dele. Ele não é seu, fique longe dele, seu desgraçado.*

— Bruno? — pergunta ele.

— Você deve estar brincando — respondo. — Sabe o que eu preferiria, senhor, a ser chamado de Bruno? Eu preferiria estar morto.

Assim ele tenta outros nomes idiotas como Jean-Baptiste e Charles e Max e Ludovic e — este é o pior — Louis.

— Louis é horrível! Não vou ter esse nome de jeito nenhum! Prefiro ser chamado de Menino Maluco.

— Acalme-se, Jovem Senhor — diz ele. — É só um nome. Gosto dele. Acho que é um bom nome. Combina com você.

E foi nesse instante que me lembrei de uma coisa. *O estranho mistério de Louis Drax, o incrível menino que sofre acidentes.* Deve ser um livro que li algum dia.

— Louis Drax — digo. — Havia um menino chamado Louis Drax.

As coisas são diferentes na nona vida. Ela está muito mais distante que a oitava, é um lugar totalmente diferente. Não é o lugar onde a mamãe está, *um lugar bonito*, diz ela, *encantador e ensolarado e quente* e aquele blá-blá-blá. *Quente demais às vezes; eles têm incêndios florestais quase todo ano. As pessoas os provocam. Incendiárias.* Ela fica cochichando coisas no meu ouvido. *Volte, Lou-Lou, volte.* Mas estou longe demais. *Amo você, querido. Mamãe está aqui com você, meu doce menino* e mais blá-blá-blá. *E há um médico simpático chamado Pascal Dannachet que está cuidando de você* e mais blá-blá-blá. Ela está sempre cochichando, como se contasse um segredo e eu e ela fôssemos as únicas pessoas no mundo, e ela canta pra mim umas canções bobas de bebê. *Ainsi font, font, font les petites marionnettes. Ainsi font, font, font trois petits tours et puis s'en vont.*

— Você não precisa escutar — diz Gustave. — Pode desligá-la.

— Eu queria conhecer um incendiário — respondo. — Queria ver ele causar um incêndio, e talvez ajudar.

Mamãe disse que vamos poder ir ao jardim mais tarde. Vão me prender com tiras na cadeira de rodas e ela vai me empurrar, como quando eu era bebê num carrinho. É um lindo jardim, e todos os outros estão indo lá pra fora também, porque tem uma brisa hoje e a gente pode sentir o cheiro do mar e dos pinheiros da floresta. *E Pascal Dannachet é um bom médico, um dos melhores; ele sabe o que está fazendo e está muito esperançoso com relação a você, meu amor. Sabe que você vai voltar, e eu também,* blá-blá-blá.

E a melhor coisa é que estamos seguros aqui. Ninguém sabe que estamos aqui, ninguém pode nos encontrar... Somos só você e eu de novo, como nos velhos tempos.

Que velhos tempos? Blá-blá-blá.

— Não escute — diz Gustave. — Em vez disso, converse comigo. Conte-me histórias.

Então eu conto a ele o que aconteceu com Perez Balofo. Na sala do Perez Balofo há uma grande tigela com água e conchas marinhas. Fica na mesa, na frente da gente. Você pode olhar dentro dela e fazer de conta que está se afogando. Se ficasse bem pequenininho, você podia ser como um caranguejo-ermitão e entrar numa das conchas e só colocar as pernas pra fora quando precisasse ir a algum lugar, como de um lado da tigela pro outro.

— Então, o que você diz, Louis? — pergunta Perez Balofo.

Mas eu não respondo porque estou muito ocupado enfiando meu corpo todo numa das conchas, uma pequena e amarela, onde posso me concentrar no último episódio das *Meninas Superpoderosas*. Aquele depois do ataque do tubarão-robô, antes de elas perceberem que Docinho não tinha sido engolida porque estava no laboratório o tempo todo, fazendo uma poção pra reverter a Lei do Tempo e devolver a terra aos animais. Eu posso ouvir a voz dele, mas não ouço as palavras. Estou em minha concha agora. Estou seguro ali e posso pensar na Docinho o quanto quiser e esquecer o que ele está dizendo.

Ele teme que as coisas não tenham dado certo com a gente.

— Não é culpa de ninguém. Mas foi um prazer trabalhar com você, Louis. Aprendi muito. Acho que você aprendeu algumas coisas também. Mas sua mãe acha que devemos parar por aqui. Lamento muito, Louis. Estou acostumado a fazer progressos, mas sua mãe acha que não fiz. Ou, pelo menos, não tanto quanto ela esperava. Para ser sincero, sua mãe acha que não tenho mais nada para oferecer a você.

Você não achou que eu fosse chorar quando ele disse isso, não é? Pensou que eu ficaria contente de me livrar daquele gordo babaca em vez de bancar um bebê chorão fracote idiota e gritar uma porção de vezes:

— NÃO! Por favor, monsieur Perez! Não!

Mas ele diz que lamenta.

— Foi a decisão da sua mãe. Acabou, Louis. Não haverá mais visitas. Você não precisa mais de mim.

— Preciso, sim!

— Você vai ver.

— Não, você é que vai ver.

Foi isso que eu disse a ele antes de me enfiar na concha com a Docinho, a Menina Superpoderosa.

No dia seguinte, escrevi uma carta pro Perez Balofo e pus alguns cocozinhos do Maomé dentro. Oito cocôs, porque eu ainda estava com 8 anos, mais um pouco de serragem. Peguei um envelope e um selo na escrivaninha do papai e escrevi o nome dele, Marcel Perez, e o endereço, rue Malesherbes 8, Gratte-Ciel, Lyon, e no caminho para a escola, na manhã seguinte, quando a gente estava passando pela caixa do correio, eu disse:

— Mamãe, olha ali. Está vendo aquele cachorro?

Apontei para o outro lado da rua e, enquanto ela procurava o cachorro, tirei a carta do bolso e a enfiei na caixa.

— Viu o cachorro?

— Vi, era lindo.

— Viu mesmo?

— Mas não consegui descobrir de que raça ele era. Um husky, talvez?

— Ou um dobermann. Acho que devia ser um dobermann.

Mas aqui está a coisa engraçada na mamãe. Ela consegue ver cachorros mesmo quando eles não estão por perto. Mesmo quando a gente inventa eles.

Você é um grande mentiroso gordão, Perez Balofo. Disse pra ela que não queria me ver mais. Disse que eu era demais pra você. Foi isso que ela me contou. E você me disse que nada ia sair daquela sala, e isso também não era verdade. Ou seja, você é um bundão. Espero que morra ou pegue uma doença nojenta.

Louis Drax

O tempo todo posso sentir os olhos de Gustave me espiando por uma fresta nas ataduras. Quando alguém encara você, mas está com a boca coberta por ataduras, não dá pra saber se ele quer ser seu amigo ou matar você. Ele não para de olhar pra mim como se eu fosse seu inimigo ou seu filho ou como se eu estivesse vivendo na cabeça dele assim como ele está vivendo na minha.

— Olá, Louis — diz o Dr. Dannachet. — Está um lindo dia lá fora, há um pouco de vento finalmente. Sei que você pode me ouvir, Louis. Quero que você tente vir até nós novamente. Você estava tentando, não é? Sei que estava. Pude perceber.

Não diga nada, não diga nada, não diga nada.

— Sua mãe está à sua espera. Andou ouvindo as fitas que ela gravou para você? Espero que sim. Estou ansioso para que desperte. Minha esposa conseguiu um livro da biblioteca dela para você, *Les Animaux: leur vie extraordinaire*. Agora mesmo eu estava lendo sobre morcegos. Sei que gosta deles. Acho que você sabe a parte sobre os morcegos de cor, não é? Mas fiquei fascinado.

E começou a ler a parte sobre os morcegos.

— *"Você sabia que os morcegos são os únicos mamíferos que voam? Outros tipos de mamíferos podem planar de uma árvore para outra, mas os morcegos usam suas asas de maneira muito parecida com as aves. Essas asas são, na verdade, abas de pele chamadas membranas, e são sustentadas por dedos, membros anteriores e posteriores e uma cauda. Os morcegos podem ser encontrados no mundo todo, exceto no Polo Norte e no Polo Sul, mas a maior parte das espécies é..."*

Sua voz foi ficando cada vez mais distante, e era difícil escutá-la. *Tropical ou subtropical. Há cerca de mil espécies conhecidas. Cerca de trinta delas — todas comedoras de insetos — podem ser encontradas na Europa...*

As pessoas aparecem e depois vão embora. Você não sabe quem vai ver e quem vai desaparecer de repente. Há um relógio na parede, mas o tempo dá pulos. Às vezes é noite durante tempo demais e o dia dura só um minuto, e outras vezes ele nunca passa.

— O que você fazia antes? — pergunto a Gustave. Ele ainda me dá medo, mas sei que não pode me fazer mal. Não tocando em mim, pelo menos, porque ele não é real.

— Não consigo lembrar. Não completamente. Nenhum de nós consegue. Eu tinha uma esposa. O nome dela era... Às vezes consigo lembrar. Mas não hoje. Só me lembro de estar num lugar escuro. Uma caverna.

— Você recebe visitas?

— Não. Sou solitário. Devo ter feito alguma coisa errada. Talvez alguma maldade. E você?

— Mamãe está aqui, mas papai é piloto. Quando ele vier, vai me trazer modelos de Lego e outras coisas. Ele deve vir logo. Está a caminho.

Se fosse o Perez Balofo, me faria uma pergunta nessa hora. Gostei de Gustave não ter feito. Eu queria saber o que ele tinha feito com a esposa. Talvez fosse estuprador. Talvez tivesse obrigado ela a fazer coisas que ela não queria, como um bebê que ela detestava e que estaria melhor se morresse. Estupro é uma coisa horrível, você pode procurar no dicionário. Decepciona muito a gente.

Então de repente são altas horas da noite e há uma tempestade com trovoada e raios, e o relógio bate três horas.

Os adultos fazem coisas idiotas às vezes, você tem de acreditar em mim, meu querido. Seu pai o ama de verdade. Ele não queria fazer o que fez. As mães estão sempre ao lado dos filhos. E um dia ficaremos livres. Ele estará fora de nossas vidas e poderemos viver juntos felizes para sempre.

Queria saber se Gustave pode ouvir as mesmas vozes que eu. Ou talvez outras.

— O que aconteceu com você? O que aconteceu com seu rosto?

— Não sei — responde ele. — Nem me lembro da aparência que eu tinha.

— O papai tem braços peludos como os seus. Você é alto quando fica de pé?

— Bastante alto, acho.

— O papai também.

— E a sua mãe? — pergunta ele. — Como é a sua mãe?

— Ela está ficando maluca sem mim. Algumas coisas ruins aconteceram com ela. Ela nem sempre pode confiar nos homens, porque os homens são maus. Eu consigo ver como ela está ficando maluca, mas o médico não consegue ver isso, ninguém consegue, nem

Jacqueline. Se o papai estivesse aqui, ele veria. Ele conhece ela tanto quanto eu. Ela cochicha no meu ouvido o tempo todo, tudo coisas sem sentido sobre como não foi culpa dele e não devo culpar o papai. Canta músicas de bebê para mim.

— Culpá-lo pelo quê? — pergunta Gustave.

— Não sei. Mas ele deve ter feito uma coisa ruim. Deve ter nos decepcionado muito.

Eu disse isso ou apenas pensei? Você nunca sabe quando está com Gustave. Depois acho que nós dois dormimos, porque quando acordei ele estava falando naquele seu sussurro que mal consigo escutar.

— Havia água por toda parte. Era como um poço ou um lago, mas estava escuro demais para enxergar. Meu rosto doía. Eu podia sentir que ele estava cortado e machucado, e meu nariz estava quebrado. Eu não conseguia mexer as pernas, e só um braço se movia. Quando você está completamente sozinho numa caverna, tem os mais estranhos pensamentos. Eu não conseguia me lembrar de nada sobre o passado, exceto o nome dela. O nome da minha esposa. Eu o escrevi com sangue na parede para poder lembrá-lo. Não paro de pensar que, se voltasse lá, poderia vê-lo. E saberia o nome dela de novo. E talvez tudo fizesse sentido. Escrevi o nome do meu bebê também. Nós tínhamos um bebê.

— Que idade ele tinha?

— Não sei. Só um bebê, eu acho. Um bebezinho.

— Ele tinha um chapéu idiota com orelhas de coelho?

— Não sei.

— Era menino ou menina?

Mas ele não sabe isso também.

— Talvez você fosse um explorador de caverna que se perdeu e ficou sem suprimentos. É por isso que sente tanta fome.

— Talvez.

— E talvez eu fosse um menino que caiu porque estava sempre sofrendo acidentes; era o Incrível Menino Que Sofre Acidentes.

— Sim. Você era.

Eu ia perguntar como ele sabia disso, mas ele foi embora de novo. Eu sabia que iria voltar. Pesadelos como esse continuam sem parar, e não é você quem toma as decisões.

Depois de um tempo, o Dr. Dannachet vem e lê em voz alta *La Planète Bleue*, e Gustave olha pra ele e não diz nada, mas sei o que está pensando, porque estou pensando a mesma coisa. Ele está ficando cansado. Sabemos porque podemos sentir isso em sua voz e sua pele e seus ossos. E ele tomou um Valium. Os médicos fazem isso às vezes, quando as coisas perturbam eles. Tem umas coisas que estão perturbando ele.

E agora ele está lendo a parte sobre poliquetas, monstruosos anelídeos em forma de tubo que são nojentos de se ver porque são apenas enormes tubos compridos de carne viscosa, maiores que o braço de uma pessoa adulta. Uma ponta é a boca e a outra é o traseiro, mas só um especialista ou outro poliqueta sabe o que é o quê. Eles vivem nas profundezas do mar, quatro quilômetros abaixo da superfície, onde é cheio de veneno. Ali acontecem coisas que não podem acontecer na terra. Existe vida onde não deveria existir, porque não faz sentido que uma criatura sobreviva de veneno. Mas não é veneno pra ela. Está totalmente acostumada a isso, nasceu ali, e se você tentasse tirar ela dali, poderia até morrer.

— Preste atenção — diz Gustave.

O Dr. Dannachet de repente parou de ler, e dá pra ouvir o livro cair no chão, e ele não o apanha.

— Agora é a sua chance — diz Gustave. — Você sabe o que tem de fazer, Jovem Senhor. Faça agora. Enquanto pode. Ele não vai sentir nada.

— Você vai me ajudar?

— Não posso. Tenho de deixá-lo por um instante agora, Jovem Senhor. Você precisa fazer isso sozinho.

E ele se afasta para um canto da sala onde tudo é branco e começa a tossir e tossir e tossir até sair sangue e vômito. E enquanto está lá, me observando do seu canto, faço o que vínhamos pensando em fazer, mas sem falar nada. Porque se você fala, estraga tudo.

Fiel à garantia que havia me dado, Jacqueline deu um jeito de impedir que Natalie Drax voltasse à enfermaria naquele dia. À noite, fiquei em minha sala até tarde e terminei de fazer o rascunho da palestra de Lyon. Sophie saíra novamente com a mulher de Guy Vaudin, Danielle, e um bando de outras amigas para buscar apoio ou o que quer que as mulheres façam quando estão se sentindo pouco amistosas em relação a seus maridos. Eu não queria caminhar pelo calor do olival e chegar a uma casa vazia, sem minha mulher, e assim, sentindo-me inquieto e sem nada que fazer, voltei à enfermaria do coma para visitar minha trupe silenciosa.

A enfermeira da noite me contou que Isabelle estivera muito ativa novamente, por isso me sentei com ela por algum tempo, segurando sua mão. Quando ela chegou aqui, tinha as unhas roídas até o sabugo; agora estavam longas e elegantes, cuidadas e pintadas por Jacqueline. Uma bela adormecida. Ela se mexeu, abriu os olhos brevemente, deu um leve bocejo e mergulhou de volta em seu estado letárgico.

Depois de conversar um pouco com ela — disse-lhe o que pensava sobre a nova fisioterapeuta, Karine, que eu tinha acabado de contratar e com quem estava satisfeito —, deslizei de leito em leito, empurrando-me em minha cadeira giratória, até chegar a Louis Drax. Contemplei suas bochechas macias, a pele cor de cera, a boca entreaberta, os longos cílios escuros. Afaguei seu cabelo. Era liso e cheio, e já parecia mais longo do que quando ele tinha chegado.

Permanecia imóvel. Esta noite eu ficaria sentado a seu lado. Esta noite, pelo bem de sua mãe, pelo bem da mulher cujo rosto triste e encantador estava se tornando uma presença permanente, estranha e desconcertante em meu coração, eu tentaria ser um bom médico para ele. Estar à disposição dele, contar-lhe sobre onde ele estava e o que tentávamos fazer por ele ali, talvez até entrar em sua cabeça. Ele havia feito um enorme esforço para se comunicar. Tinha até conseguido dizer algumas breves, assombrosas palavras. Um impulso tão repentino, extraordinário, não vinha do nada. Teria Louis estado mais consciente durante todo o tempo do que eu havia ousado esperar ou imaginar?

Eu ainda me encontrava num estado de excitação nervosa, por isso tomei um Valium e me acomodei junto a Louis. Li em voz alta para ele um trecho de *La Planète Bleue*, que Sophie tinha conseguido para mim. Era exatamente o tipo de coisa que eu costumava ler quando tinha a idade de Louis, como um seguidor de Cousteau. Mas eu estava cansado, e pude sentir minha voz ficando cada vez mais fraca e indistinta enquanto eu descrevia o ciclo de vida de uma criatura muito pouco atraente das profundezas do mar chamada poliqueta. Não me lembro de sentir o livro cair da minha mão.

Acho que não dormi muito — mais pareceram segundos que minutos — e despertei com um sobressalto desconfortável. Havia tido um pesadelo. Uma imensa minhoca estava cavando, abrindo seu caminho em direção ao meu mapa frenológico, o qual estava envolto em ataduras ensanguentadas. Foi um daqueles sonhos absurdos, mas de certo modo realistas, de que despertamos nos perguntando se realmente escapamos. Girei a cadeira e me levantei rapidamente, então ouvi a jovem enfermeira de plantão respirar fundo. Eu a havia surpreendido.

— Desculpe, Dr. Dannachet — sussurrou ela, vindo até mim na ponta dos pés. — O senhor me assustou, dormia tão profundamente.

— Que horas são?

— Quatro e meia. Eu deveria tê-lo acordado antes, mas não tive coragem.

— Mas por que não? Está muito mais tarde do que eu pensava.

— Desculpe-me. É só que, bem... mais cedo, umas duas horas atrás, o senhor estava sonâmbulo. Ouvi dizer que não devemos acordar alguém que...

— O quê? — Fiquei chocado, mas, em seguida, fui me acalmando aos poucos. — Aonde eu fui?

— Eu não vi de fato, mas o senhor saiu da enfermaria. Foi por volta das duas horas. Tive de trocar uma comadre e depois fiz uma tisana para mim na cozinha. Quando voltei, o senhor estava caminhando pela enfermaria, voltando para o leito de Louis. Pensei que estava acordado, mas, quando chamei, o senhor não disse nada e pareceu um pouco estranho. Foi quando me dei conta. Levei-o de volta para sua cadeira e o senhor voltou a se sentar, ainda dormindo.

— Bizarro. Meus olhos estavam abertos?

— Sim, mas não parecia enxergar com eles. O senhor parecia... bem... parecia cego, Dr. Dannachet. Completamente cego.

Ninguém gosta de perder o controle, especialmente diante de um integrante mais jovem da equipe. Eu disse para a enfermeira Marie-Hélène Chaillot, que me olhava de forma ansiosa, que ela havia feito a coisa certa, absoluta e exatamente a coisa certa, tal como recomendada em todos os livros. Tentei fazer uma piada com aquilo, mas por dentro me sentia perturbado. O que podia ter desencadeado o episódio? Eu estava de alguma maneira *regredindo*?

Tentando apreender algum sentido daquilo em meu estado semidesperto, tomei dois comprimidos de paracetamol, agradeci à enfermeira Chaillot e saí para a noite. O ar morno me atingiu como um choque em comparação ao frescor da clínica, e instantaneamente senti a pressão do calor que restara do dia como um peso sobre os ombros. Os olivais brilhavam lugubremente à luz de uma lua quase cheia, e meus sapatos ficaram úmidos com o orvalho, refletindo as estrelas. Virei-me e olhei para a clínica, baixa e achatada no topo do morro. Sua fluorescência parecia mais luminosa que nunca, conferindo-lhe uma aura que zumbia em torno de sua silhueta antes de se dissipar no céu estrelado. Parecia um templo, ou alguma outra estrutura sagrada — um lugar que podia abrigar milagres, onde eles aconteciam. No entanto, dessa vez minha mente não foi apaziguada por esse pensamento. Inspirei profundamente o ar perfumado, tentando me livrar de qualquer miasma estranho que houvesse me infectado. Mas ele parecia ter penetrado em meus pulmões, sob minha pele. Eu estava quase tonto de exaustão.

Quando cheguei em casa, Sophie acordou e rolou sob o lençol, o corpo quente e sonolento. Nosso ar-condicionado tinha quebrado no ano anterior, e desde então nos virávamos com um ventilador que agora girava preguiçosamente ao lado da cama, espalhando calor em vez de refrescar o ar.

— A noitada foi boa?

— Eu estava na clínica.

— Dando instruções à Sra. Drax? — Ela bocejou. — Secando suas lágrimas? Sentindo-se empolgado porque ela está convencida de que você é a única pessoa no mundo que pode salvar o filho dela?

Eu não estava disposto a discutir. Ainda me sentia sonolento e grogue.

— Preciso dormir.

— Bem, o quarto de hóspedes está pronto para você.

Eu estava cansado demais para qualquer discussão sobre os meus direitos, embora o corpo dela pudesse ter me confortado como sempre. Pensei em contar a ela sobre o sonambulismo, mas alguma coisa — alguma coisa além de sua atual hostilidade em relação a mim — me impediu. O que era, não sei. Eu já não conseguia me compreender nas melhores fases e, naqueles dias turbulentos e quentes que se seguiram ao espasmo de Louis, estava mais alheio a mim mesmo do que nunca.

Dormi mal e tive a impressão de que o pouco tempo de sono teve o efeito contrário ao do repouso. Na manhã seguinte, Guy Vaudin e eu submetemos Louis a mais duas séries de tomografias e as comparamos. Mas nada do que vimos fazia qualquer sentido. O que havia acontecido, concordamos, simplesmente não era possível. Era uma impossibilidade física. Assim como o estranho retorno dos mortos de Louis no Hospital Geral de Vichy, aquilo desafiava a lógica.

— Registre-o, de qualquer maneira — disse Vaudin. — Nunca se sabe. Nesse meio-tempo, acho que deveríamos diminuir a importância do evento com a mãe.

Concordei com ele; depois do descontrole dela junto ao leito de Louis, eu estava ficando cada vez mais preocupado com seu estado mental, e a última coisa que queria era encorajar sua teoria do "anjo" com relação ao filho.

— Os comatosos não são imunes a mudanças de ambiente — falei a ela mais tarde naquela manhã. Ela tinha voltado à cabeceira de Louis devidamente arrependida, mas com uma expressão silenciosamente desesperada no rosto. Havia medo também. Sim, ela estava com medo de alguma coisa. De sua própria esperança, talvez? Não seria inédito. Sob o leve bronzeado, seu rosto continuava da mesma brancura fantasmagórica que eu havia visto na véspera, como se o episódio a tivesse deixado exangue. Não usava nenhuma maquiagem e, pela primeira vez, notei finas linhas em volta de seus olhos. Ela parecia magra e doente, e me perguntei se deveria sugerir um *check-up*. — Não é incomum que eles façam um pequeno movimento involuntário pouco depois de terem sido removidos para um novo leito — completei, tentando emprestar autoridade à minha voz. — Não significa nada. Não deve ser mal-interpretado... considere o evento uma anomalia.

Poderia ela detectar o pequeno tremor de insegurança em minha voz? Ou seria seu semblante fechado meramente um sinal de que estava em outro lugar? *Em negação*, era a expressão que Philippe Meunier usava.

— Lamento muito, Pascal — disse Natalie. Sua voz era um sussurro baixo, amedrontado. — Pela maneira como reagi. Estava tão chocada, você compreende? Tive tanta certeza de que ele estava voltando. Quando ele falou...

— E eu lamento tê-la empurrado. Não foi minha intenção. Espero não tê-la machucado.

— Você é mais forte do que pensa — disse ela, levantando a manga da blusa para mostrar o braço. Fiquei sem fôlego, espantado ao ver o feio hematoma em sua pele.

— Eu fiz isso? — sussurrei, horrorizado. — Nunca machuquei uma mulher antes.

A culpa tomou conta de mim.

Ela sorriu pesarosamente.

— Tudo bem. Já sofri coisa pior. Meu marido podia ser muito violento.

Fechei os olhos.

— Ele batia em você?

Ela desviou os olhos e ruborizou, o que interpretei como um sim. Nunca consegui entender o que atrai as pessoas uma para outra, ou como um amor apaixonado se transforma em veneno. Exceto que algumas vezes isso tem a ver com doença, um *yin* e *yang* insano de punição e subjugação, que faz despontar os piores impulsos, alimentando-os. Senti que meu próprio casamento com Sophie era sólido, saudável — sujeito apenas às mudanças de maré que ocorrem ao longo dos anos. Nossa fase atual, que traçava uma lenta curva de mútuo descaso, era recente. Mas será que eu era capaz de fazer com que fosse diferente?

— Não sou assim — deixei escapar. — Você precisa acreditar em mim.

— Eu sei — falou ela gentilmente. Senti-me grato pela delicadeza com que mudou de assunto. —Veja, gravei outra fita cassete para ele — disse, mostrando-me. O título *Mamãe 3* estava escrito com sua letra caprichada.

— Bom — respondi. Eu estava tentando soar normal, mas por dentro sentia pânico diante daquele hematoma. — Bote para tocar. Fale também. Nunca se sabe o que pode acontecer.

Ela pôs os fones de ouvido em Louis, apertou o botão de ligar e ficou sentada segurando a mão dele e afagando seu cabelo. Todas as mães tendem a se expressar de maneira muito física. Perguntei a mim mesmo se teria sido sempre assim. Exatamente quando eu pensava isso, o rosto do menino sofreu uma pequena contração. Provavelmente isso não significava nada, mas Natalie Drax preferiu pensar de outra maneira, porque sorriu para mim com um triunfo hesitante. E, apesar de tudo, apesar da repugnância que sentia por mim mesmo e de minha raiva por sua reação na véspera, senti o ressurgimento de algum afeto por ela. Naquele breve segundo, lembrei-me de nosso beijo e de sua vulnerabilidade naquele breve e explosivo momento no jardim, e perdoei-a por tudo, suplicando-lhe internamente que perdoasse meus próprios impulsos desconexos, pois um incômodo pensamento começava a se agitar dentro de mim: será que eu havia tido a intenção de feri-la? Poderia algo pequeno e doentio dentro de mim estar se perguntando, naquele exato momento, que aspecto teria sua pele macia e sardenta com mais hematomas? Senti frio.

— Obrigada — murmurou ela. — Obrigada por tudo que tem feito por Louis.

— Não é muito — respondi. Ainda me sentia contaminado por meus próprios pensamentos.

— É mais do que imagina — disse ela, e tocou meu braço de leve ao se levantar para partir.

Esse pequeno gesto mexeu profundamente comigo, indo direto ao cerne de minha culpa. Ela me estendia a mão por fim, por iniciativa própria, precisamente quando eu tinha reconhecido minha capacidade de abusar de sua confiança. Enquanto observava sua figura frágil avançando pela enfermaria e seguindo para o corredor e pensava no hematoma em seu braço, dei-me conta de que era impossível não experimentar um imenso sentimento de comiseração — e o que era piedade senão uma admiração distorcida? — por uma mulher que nada pedia. Cujo orgulho a impedia talvez de expressar sua necessidade, mas cuja psique estava gritando para ser salva de seu próprio inferno interior. Não é a comiseração uma das mais elevadas formas de amor? Meu coração ansiava por ela, eu ansiava por livrá-la de seu sofrimento, inclusive da dor que eu mesmo havia causado. Pode me chamar de tolo de meia-idade, mas o que senti por ela, naquele momento, parecia sagrado.

O calor se intensificou de maneira insuportável durante o fim de semana. Temos verões perigosos na Provença, inflamados pela loucura humana, alimentados por florestas ressecadas. Dois anos atrás, toda a encosta apenas um quilômetro acima da clínica ficou negra de tão queimada; a fumaça levou dias para se dispersar, e os helicópteros do Corpo de Bombeiros moviam-se interminavelmente em círculos sobre o campo devastado como mosquitos furiosos. Àquela altura do verão, o calor havia se tornado tão intenso que era quase insuportável ficar ao ar livre durante o dia. Eu perguntava a mim mesmo como Natalie estava se arranjando em seu chalé. Talvez tivesse feito amizade com alguns dos outros parentes. Eu torcia por isso, mas não era capaz de imaginá-lo. Embora não tivesse prestado muita atenção às suas visitas, tinha a impressão de que estava passando mais tempo do que era saudável com o filho. Talvez por isso as coisas haviam saído tanto do controle. Os dois eram muito unidos, dissera ela. A maneira como o tocava, o afago obsessivo em seu cabelo, a maneira como tinha se jogado sobre ele depois de seu espasmo, confirmavam isso. *Não sei como poderia viver sem ele.* Comovente, mas preocupante também. É muito fácil para os familiares identificarem-se tão estreitamente com seus entes queridos que se esquecem por completo das próprias necessidades.

Durante todo o fim de semana, executei minhas tarefas num transe, contando as horas para voltar ao trabalho e ver Natalie Drax. Nesse ínterim, Sophie e eu chegamos a uma trégua silenciosa. Fizemos refeições juntos, discutindo assuntos domésticos, mas afora isso nos evitamos. Um eletricista veio consertar o ar-condicionado. Fiz um corte de cabelo que meu barbeiro me garantiu que me fazia parecer mais jovem. Sophie cuidou das plantas, teve longas conversas com as meninas em Montpellier e leu romances, enquanto eu pensava em Natalie. No que ela havia sofrido e no que ainda devia estar sofrendo. Lembrei-me do hematoma em seu braço várias vezes. Sua imagem pairava em minha mente como um segredo escuso.

Passei a segunda-feira tentando acabar com uma pilha de papéis e preparando meus slides para a palestra que daria em Lyon na quarta-feira. Pedi a Noelle para não me perturbar, mas por volta das quatro da tarde ouvi uma batida hesitante à minha porta.

— Há um telefonema para o senhor que parece muito urgente — disse ela. — A mãe de Louis Drax.

Eu disse imediatamente a Noelle que ela tinha feito a coisa certa ao me interromper e atendi a ligação. Natalie estava aos prantos e mal conseguia falar. Parecia transtornada.

— Pascal, estou em minha casa. Eu... — Sua voz ficou embargada. — Preciso urgentemente da sua ajuda. Você pode...

Então ela abandonou toda aparência de controle e desabou completamente.

— Por favor, Pascal! — gritou. — Aconteceu uma coisa horrível.
Você precisa vir agora! Preciso de você!

Peguei minhas chaves e saí voando.

Um cachorro latiu furiosamente quando abri o portão da frente.
Ao longo de todo o caminho, enquanto corria pelos olivais escal-
dantes até o vilarejo, eu me senti dominado pelo pavor de chegar
tarde demais. Talvez Natalie fosse ainda mais vulnerável do que eu
havia imaginado. Quando se está sozinho no mundo, chega-se ao
ponto de ruptura mais depressa e por rotas mais simples que aqueles que estão cercados por família, amigos e colegas de trabalho.
E ela não tinha nada disso. Tinha um filho em coma e um marido
agressivo que estava fugindo da polícia. Será que tinha feito alguma
bobagem? E, nesse caso, eu deveria ter percebido que isso ocorreria?

A porta estava fechada só com o trinco e, assim que entrei, ouvi
soluços abafados. Natalie Drax estava no chão da cozinha, segurando o telefone e um envelope. Um enorme pastor alemão se encontrava ao lado dela, dando patadas no chão. Ele latiu de novo
quando entrei, e ela tentou acalmá-lo.

— Tudo bem, Jojo. Quieto, ele é um amigo.

Ela passou o braço pelo animal e afagou-o. Não gosto de cachorros, mas fiz o mesmo. Imaginei que ela não tinha se afastado do
lugar de onde havia me telefonado. Verifiquei seu pulso, depois a
levantei — não pesava nada — e a levei da cozinha para uma pequena e simples sala de estar. O cachorro nos seguiu, seus olhos
enormes e brilhantes parecendo aflitos. Na mesa de canto, havia
uma gaiola com um hamster que corria feito louco em sua rodinha.
Devia ser de Louis.

— O que aconteceu? Você não tomou nada, tomou?

— O quê?

Fiquei aliviado ao ver que ela parecia genuinamente confusa
com minha pergunta.

— Pensei...

— Apenas leia isso — pediu ela, me entregando um envelope. O carimbo era local e seu nome e endereço estavam rabiscados nele com a caligrafia mais esquisita que eu já tinha visto, enorme e irregular e tão espalhada no papel que quase poderia ter sido escrita por um cego. Havia uma puerilidade nela, um primitivismo que fez um calafrio subir e descer pela minha nuca. — Cheguei em casa e...

Ela se calou de repente, olhando para a carta com medo e repulsa. Sua respiração superficial, pesada, combinava com o arquejar rouco do cão. Perguntei a mim mesmo há quanto tempo estaria naquele estado. Puxei-a para que se sentasse ao meu lado no sofá e tirei do envelope uma única folha de papel maldobrada. Era branca e estava com a mesma letra enorme; o efeito sobre uma página inteira era torto, como coisa de bêbado. Quem quer que tivesse escrito aquilo, fizera esforços quase cômicos para disfarçar sua verdadeira letra. E para causar o maior sofrimento possível.

Querida mamãe,

Sinto falta de você e do papai também. Mas vou precisar de um novo pai, né? O Dr. Dannachet quer transar com você. Mas sabe o que eu acho? Acho que você devia ficar longe dele e ele devia ficar longe de você. Você devia ficar longe de homens, por exemplo o Dr. Dannachet. Estou avisando, mamãe. Não deixe eles chegarem perto de você. Não deixe eles beijarem você. O perigo vai chegar, e coisas ruins vão acontecer.

Amo você, mamãe.

Louis

Eu não podia estar raciocinando direito, porque minha primeira reação foi de surpresa e perplexidade. Como ele poderia ter feito aquilo? Como poderia ter se sentado, conseguido caneta e papel e escrito uma carta para a mãe sem que ninguém na enfermaria percebesse? Mesmo depois daquele espasmo, isso era absurdo, impensável. No entanto, nos primeiros segundos depois de ler aquilo, não pude pensar em nenhuma outra explicação. Meu coração se encheu de esperança — até que olhei para o rosto de Natalie.

— Também achei que fosse de Louis — comentou ela simplesmente. — A princípio. E depois, quando compreendi que não podia ser... ele não teria como se levantar, fazer isso e postar a carta sem que ninguém visse. Mas ainda assim tentei me iludir com a ideia de que ele tinha feito isso. De alguma maneira. Por alguns minutos, fiquei feliz. Radiante. Mas não foi ele, foi?

— É a letra dele? — perguntei com delicadeza. — É parecida com a dele?

— Não. Nada parecida.

— Então...

— Não é dele. — Sua voz estava monocórdia e morta. — Porque não pode ser. É de outra pessoa. — Fez-se um longo silêncio enquanto eu lutava com minha própria confusão. — Meu Deus, você pode imaginar como ele é doente? — sussurrou ela por fim, enterrando o rosto no pelo do cachorro. — Para fazer uma coisa como essa? Fingir ser Louis?

Identifiquei a tristeza, o medo e a repulsa em sua voz. Aquilo era realmente doentio. Mas quem quer que tivesse escolhido levar a cabo essa penosa brincadeira tinha lido alguns de meus pensamentos mais abjetos espantosamente bem. *O Dr. Dannachet quer transar com você...* Isso era muito constrangedor. Senti-me em pânico. Que diabos estava acontecendo?

— Mas quem...? — comecei, e logo parei.

O cabelo de Natalie caía em volta de seu rosto como uma pálida queda-d'água, escondendo-o. Suas mãozinhas tremiam incontrolavelmente. Notei que as unhas postiças tinham desaparecido. As verdadeiras pareciam maltratadas e lascadas.

— Não houve nenhum sinal de Pierre durante os últimos três meses — disse ela. — Desde o piquenique. Lá em Vichy, eu o via em toda parte... bem, pensava que via. Eu estava num estado terrível na época, completamente paranoica. Mas depois, passado algum tempo... parecia que ele realmente tinha sumido da face da Terra. Comecei a ter esperança de que tivesse saído do país. Cheguei a pensar que poderia ter se matado. — Ela fez uma pausa. — Bem, eu desejei isso, na verdade. Mas só alguém que conhece Louis saberia bem o tipo de coisa que ele poderia dizer.

No entanto, por que diabos um homem se daria ao trabalho de advertir sua mulher a se afastar de outros homens tentando se passar pelo filho comatoso? Por que não ameaçá-la diretamente? Era óbvio que ele sabia onde ela morava. Em seguida, senti um estranho formigamento percorrer minha espinha quando me ocorreu que talvez fosse exatamente esse o próximo passo. Ele poderia estar nos observando naquele mesmo instante.

Meu coração pôs-se a bater descompassado, em pânico. Rapidamente, olhei para a janela; ela dava para o jardim da frente, além do qual se estendia a estreita rua pavimentada de pedras do vilarejo. Compreendi com algum alívio que qualquer pessoa que quisesse espionar o chalé teria dificuldade de se esconder. Apesar disso, levantei-me e puxei as cortinas. Senti-me subitamente satisfeito por termos o cachorro conosco.

— Mas não entendo. O que ele pode estar querendo?

Ela ficou simplesmente parada por um momento, balançando-se de maneira rítmica para a frente e para trás em sua cadeira. Era possível ver apenas os ossos de seu maxilar se movendo.

— Ele quer me assustar — concluiu por fim, dando batidinhas em Jojo e puxando-o para si. Ele lambeu sua mão. — E quer assustá-lo também. Deve ter nos espionado.

— Você ligou para Charvillefort?

— Claro que não! Ela é inútil, ou até pior do que isso!

— O quê?

— Ouça, se há uma coisa que eu sei é que a polícia não pode encontrar Pierre! Eles não estão mais perto disso agora do que alguma vez estiveram. Pierre está brincando com eles. A investigação de Stephanie Charvillefort sobre o acidente de Louis foi um completo desastre. Eles confundiram tudo. A única coisa que Charvillefort fez foi me interrogar, e depois praticamente me acusou de ter eu mesma empurrado Louis da beira do penhasco. Pelo que conheço, ela vai *me* acusar de ter feito isso. É desconfiada a esse ponto.

E bateu na carta, enojada.

— Quer dizer que você não ligou para ninguém além de mim?

Ela assentiu com uma expressão desafiadora.

— Me dê o número dela, de qualquer maneira. Precisamos inteirá-la disso.

Com o tipo de obediência entorpecida que vem do choque, Natalie saiu da sala, seguida por Jojo. Foi sensato da parte dela arranjar um cachorro, pensei. Ele percebia o que estava acontecendo de uma maneira diferente. Ela voltou com uma agenda vermelha cheia de números de telefone numa letra miúda e eficiente. Quando a entregou para mim, o cachorro rosnou.

— Calma, amigão — falei nervosamente, afagando a cabeça dele.

Apesar de tentar parecer calma, Natalie claramente estava abalada demais para fazer a ligação, por isso a fiz. Quando por fim consegui entrar em contato com a polícia de Vichy, soube que a detetive Charvillefort estava testemunhando num julgamento e só voltaria mais tarde, mas que eu poderia deixar uma mensagem em seu celular. O que fiz, antes de ligar para a polícia local em Layrac. Eu já havia me encontrado com o inspetor Navarra em várias ocasiões, em solenidades locais; quando contei a ele sobre a carta e seu conteúdo, pude perceber pelo tom de sua voz que ele estava empolgado. Aquele não era propriamente um local onde aconteciam muitos crimes. Afora incêndios sazonais, o policial lidava com drogas, infrações de trânsito, uma ou outra arma ilegal, um caso de roubo a residência. Mas agora, subitamente, havia um assassino foragido em seu território.

— Você tem certeza de que ela não pode ter sido escrita pelo menino, por Louis?

— Ele está em coma há mais de três meses. Não pode falar, muito menos escrever cartas. Mas foi escrita com o estilo dele, ao que parece. Quem quer que tenha feito, o conhece bem.

— Ela contém alguma ameaça?

Expliquei-lhe brevemente o conteúdo.

— Encontrarei uma maneira de entrar em contato com a detetive Charvillefort — disse Navarra. — Mas até que tenhamos certeza de que foi Pierre Drax que a escreveu, temos de tratar isso como um caso separado.

Quando contei a Natalie que Navarra estava a caminho e que um gendarme estaria de plantão na clínica também, ela pareceu aliviada, mas distraída. Enquanto esperávamos por Navarra, tentei fazer com que me contasse mais sobre o marido. Mas ela se esquivou. Estava claro que detestava o assunto; quando falava dele, era com uma mistura de medo, aversão e desprezo. Natalie o havia conhecido num momento difícil de sua vida; tinha acabado de se mudar de sua Paris natal para Lyon — precisou ir embora, alguma coisa tinha dado muito errado em sua vida lá. Ele parecera ser um bom homem, mas acabara se revelando egoísta e narcisista. Ele e Louis nunca foram muito próximos. Pierre tinha problemas com álcool, os quais — por ser piloto — tentava vencer, mas, quando não conseguia, encontrava maneiras engenhosas de controlar e ocultar a situação. De vez em quando era violento.

Enrubesci, lembrando-me do hematoma. Voltei os olhos para os braços nus de Natalie. A marca parecia maior do que antes, um roxo escuro, feio.

Ela continuava distraída quando Georges Navarra — um homem agradável, com argutos olhos castanhos — apareceu para ver a carta. Ele nos cumprimentou e disse estar com muito calor. Havia um incêndio perto de Cannes, disse. Se prestássemos atenção, poderíamos ouvir os helicópteros. Deu tapinhas amigáveis no cachorro e perguntou o nome dele. Engraçado como o animal pareceu gostar dele de imediato. Em seguida, Navarra sentou-se à mesa e passou um longo tempo olhando o envelope.

— Carimbo postal local — murmurou.

Leu a carta toda, depois a estudou com intensa concentração, da mesma maneira que eu analisaria uma tomografia do cérebro. Durante todo o tempo, deu palmadinhas no cachorro, que balançava a cauda com entusiasmo.

— Muito estranho — disse, erguendo-a contra a luz mais uma vez. — E escrita a nanquim, ainda por cima. Quem escreve com nanquim hoje em dia?

— Muitos médicos — respondi.

— Seu marido tem uma caneta-tinteiro? — perguntou Navarra a Natalie. Percebi que notou seu hematoma e senti vergonha.

— O quê? — Ela parecia estar longe. — Não sei. Sim, talvez. Ele nunca escrevia muito.

Ele fez mais perguntas, às quais Natalie respondeu da mesma maneira desligada. Sua mente estava claramente em outro lugar. Sim, ela suspeitava de que a carta tinha sido escrita pelo marido desaparecido porque ele era a única pessoa que poderia fazer isso, ou que desejaria fazer isso. Não, aquela letra não se parecia nada com a dele, nem com a do filho. Navarra enfiou a carta num saco plástico enquanto falava e em seguida pôs-se a fazer anotações. Enquanto isso, pensei na frase que ele tinha sido discreto o bastante para não mencionar.

O Dr. Dannachet quer transar com você.

Aquilo era tão estranho quanto martirizante. A questão era que eu realmente tinha ousado imaginar... Mas agora a ideia parecia impensável. Criminalmente imprópria. Obscenamente antiética. Seria possível que a percepção de Pierre Drax sobre a minha psicologia (talvez a psicologia de qualquer homem, ou a psicologia do constrangimento) fosse parte de sua astúcia? Sua maneira de impedir que alguma coisa acontecesse entre sua mulher e outro homem? Isso fazia sentido para mim, apesar de tudo. Era doloroso dizer isso, mas ele começava a se elevar em minha estima. Estava me manipulando? Observando e rindo de mim?

Depois de terminar de escrever, Navarra continuou sentado em silêncio por algum tempo, batendo a esferográfica nos dentes.

— Melhor não dormir aqui esta noite, acho — disse ele a Natalie.

Senti alívio, e pude ver que ela também. Claro que não podia ser deixada sozinha, se o marido a estava perseguindo. Sugeri a clínica. Havia dois quartos reservados para os familiares. Um estava ocupado no momento pelo pai de Isabelle, mas a Sra. Drax poderia ocupar o outro. Combinamos que eu a levaria para lá assim que ela arrumasse a mala, e que ela voltaria ao chalé na manhã seguinte para alimentar o cachorro. A essa altura, a detetive Charvillefort já teria sido alertada do ocorrido e estaria vindo de Vichy. Depois que Georges Navarra foi embora, Natalie estremeceu e soltou um suspiro.

— Ainda não consigo realmente acreditar que ele tenha feito isso. Não faz sentido. As coisas não se encaixam. Mas se foi ele... Quer dizer, quem mais poderia ter sido?

Ela não precisou continuar. Ele provavelmente estava ali, agora, no vilarejo, ou hospedado em Layrac. Era perturbador se dar conta de que isso era uma possibilidade. E ainda mais perturbador compreender que eu também estava sendo vigiado. O quanto Pierre Drax saberia sobre mim e Natalie?

— Vou fazer a mala — anunciou ela.

Quase liguei para Sophie para dizer que não jantaria em casa, mas resisti porque sabia que ela me colocaria na posição de inventar uma mentira, o que me traria remorso. Assim, deixei a ideia de lado. Enquanto Natalie estava no segundo andar, observei o hamster fazendo algo complexo em sua gaiola. Parecia estar transportando toda a palha em que dormia de um lado da gaiola para o outro. Por alguma razão, isso me incomodou. Por que um bichinho decidiria rearranjar sua mobília dessa maneira? Dei uma olhada na pilha de livros sobre a mesa. Eram em sua maioria textos comuns sobre coma, mas havia alguns do tipo que Sophie comprava em grande número para a biblioteca: *Homens são de Marte, mulheres são de Vênus*; *Seja mais você!*; *Complexo de Cinderela*. Pareciam bem manuseados. Estava claro que eram importantes para Natalie, a ponto de ela os ter trazido em sua bagagem. Havia fotografias de Louis por toda parte. Uma parede inteira. Talvez demais, pensei. Seria ela um pouco obcecada pelo filho? Ou era apenas orgulho materno? Havia algo mais também: um aeromodelo feito pela metade. A construção parecia muito complicada para um menino de 9 anos. Talvez tivesse feito com o pai.

— O hamster se chama Maomé — disse Natalie ao voltar e me encontrar espiando a gaiola. — E a casa dele é Alcatraz. Foi o nome que Pierre deu. Louis gostou. — Ela riu. — Maomé em Alcatraz.

Ela deixou comida para o cachorro, depois entramos em seu Renault. O ar estava pesado, e abaixei minha janela para deixar entrar alguma brisa. Era possível sentir um leve cheiro de fumaça. Avançamos em silêncio por algum tempo.

— Se ele despertar... — disse ela de repente.

— É só um "se". Não espere demais.

Observei seu perfil.

— Mas preciso saber — retrucou Natalie, trocando a marcha. Dirigia nervosamente, como uma motorista da cidade que se vê na zona rural e não conhece os caminhos. — Se ele despertar e se lembrar do que aconteceu, que efeito terá nele? Você deve ter ouvido falar daquele caso que aconteceu nos Estados Unidos há cerca de um ano. O homem que entrou em coma quando era criança e voltou a si vinte anos depois. Despertou e foi capaz de identificar seus agressores, que foram presos.

Ela falava com uma animação incomum, que dava vida a seus traços.

— Mas isso seria certamente um triunfo, não?

— Mas a que preço? Você não vê? — Natalie voltou os olhos para mim, depois para a estrada. — O próprio *pai*?

Eu não disse nada. Chegamos ao estacionamento da clínica. Ela desligou o motor e ficamos sentados em silêncio por um momento, olhando a luminosa brancura da fachada do prédio pelo para-brisa. Misturado ao ar do entardecer, à fumaça e ao cheiro da floresta de pinheiros, havia o odor adocicado das flores de tabaco e jasmim flutuando no calor vespertino. As cigarras cantavam, e o ar parecia opressivo com a ameaça de uma tempestade. Era possível senti-la se formando em nossos próprios ossos, como paixão, ou pavor.

— Ouça, sei que tive uma reação exagerada outro dia quando ele se sentou e perguntou por Pierre — reconheceu ela. — E peço desculpas. Mas meu primeiro pensamento foi protegê-lo. Como ele poderá viver com o que aconteceu?

Por dentro, tive de admitir que ela tinha razão — mas não vi nenhum motivo para concordar com ela abertamente. Ergui os olhos para as nuvens que se acumulavam.

— Como eu disse, é improvável que ele saia do coma com a memória intacta. E se isso acontecer, bem, lidaremos com isso quando chegar a hora.

— Vamos entrar — disse ela abruptamente. — Acho que não deveríamos ficar parados aqui.

Como o inspetor Navarra tinha prometido, navia um policial na recepção, substituindo o segurança de sempre, que estava agora, segundo ele, patrulhando o prédio. Fomos direto para a enfermaria.

Louis não tinha se mexido durante todo o fim da tarde, segundo Marianne, a enfermeira de plantão à noite. Ela disse que o policial já tinha ido até lá e faria visitas a intervalos de meia hora.

Marianne parecia ansiosa.

— Coitado do Louis — sussurrou. — Eu não sabia.

— Pierre Drax pode telefonar — adverti-a. — Mas se for ele, ou se qualquer pessoa ligar e desligar, ou não quiser se identificar, telefone para Georges Navarra, depois para mim. Você estará em segurança.

Os quartos de hóspedes ficavam no quarto andar do prédio; peguei a chave na recepção e entramos no elevador em silêncio. O quarto era amplo, mas tinha pouca mobília. Ao ver a chaleira, ela me ofereceu café. Hesitei, depois aceitei. Ela foi encher a chaleira na torneira do banheiro.

— Natalie — falei devagar quando ela voltou —, gostaria que me contasse o que aconteceu na montanha.

Ela se virou para mim, enrubescida e subitamente infeliz.

— Não gosto nada de falar sobre isso — disse ela com calma, ligando a chaleira e sentando na poltrona em frente a mim. Ergueu o olhar e me encarou com franqueza. — É muito penoso.

— Eu sei. Deve ser. Desculpe. Mas... bem. Você já contou para a polícia. Certamente pode me contar, não é? Acho que eu deveria saber, como médico de Louis. Pode haver mais coisas se passando pela cabeça dele do que supomos. Se ele de fato sair do coma, seu estado de espírito poderia afetar sua recuperação.

Percebi que ela lutava para conter as lágrimas. A chaleira começou a apitar, acompanhando o vento que se intensificava lá fora. Respirei fundo, devagar, esperando.

— Tivemos uma discussão. Eu e Pierre. Louis detestava quando nós discutíamos e estava tentando nos fazer parar.

— Como começou?

— Louis estava com balas no bolso. Pierre o viu chupar uma. Ficou furioso. Não gostava que Louis chupasse balas. Disse que eu não o estava criando direito. Eu nem sabia que ele tinha levado balas. Não era nada de mais. Mas Pierre não desistia. Falava sem parar. Acusou-me de todo tipo de coisas. De ser uma péssima mãe. Louis não suportou isso e correu em direção ao desfiladeiro. Nós dois corremos atrás dele. Pierre alcançou-o primeiro. Ele é muito forte. Agarrou Louis e começou a arrastá-lo para o carro, dizendo que iria levá-lo para Paris. Louis conseguiu escapar e correu, mas Pierre o agarrou de novo bem junto do penhasco, e eles lutaram e... não cheguei a tempo.

Seus olhos encontraram os meus, chocados de dor.

— Vi o rosto dele enquanto estava caindo. Sua boca estava aberta como se quisesse me dizer alguma coisa, mas...

Ela se calou, e fechei os olhos. Eu podia imaginar tudo: o pai brigando com o filho; Natalie gritando; o menino em pânico. Mas teria Louis tropeçado na luta, ou foi empurrado por um homem tão furioso que simplesmente investiria contra qualquer coisa que aparecesse em seu caminho? Esperei que ela continuasse, porém ela havia se calado. Ouvimos os trovões, cada um perdido nos próprios pensamentos.

— Louis sempre ficava do meu lado — retomou ela por fim. — Nunca do lado de Pierre. Como eu disse, eles nunca foram muito ligados.

— Por que não?

A chaleira ferveu e desligou-se com um clique. Um trovão soou lá fora, abafando as cigarras. Natalie fechou os olhos e os manteve assim enquanto falava.

— Talvez tivessem sido, se Pierre fosse o pai biológico de Louis, mas não é.

— O quê? — perguntei, incrédulo. Houve uma longa pausa antes que ela voltasse a falar. Seus olhos ainda estavam fechados, como se ela não pudesse encarar minha reação às suas palavras.

— Foi outra pessoa.

— Mas quem?

— Outro homem. Jean-Luc. Que não entra nessa história, felizmente. Não deveria ter acontecido.

— Ah. Sinto muito. Então...

— Conheci Pierre quando Louis tinha apenas algumas semanas de idade; nós nos casamos e ele o adotou. Mas não funcionou. Houve problemas. Era muito difícil para Pierre aceitar Louis como seu filho. Ele tinha... bem... sentimentos muito confusos. Alguns muito negativos. Todos esses acidentes de Louis... bem... comecei a acreditar que eles talvez fossem a maneira que meu filho tinha encontrado de agradar Pierre. Acho que Marcel Perez estava começando a pensar a mesma coisa. A terapia era um processo lento. Tinha seus altos e baixos, e depois... bem... ela foi interrompida de repente.

Foi a minha vez de permanecer em silêncio enquanto absorvia o que ela tinha acabado de me contar. Aquilo fazia sentido. Não havia nenhuma razão para que ela tivesse divulgado nada disso antes, mas agora que o havia feito, muita coisa começava a se encaixar. Os sentimentos negativos de Pierre Drax em relação a Louis, para começar.

— A polícia está ciente disso? — perguntei por fim.

— É claro.

Mas ainda havia alguma coisa que não se encaixava. Uma briga iniciada por causa de um pacote de balas — *balas*, pelo amor de Deus! — não poderia ter levado a tamanha catástrofe.

— Se Pierre se ressentia tanto de Louis, não entendo por que diabos iria querer sequestrá-lo. Que história foi essa?

Ela abriu os olhos, quase surpresa, como se essa fosse uma pergunta absurda.

— Ele queria me castigar. Castigar nós dois. Por sermos tão próximos. Por nos amarmos mais do que o amávamos. Por não precisarmos dele. Todo tipo de razões que nem parecem razões para pessoas sãs. Mas eram para Pierre. Algumas pessoas precisam de reféns.

Tive vontade de perguntar mais sobre o relacionamento de Louis com Pierre e, para dizer a verdade, também sobre o verdadeiro pai, mas me contive. Ela não suportaria mais, pelo menos por agora. Fez o café, que tomamos em silêncio. Perguntei a mim mesmo se ela havia chegado a tomar o Prozac que Philippe Meunier prescrevera, mas senti que já havia feito perguntas o suficiente por aquela noite. Ela estava sentada, ereta e tensa, olhando para o nada, como alguém perdido no mundo. E em si mesmo. Quando perguntei a ela com delicadeza sobre sua família, respondeu que telefonaria para a mãe em Guadalupe no dia seguinte e contaria o que aconteceu sem deixá-la alarmada.

— Preciso ir agora — falei. — Você estará segura aqui.

Levantamo-nos e fui até a porta, onde a beijei nas bochechas.

— Sinto-me segura com você — murmurou ela, e a atmosfera pareceu mudar de cor. Ela me deu um sorrisinho triste e, à meia-luz, sua tensão pareceu se esvair. Não era uma beleza convencional, a dela. Era uma inocência que naquele momento pareceu infantil, quase angelical. De repente os sentimentos não verbalizados entre nós tornaram-se insuportáveis, e me forcei a ir embora. Depois de me afastar, no entanto, tive a impressão de que uma nuvem enorme e delicada, invisível e mais leve que o ar, nos protegia.

Quando cheguei em casa, a tempestade desabou. Passava da meia-noite, mas o ar continuava sufocantemente quente. Fiz um sanduíche, mas não estava com fome. Tomei uma chuveirada e, em seguida, não querendo acordar Sophie, passei silenciosamente por nosso quarto em direção ao quarto de hóspedes. Porém, ela deve ter me ouvido, porque a porta do quarto se abriu. Ela usava um velho quimono de algodão, e pude ver que tinha chorado. Tirou um objeto quadrado branco do bolso e o estendeu em silêncio, como uma bandeira de rendição. Era uma carta.

— Isso chegou para você hoje — disse. — Eu a abri.

Prendi a respiração.

— Você abriu uma carta endereçada a mim?

— Parecia interessante. Não deveria? Está se comportando como se tivesse alguma coisa a esconder. Você tem, Pascal?

Foi nesse momento que percebi que ela estava bêbada.

— Deixe-me ver — eu disse, arrancando a carta dela.

O envelope era idêntico ao que Natalie tinha recebido. Continha meu endereço e a mesma caligrafia insana de antes. Li em silêncio, o coração contraindo e relaxando como um punho em pânico.

Caro Dr. Dannachet,

O senhor devia estar cuidando de mim, mas só quer transar com a mamãe. Fique longe dela. Vão acontecer coisas ruins se não fizer isso, eu garanto. Isso é um aviso. Fique longe dela já.

Louis Drax

Fechei os olhos e tentei controlar a respiração.

— Pensei que você tinha dito que Louis Drax estava em coma — disse Sophie, a voz engrolada e desagradável pelo álcool. Senti-me vacilar. *Sim*, pensei vagamente. *Deveria estar.* — Você estava com ela — continuou Sophie sem esperar resposta. — Você estava com a mãe do garoto.

Não neguei. Não me importava com o que ela pensasse, francamente.

— Posso ver isso. Posso sentir. Sabe de uma coisa, Pascal? Ela se infiltrou como um verme nesse seu maldito coração idiota. Olhe para você... é tão indigno. Para nós dois. Não podemos continuar assim. Eu não posso. E não vou. Estou indo para Montpellier passar alguns dias com as meninas. Enquanto você resolve o que fazer.

Não consegui ser gentil com Sophie, embora soubesse que o momento exigia isso. Havia uma distância muito grande entre nós. Tinha crescido um centímetro de cada vez, mas agora era um abismo, e eu não via nenhuma maneira de transpô-lo. Nem queria. A embriaguez dela me enojou.

— Vamos conversar de manhã — falei, dando-lhe as costas. — É melhor você dormir um pouco. Vai ter uma baita ressaca.

Deixei uma mensagem no telefone de Navarra na delegacia. Um recado breve, sugerindo que nos encontrássemos de manhã. Depois, quando me deitei na cama sob um único lençol no quarto de hóspedes, ouvi Sophie chorar, mas não fui até ela. Estava cansado demais e assombrado demais pela imagem de Pierre Drax e a carta que ele havia me mandado. Mas o tamborilar da chuva me manteve acordado, e finalmente, quase com relutância, meus pensamentos se voltaram para meu casamento. O fato era que Sophie e eu havíamos perdido o que quer que tivéssemos compartilhado algum dia. Não nos fazíamos mais felizes, não como antigamente, na época em que dançávamos pela sala, beijando-nos, e depois deitávamos no chão e fazíamos amor enquanto as meninas dormiam no segundo andar. Melanie e Oriane tinham 20 e 21 anos agora, haviam saído de casa. Quando eu refletia sobre isso, dava-me conta de que admirava Sophie, até gostava dela. Mas será que a amava? Essa era uma pergunta que me parecia irrelevante, uma pergunta a que eu não podia mais responder. Alguma coisa havia certamente morrido entre nós. Mas tão lenta e silenciosamente que era difícil apontar quando ou mesmo como isso aconteceu. Descuido, suponho. Descuido faz isso. Deixa-nos cegos.

Além disso, eu estava apaixonado por outra mulher.

Tive um sono entrecortado, amedrontado pela sensação de que alguma coisa estava terrivelmente errada, tanto fora quanto dentro de mim. Inconsciente, vi cenas relacionadas à minha infância na Bretanha, mas o sonho se transformou em fragmentos assim que escapei de suas garras. Senti-me estranhamente impotente, como se toda energia tivesse se esvaído de mim. Percebi, consternado, que não sentia nenhuma vontade de ir para a clínica, apesar da atração exercida por Louis e sua mãe. Faltava-me coragem. A ideia da minha enfermaria do coma e do trabalho que eu fazia ali de repente me repelia. Por que, perguntei a mim mesmo, trêmulo, eu estava tão empenhado em induzir essas cascas humanas a voltar à vida? E quem estava mais desconectado da realidade, meus pacientes ou seu médico? Alguma coisa se revirou dentro de mim quando pensei nisso. Olhando para trás, vejo agora que o indefinível pavor que me inundou naquela manhã era uma premonição do que estava por vir. Mas eu estava num caminho sem volta.

Fui ao quarto, onde Sophie ainda dormia, abraçada num travesseiro. Ela parecia doce e amarfanhada. Tive pena dela, e vergonha do nojo que senti na noite anterior. Sabia que devia acordá-la antes de sair, mas não consegui fazê-lo. Em vez disso, beijei-a levemente no rosto e estava fechando a porta quando ela disse:

— Ainda vou para Montpellier.

— Não vou tentar impedi-la.

— Por que não?

— Porque você quer ir. Pra que perder tempo discutindo? As meninas vão ficar contentes em vê-la. Ligarei para você à noite.

— Não. Não ligue. Não me ligue enquanto não souber o que quer, Pascal. Acho que você não tem a menor ideia, não é?

Não respondi nada. Como de costume, ela estava certa.

Eram apenas oito horas, mas o frescor trazido pela tempestade da véspera já havia se dissipado, e o calor do sol era penetrante. Até as gaivotas estavam em silêncio. Enquanto subia o morro, farejei o ar. Pude sentir cheiro de fumaça em meio ao aroma de pinheiro e lavanda, ou era minha paranoia me levando a pressentir desastres em toda parte? Foi um alívio entrar no saguão da recepção da clínica. Sua brancura me acalmou e me deu uma sensação de indiferença, como sempre faz. Passei alguns momentos vendo o noticiário na TV; de fato, eu não tinha imaginado sentir fumaça no ar. Apesar do aguaceiro da noite anterior, os incêndios na floresta continuavam, e o vento soprava agora do mar para a terra, espalhando as labaredas em nossa direção. Mas o mundo exterior parecia tão irreal quanto uma paisagem lunar. Senti um arrepio involuntário. O ar condicionado — frio demais depois do calor lá de fora — estava me fazendo mal.

Na esperança de começar o dia com alguma coisa que não exigisse muito de mim, fui fazer uma visita à minha nova fisioterapeuta, Karine, que trabalhava com Isabelle. Parei na porta e observei por algum tempo, tentando me acalmar. Karine era naturalmente eficiente ao fazer seu trabalho, mantendo um fluxo constante de conversa e incentivo enquanto manipulava os membros de Isabelle e demonstrava diferentes características do equipamento para seu assistente, Félix. Karine havia passado um ano nos Estados Unidos e voltado com algumas ideias interessantes. Seu predecessor tinha sido um homem carrancudo de quem eu nunca havia gostado. Ele exigia demais dos pacientes, quase como se seu objetivo fosse produzir uma equipe de fisiculturistas comatosos. Fiquei satisfeito quando se aposentou para passar mais tempo com seus próprios músculos e deixou os dos meus pacientes em paz.

Quando me viu, Karine veio até mim e começou a falar com empolgação sobre o equipamento extra que queria encomendar. Discutíamos os prós e os contras de um novo sistema de jacuzzi quando fomos interrompidos pela chegada do pai de Isabelle, Eric Masserot. Mal olhando para a filha, cujos braços e ombros estavam sendo massageados, ele veio até mim com passos decididos. Eu o havia negligenciado. Havia negligenciado todo mundo. Pedi licença para Karine e fui cumprimentar Masserot, desculpando-me por ainda não ter encontrado um tempo para ele em minha agenda. Mas podíamos conversar naquele momento, tranquilizei-o. O pobre homem estava à beira das lágrimas. Disse-me como estava perturbado pelo estado em que a filha se encontrava. Tinha sido levado a acreditar que, quando seu peso voltasse ao normal, ela poderia ter uma chance melhor de recuperação, mas embora estivesse se exercitando mais que de costume, nada havia acontecido por vários meses. Ele se preocupava com o tubo de alimentação. Será que ela estava obtendo nutrientes suficientes? Respondi da melhor forma que pude, e sugeri que ele conversasse com sua ex-mulher sobre o clima entre eles. Isso poderia estar prejudicando a recuperação de Isabelle? Era isso que eu queria dizer? Era possível, respondi. Era uma questão embaraçosa, e o encontro deles — que não administrei bem — angustiou-me muito. Ele ressaltava o quanto eu tinha me tornado displicente nos últimos tempos. Estivera preocupado demais com Louis e sua mãe para dar aos demais a atenção que mereciam; Jacqueline havia suprido a minha deficiência, como sempre, mas eu precisava começar a fazer a minha parte de novo, antes que Vaudin ou qualquer dos outros percebesse o quanto eu estivera ausente da vida diária de meus pacientes e seus parentes desde a chegada de Louis.

Deixei Eric Masserot olhando pela janela e me dirigi à enfermaria, onde Louis continuava em observação desde seu último espasmo. Mas não fui até ele. Apesar de minhas boas intenções em relação ao menino, ele agora parecia ter uma doença contagiosa; era como se as cartas me tivessem feito duvidar de todo mundo — inclusive dele. Era absurdo que eu não conseguisse sequer confiar numa criança em coma. Mas era o que eu sentia.

Sentei-me à escrivaninha da enfermaria, fazendo algum trabalho burocrático de rotina e reunindo às pressas algumas anotações sobre Isabelle Masserot. Mas a mesma questão continuou martelando em minha cabeça com enervante insistência. Será que eu estava perdendo o controle? Cinco minutos mais tarde, como se em resposta a essa questão, Guy Vaudin apareceu, com uma expressão abatida e ansiosa. Fiquei imediatamente alerta.

— Que bom encontrá-lo — disse ele, sentando-se numa cadeira do outro lado da escrivaninha. — Acho que precisamos conversar. Veja bem, Pascal — ele coçou as costas da mão —, isso é um pouco constrangedor, mas... bem... Sophie ligou para Danielle ontem à noite. Estava transtornada. Acha que você está tendo um caso com a Sra. Drax. — Deu um profundo suspiro. — Devo supor que está certa?

— Pelo amor de Deus, Guy! Não!

Senti-me furioso com esse mal-entendido. (Misericórdia, nós tínhamos nos beijado uma vez. O que é um beijo? Nada!) O que estava acontecendo era grotesco, eu disse a ele. Expliquei sobre a carta ameaçadora enviada por Pierre Drax em nome de Louis.

— Portanto, o que quer que esteja acontecendo, existe apenas na cabeça de Pierre Drax. Que agora compartilhou seu delírio com a minha mulher. Que não hesitou em ligar para a sua. A polícia estará aqui logo mais; provavelmente você precisará aumentar a segurança.

— Sim — concordou ele, distraído. — Sei disso também. Mas diga pra mim: há alguma verdade no que Sophie disse? Ela parecia muito segura.

— Isso é um interrogatório!

— É para seu próprio bem — afirmou ele, baixando a voz. Ambos viramos a cabeça nesse momento para nos certificarmos de que nenhum funcionário estava ao alcance da nossa voz. — Isso não parece bom, e você sabe. Diminui o moral, e os outros familiares já notaram que sua cabeça está em outro lugar. Houve alguns rumores, você sabe. Até Jessica Favrot comentou alguma coisa, e sei como é dedicada a você. Masserot também não está satisfeito. Veio da Espanha até aqui. Esta poderia ser uma semana decisiva para Isabelle.

Naquele momento, Jacqueline entrou, viu a expressão no rosto de Vaudin e imediatamente deu meia-volta e foi se ocupar de alguma coisa do outro lado da enfermaria. Provavelmente sabia sobre o que estávamos falando. Quando o telefone tocou, fiquei contente com a interrupção. Indicando que precisava atender, fiz sinal para Vaudin de que continuaríamos a conversa mais tarde.

— Pense nisso — disse ele ao sair.

— É a detetive Charvillefort, da polícia de Vichy. Soube por Georges Navarra que o senhor recebeu uma carta também?

A voz dela estava preocupada e entrecortada. Parecia estar digitando enquanto falávamos. Respondi que sim.

— Se conversou com Natalie Drax, provavelmente soube que Louis nos surpreendeu novamente outro dia — contei. Comecei a rabiscar o nome Charvillefort num bloco.

— É, estou sabendo. Muito interessante. Diga às enfermeiras: vigilância extra e supervisão 24 horas por dia. Agora, tem certeza de que não há nenhuma possibilidade de Louis ter escrito essas cartas?

— É impensável.

— Mas, pelo que entendi, ele se sentou e falou, não é? Perguntou pelo pai. Então por que não pode escrever uma carta?

— Não compreendemos o espasmo que ele teve. Mas, acredite, com tanta gente em volta, ele jamais poderia ter se movido sem que alguém visse.

— O senhor disse que vocês têm um circuito interno de TV em perfeito funcionamento na enfermaria, não é?

Droga, minha caneta estava vazando. Senti-me sitiado.

Jacqueline havia preparado as cadeiras de rodas e estava encorajando os familiares a levarem os pacientes para um passeio no jardim. Encarreguei-me de Louis, que estava com um walkman, ouvindo uma fita de sua mãe. O ar cheirava a queimado e molhado ao mesmo tempo.

Ao me avistar, Jessica Favrot veio depressa em minha direção.

— Estou muito preocupada com Natalie Drax — disse.

— Em que sentido? — perguntei.

— Ela não se integra. É estranho. Não permite que nenhum de nós se aproxime. É tão penoso para ela sofrer assim sozinha, mas parece que...

— Que é o que ela quer?

— Sim.

— Bem, talvez por enquanto devamos respeitar isso — retruquei. Mas pude ouvir a dúvida em minha voz, e Jessica também. *Havia* alguma coisa errada, algo doloroso, algo que, de repente, senti que não tinha tempo para investigar. Desculpando-me, saí empurrando a cadeira de Louis para o laguinho ornamental, onde a fonte brincava com a luz, projetando pequenos arco-íris em todas as direções. Louis e eu o contornamos duas vezes antes de parar num banco, onde li algumas páginas de *La Planète Bleue*. Não sei por quanto tempo fiquei ali sentado com ele, só olhando a fonte. Podem ter sido minutos ou horas. Minha mente parecia esgotada. Tentei imaginar o que Pierre Drax pensava naquele momento. Qual seria seu próximo passo. Era realmente possível que estivesse espiando a mim e a Natalie?

Nesse caso, quão perto estaria agora?

De repente, imaginei que sentia seu olhar em minhas costas e me apressei a entrar de novo com Louis.

Depois de uma hora trabalhando já de volta em minha sala, Jacqueline ligou para me informar que a detetive tinha chegado e estava na enfermaria. E lá estava ela, inspecionando Louis como um espécime num laboratório. Observei a cena a certa distância: ela usava um terno de linho cor de cogumelo, cujo paletó estava tirando agora para revelar uma blusa branca e seios grandes e pesados, que pareciam controlar seus movimentos.

Tendo pendurado o paletó no espaldar da cadeira, Stephanie Charvillefort continuou a submeter Louis a uma inspeção completa, não no sentido médico, mas como se inspecionaria uma evidência. O que suponho que ele fosse, de certa maneira. Ela levantou a mão dele de forma hesitante e deixou-a cair para ver o que acontecia. Uma pessoa em coma profundo não tem reflexos, pelo menos isso ela deve ter descoberto. Reprimi meu instinto de intervir e observei quando, ela passou a soprar o rosto de Louis e registrar a falta de reação. Em seguida, aproximando a boca do ouvido do menino, perguntou, bem alto:

— Louis? Está acordado? Aqui é a detetive Charvillefort. Você pode me ouvir? Eu gostaria de fazer algumas perguntas.

Aproximei-me depressa, pigarreei e estendi a mão. Ela se levantou de sua cadeira e fiquei novamente impressionado com seus olhos de um azul muito vivo, límpidos e argutos.

— A senhora pensa então que Drax está seguindo Natalie? — perguntei enquanto nos cumprimentávamos. Ela me olhou com frieza, avaliando-me com aqueles olhos estranhamente assombrosos.

— Estou aqui para fazer perguntas, Dr. Dannachet. Não o contrário.

Ela não poderia ser mais diferente de Natalie Drax. Não era de admirar que tivessem entrado em conflito.

— Então pergunte — respondi educadamente.

— O que acha do estado mental da Sra. Drax?

Indiquei a ela que devíamos nos afastar, então atravessamos a enfermaria e paramos junto às janelas francesas que dão para o jardim.

— Ela está compreensivelmente perturbada — respondi. Podia perceber a irritação e, sim, certa pomposidade em minha própria voz. Mas, ao que parecia, não era capaz de suprimi-las. — Acho que a reação dela é a resposta normal de uma pessoa que esteve sob extrema pressão por vários meses e que se vê agora diante do que talvez seja a última esperança.

Ela me olhou atentamente.

— Acha que ela está à beira de um colapso?

— Não. Quero dizer apenas que se encontra num estado vulnerável.

— Mas ela *poderia* estar à beira de um colapso?

Na manhã do dia anterior, ao correr pelos olivais, tive medo de que ela fosse suicida, e certamente concordava com o diagnóstico de Philippe de que ela era uma forte candidata ao Prozac. Mas não diria isso a Stephanie Charvillefort. Não com essas palavras.

— Não sei como ela pode permanecer sob esse tipo de pressão por muito mais tempo.

— Estou fazendo tudo que posso para solucionar esse crime, acredite, Dr. Dannachet.

— Nesse caso, aonde chegou?

— Lamento, mas não é nossa política revelar detalhes da investigação.

— Estou ciente disso. No entanto, se a vida de Natalie estiver em perigo... Se Drax chegar até a minha clínica, por exemplo, e tentar atacá-la, ou a Louis... ou a *mim*...

Ela e seus colegas estavam cuidando da segurança, respondeu. Tinha falado com o Dr. Vaudin. Cartazes com a foto de Pierre Drax estavam fixados em toda parte, e toda a força de polícia regional fora alertada; eles haviam reiniciado a busca. Agora era apenas uma questão de tempo. Eu não deveria me preocupar; eles pegariam Pierre Drax. Nesse meio-tempo, a mãe dele, Lucille, estava vindo de Paris: seria necessário interrogá-la novamente depois das cartas, e ela queria ver Louis. O melhor era mantê-la afastada de Natalie, se possível. Segundo Lucille Drax, Pierre Drax nunca deveria ter deixado sua primeira mulher. Natalie tinha sido a pior coisa que acontecera ao filho, e Natalie retribuía a lisonja. Em consequência, a avó raras vezes vira o neto.

— Mas ela está decidida a vê-lo agora — concluiu Charvillefort.

— Pierre Drax foi casado antes? — perguntei, estranhando que Natalie não tivesse me contado. O que mais ela havia deixado de mencionar? Mas Charvillefort não explicou. Em vez disso, perguntou o que eu sabia sobre a queda de Louis.

— A versão que Natalie Drax contou a você — especificou ela cuidadosamente.

— Por quê?

— Para verificar se é coerente com o que contou para nós. A Sra. Drax estava na cena do crime, e não há nenhuma outra testemunha ocular, a menos que apanhemos Drax, ou que por um milagre Louis acorde e se lembre, de algum modo, do que aconteceu. Quais são as chances de que isso aconteça, Dr. Dannachet? Em sua opinião de especialista?

— Muito pequenas.

— No entanto, durante o espasmo...

— Aquilo foi uma casualidade. Não consigo explicá-lo. Um forte espasmo muscular, talvez, um breve retorno a uma aparente consciência... mas muito atípico. Não perca seu tempo esperando que Louis desperte e dê um depoimento. Isso não vai acontecer.

Ficamos em silêncio por um momento, pensando na situação do pobre menino, até que ela retomou o assunto.

— Então, o que Natalie Drax disse sobre o acidente do filho?

— Muito pouco. Houve uma discussão por causa de um pacote de balas. Depois uma briga entre o marido e o filho. Louis estava resistindo porque Pierre de repente quis levá-lo para Paris e ele não queria ir.

— Ela descreveu onde se encontrava em relação a eles dois?

Balancei a cabeça.

— Devia ter pedido que desenhasse um diagrama? Lamento, detetive, mas me parece que esse é o seu trabalho, não o meu.

A detetive Charvillefort começou a dar batidinhas com o pé no chão.

— Falei com Guy Vaudin mais cedo. Sua mulher ligou para ele, pelo que entendi. Um tanto aflita e preocupada, achando que o senhor e a Sra. Drax estariam... bem... bastante íntimos?

Levei um susto, horrorizado. Por que diabos Guy tinha sentido necessidade de revelar *aquilo*?

— Não se preocupe, Dr. Dannachet. Não cabe a mim julgar.

Comecei a suar.

— Acho que não se poderia dizer que somos íntimos — murmurei por fim.

— Talvez não. Mas... bem... como vocês têm *uma certa amizade*, e o senhor é também médico do filho dela, eu esperava que pudesse ter percebido alguma coisa que pudesse nos ajudar.

— Não — respondi com firmeza. — Acho que não percebi nada.

Fez-se uma pequena pausa.

— Eu gostaria de pedir ao senhor para manter a mente aberta — recomendou ela lentamente. — Se Natalie Drax contar ao senhor alguma coisa que pareça estranha ou incomum, ou se ela contradisser alguma coisa que disse antes, gostaria que me ligasse. As balas, por exemplo.

— Balas?

— A briga começou por causa de um pacote de balas. Isso não parece um pouco incomum?

— Não. Se o homem for perturbado, não. Muitas brigas de família começam com as coisas mais absurdas — retruquei obstinadamente.

— O senhor sabia que Louis não é de fato *filho biológico* de Pierre Drax? — perguntou a detetive Charvillefort, examinando meu rosto. Por um breve instante pensei em responder que não. Não sei por quê; não consigo me entender às vezes.

— Sim, sabia — acabei respondendo. Minha voz soou calma e distante, e um grande e faminto verme de ansiedade se remexeu dentro de mim. Charvillefort continuava me olhando com atenção para ver como eu reagia. E nem se dava ao trabalho de disfarçar. Só faltou empunhar uma lupa e erguê-la diretamente sobre o meu rosto. — Mas então quem é o verdadeiro pai? — perguntei, tentando soar jovial. Ela sorriu.

— Está começando a conhecer a Sra. Drax — respondeu ela. — Talvez esta seja uma pergunta que o senhor mesmo deva fazer a ela.

— Está sugerindo que eu a espione, ou coisa parecida? — perguntei com uma súbita onda de raiva. — Fazer seu trabalho?

— Não, mas o senhor quer saber mais, não quer?

Houve um breve silêncio.

— Se Natalie contou ao senhor que Pierre não era o verdadeiro pai do menino, provavelmente contou também que, quando ele era bebê, ela o ofereceu para adoção, mas depois mudou de ideia.

Cruzei os braços e lamentei imediatamente estar deixando minha linguagem corporal me trair.

— Não. Não sabia disso. Mas não me surpreende que não tenha me contado. É uma coisa muito íntima, não acha?

— Sim. Claro que é.

— Esse homem, Perez. O psicólogo. Gostaria de conversar com ele.

— Fique à vontade — respondeu ela. — Ligue para meu escritório e alguém te dará o número. Mas ele pode se recusar.

— Por quê?

— Perez não está muito bem. A terapia de Louis não funcionou. Parecia ir bem no início, mas a Sra. Drax não estava satisfeita e acabou dispensando seus serviços. Depois do acidente, ela foi vê-lo e o acusou de fracassar com Louis. Ele recebeu isso muito mal e desistiu de clinicar por completo.

— E o que está fazendo agora?

— Bebendo.

Meu Deus, pensei. O caso ficava cada vez pior. Levantei-me e me despedi da detetive Charvillefort, alegando ter muito trabalho a fazer. Ao me afastar, senti seu olhar penetrando minhas costas como lasers.

Quando cheguei à minha sala, Noelle me disse que Georges Navarra havia estado lá querendo uma amostra da caligrafia de todas as pessoas que tinham entrado em contato com Louis — todas as enfermeiras e até Karine, que só o vira uma vez. Noelle lhe dera uma cópia de uma carta escrita por mim e um cartão de Ano-Novo enviado por Philippe Meunier. Tudo seria enviado para um grafologista em Lyon. Já era alguma coisa, pensei. Pelo menos a detetive Stephanie Charvillefort estava sendo meticulosa. Peguei-me pensando em Sophie. Àquela altura ela já devia ter chegado a Montpellier. Provavelmente almoçava com Melanie e Oriane num de seus restaurantes favoritos à beira-mar. Imaginei as três compartilhando uma de suas preferências: uma grande bandeja de mariscos, cheia de garras e conchas e rodelas de limão. Haveria vinho branco, fofocas e, para começar, risos. O sol em seus rostos. Perguntei-me se Sophie contaria a elas a nossa situação, e quanto. Tudo, imaginei. Elas não tinham segredos.

Decidi trabalhar em casa naquela tarde para terminar minha palestra. Com Sophie fora, teria o lugar só para mim e poderia me concentrar melhor do que na clínica. Mas a palestra não era minha única razão para eu querer ir embora. Tomei a estrada que passa pelo vilarejo em vez do atalho. Fazia um calor escaldante. Assim que cheguei à praça principal, dirigi-me ao quadro de avisos em frente à *mairie*. O ar estava muito quente, fazendo a praça fervilhar de miragens. O cartaz de "procura-se" exibia o rosto do homem que Natalie havia amado e desposado. Cabelo escuro, 40 e poucos anos, uma beleza decadente: maçãs do rosto salientes, testa alta, olhos profundos. Havia força naquele rosto, uma força que eu não tinha imaginado. Meu coração se sobressaltou. O homem retribuía meu olhar com firmeza. Por um instante, senti uma súbita e irracional inveja, rapidamente seguida por uma aversão muito nítida. Não, abominação é uma palavra melhor. Esse era o homem que eu agora abominava, o homem que havia tentado matar seu filho e agora me ameaçava. Que poderia estar seguindo Natalie naquele exato momento, ou pensando em fazer mal a Louis, ou ambas as coisas. Que sabia quem eu era e compreendia alguns de meus sentimentos em relação à sua mulher. Que queria que esses sentimentos cessassem. Comecei a suar e me afastei, envergonhado pelo medo repentino que me inundou.

Natalie iria passar mais uma noite na clínica, e tínhamos combinado que eu passaria para vê-la após minha última ronda na enfermaria. Seu cabelo estava mais uma vez preso num coque, ressaltando seu rosto oval claro e puro. Usava o mesmo batom escuro que eu tinha visto antes e um vestido verde de seda chinesa. Olhou-me com desconfiança, como se ligeiramente constrangida, e sorriu com nervosismo. Parecia ter se vestido para mim, mas embora eu estivesse consciente disso, parecia desatento demais para me sentir lisonjeado ou experimentar a atração de costume. Na verdade, sentia-me profundamente inquieto. Inquieto pelo que ela não havia me contado, e até pelas coisas que tinha dito. Perturbado pela lembrança do rosto de Pierre Drax, que parecia ter se alojado em algum lugar na minha cabeça. E zangado: zangado com Natalie por coisas que não eram realmente culpa sua, como a confidência de Sophie a Danielle Vaudin — que teve como consequência direta o fato de tornar meu interesse por ela um assunto penosamente público. Eu sabia que estava sendo insensato, mas não conseguia evitar. Grande parte disso devia ser perceptível no momento em que ela me viu, porque escondo mal minhas emoções. Ela gesticulou para que eu me sentasse na poltrona, acomodou-se na cama e pôs-se a falar depressa. Seu tom era de desculpas.

— Sinto muito, Pascal. Eu deveria ter contado mais coisas, eu sei. É só que... bem... foi uma época muito difícil.

— Então quem é o pai de Louis? — A pergunta me escapou, carregada de uma raiva abrupta que nos pegou de surpresa. Ela virou o rosto para o outro lado e retorceu o colar. Unhas postiças de novo. Contas de vidro, verdes como o vestido. Por que ela tinha se arrumado para mim? Por alguma razão, aquilo me parecia ao mesmo tempo intrigante e irritante, como palavras cruzadas que eu não conseguia resolver.

— Ele era um ex-namorado — respondeu ela. Sua voz parecia trêmula. — Eu disse a você o nome dele antes. Jean-Luc. Depois que nos separamos, eu não queria ter mais nada a ver com ele, mas ele continuou...

Ela parou e se virou inteiramente, dando as costas para mim. Tinha uma constituição física tão pequena, tão vulnerável. O que eu estava fazendo? Não havia nenhum fundamento para a minha raiva, nenhuma razão para que ela me contasse coisas penosas sobre seu passado. Senti-me abrandar.

— Talvez me contar ajude.

— Não vai ajudar. Você precisa confiar em mim.

— Mas se outras pessoas sabem...

— Outras pessoas não sabem — retrucou ela rapidamente. — E há uma razão para isso.

— Mas como médico dele — comecei debilmente. — Como seu amigo, espero...

— Olha, preciso realmente contar todos os detalhes para você? — soltou ela abruptamente, virando o rosto de novo na minha direção. Seus olhos pareciam ressequidos de dor.

— Sim — falei simplesmente. — Talvez tenha.

Ela respirou fundo e ficou vermelha.

— Fui estuprada, está bem? Está contente agora? — sussurrou com a voz rouca, depois desabou, a cabeça curvada, os ombros tremendo descontroladamente. Que tolo insensível eu fui por não ter pensado nisso, por não ter percebido que sua fragilidade podia suscitar o que havia de pior num homem, assim como o melhor.

— Lamento tanto... — disse, estendendo a mão e apertando a sua.

— Agora você sabe por que não quero falar sobre isso. Não me ocorreu que eu poderia ter engravidado — acrescentou ela num tom monocórdio. Sua cabeça continuava baixa. — Ou talvez eu soubesse e não conseguisse enfrentar a ideia. E ignorei os sinais. Quando me dei conta, era tarde demais para um aborto.

— Você nunca o denunciou?

— Não adiantaria. Nunca adianta, não quando é alguém que você conhece, que você uma vez pensou amar. Eu só queria seguir em frente com a minha vida. Por isso fui morar em Lyon. Tive Louis lá. Completamente sozinha. Minha mãe estava em Guadalupe e minha irmã não queria saber.

— Foi muito corajoso da sua parte ficar com Louis — arrisquei-me a dizer com delicadeza. — Diante do que... — Fui baixando a voz, incapaz de encontrar as palavras certas. Os ombros dela mudaram de posição e eu a ouvi respirar fundo, como se estivesse exausta.

— Quem contou a você?

— A detetive Charvillefort.

— Ela não tinha esse direito.

Era óbvio que relembrar tudo isso era atroz para ela. Estava quase curvada diante de mim, o cabelo sobre o rosto. Vi a pele de seus finos braços nus se arrepiar. O hematoma estava agora de um azul-amarelado doentio, e a visão dele me fez estremecer, com nojo de mim mesmo.

— Mas o que aconteceu? — sussurrei.

Ela se ergueu devagar e me olhou no rosto, afastando o cabelo dos olhos, que agora estavam vermelhos e com a maquiagem borrada. Tinha um aspecto horrível. Senti uma enorme onda de piedade. Ou era amor? Eu não sabia, e não importava.

— Eu estava pronta para entregá-lo para adoção, quando tinha apenas três semanas. Mas então o casal que iria ficar com ele... — Ela parou por um momento, incapaz de prosseguir. Gentilmente, estendi a mão e afaguei seu cabelo. Fino, quebradiço e delicado como uma teia. — Eu mudei de ideia, ok? Só isso. Olha, não consigo suportar isso...

Com hesitação, inclinei-me e abracei-a. Ela não me afastou. Havia perdido peso, pude sentir. Não passava de um esqueleto.

— Você não gostou deles?

— Não, não foi isso. Eles eram muito felizes — sussurrou. — Era um casal muito feliz, ou parecia. Eram felizes um com o outro. Felizes de estarem recebendo meu bebê. — Sua voz ficou embargada. — Felizes, felizes, felizes — disse ela. — Tinham tudo que eu queria.

Abracei-a com mais força.

— Eu não tinha realmente olhado para o Louis antes — continuou Natalie. — Não daquele jeito. Mas foi quando comecei... a vê-lo como meu filho. Alguma coisa que era minha. Alguém para quem eu poderia ser boa. Alguém que eu poderia aprender a amar apesar da maneira como o tive. Eu poderia ser tão feliz quanto aquela mulher estava por ter um bebê. E talvez encontrasse um homem que poderia ficar feliz em ser o pai do Louis. Compreendi que não precisava pensar em como o Louis foi gerado. Pensei: vou ser como eles. Vou simplesmente amá-lo de qualquer maneira. E foi o que fiz. Decidi ficar com ele.

— Então quando você conheceu Pierre...

— Contei tudo a ele. E ele tratava Louis exatamente como se fosse seu filho... no início. Ele sempre quis ter filhos.

— Não teve nenhum em seu primeiro casamento?

Ela ficou rígida.

— Suponho que foi Charvillefort quem contou a você sobre Catherine, não foi?

— Foi.

— O que ela disse?

— Nada. Só que Pierre tinha sido casado antes.

— Mais nada?

— Não. Por quê?

— Ah, simplesmente parece que minha vida inteira está à mercê de... predadores. — Ela ergueu os olhos nesse momento e fitou os meus com firmeza. Houve um instante de silêncio.

— Inclusive eu? — perguntei devagar. — É isso que está dizendo? Certamente não pensa que eu iria algum dia...

— Vi o modo como você olhou para mim quando cheguei com Louis. Você viu como eu estava... destroçada.

Senti-me esbofeteado. Será que havia o menor fragmento de verdade no que ela tinha dito? Eu havia de fato sido um predador?

— Lamento que você pense dessa forma — consegui dizer, corando penosamente. — Porque essa é a última coisa que eu pretendia ser, e é a última coisa que me considero.

Natalie fechou os olhos.

— Está bem. Posso estar sendo injusta com você. Se for o caso, peço desculpas. Eu... tive experiências muito ruins com homens, só isso.

Estava claro que sim.

Então de repente ela estava sorrindo, dando-me aquele sorriso vivaz e falso que eu havia passado a conhecer, o sorriso que tentava disfarçar seu sofrimento, mas fracassava. Meu coração se condoeu por ela. Houve um breve silêncio enquanto eu buscava minha pergunta seguinte, inseguro quanto a até que ponto eu poderia pressioná-la.

— Então... quero dizer, quando foi que as coisas começaram a desandar? Com Pierre e Louis?

— Muito cedo. Louis estava sempre tendo todas aquelas doenças e acidentes; era um bebê difícil, e uma criança difícil... Sempre foi... difícil. Isso significava que eu não podia sair para trabalhar. Então Pierre começou a se perguntar se os problemas comportamentais de Louis eram genéticos. Começou a se ressentir dele, e quanto mais esse ressentimento crescia, mais ele tentava encobri-lo fazendo coisas de menino junto com ele. Qualquer pessoa que os via juntos pensava que ele era um pai maravilhoso. E de certa forma era. Mas, sob a superfície, isso era muito mais volátil. Então pensei... bem, pensei que deveria ficar grávida assim que possível. Talvez um bebê dele pudesse endireitar as coisas. Mas não conseguimos.

Parecia tão triste, tão perdida, tão carente. Não pude resistir a estender os braços para ela nesse momento. E beijá-la. Simplesmente não pude evitar. E, ao fazer isso, senti que estava me entregando a essa mulher de uma maneira nova, uma maneira que nunca havia conhecido antes... pois quem já tinha precisado de mim como ela precisava agora? Eu queria... eu estava desesperado para compensar todas as coisas ruins que os homens, inclusive eu, haviam feito a ela. Todas as injustiças que ela havia suportado tão corajosamente. Eu queria tornar o mundo dela feliz, vê-la sorrir, e sabia que se me esforçasse o suficiente, se a amasse o suficiente, poderia salvá-la. Natalie deve ter sentido isso também, porque permitiu que eu a abraçasse e pareceu, à sua maneira, retribuir meu abraço. Deitamos na cama, nos beijando, agarrados um ao outro. Corri as mãos por seu cabelo e enterrei o rosto em sua fina teia dourada. Muitas e muitas vezes, beijei seu hematoma no braço, e jurei para mim mesmo que aquela mulher nunca seria machucada novamente, por mim ou por qualquer outro homem. Jamais. Eu faria de sua felicidade a minha missão.

Quando fizemos amor, foi lento, delicado e intenso. Ela chorou, mas foram lágrimas de alívio. Tive vontade de chorar também. Eu não sabia o que estava sentindo, mas aquilo me dominou. Eu tinha de ir embora. Estava confuso, disse. A rapidez com que as coisas estavam acontecendo...

Natalie sorriu. Tudo bem. Ela estava confusa também. Vá.

Eu ainda não tinha dito que a amava. Até então, mal ousara admitir isso para mim mesmo. Mas eu o faria. E talvez um dia ela pudesse florescer a ponto de retribuir meu amor.

Depois que a deixei, continuei na clínica com Louis, segurando a mão dele e refletindo sobre os acontecimentos do dia. Devo ter adormecido em algum momento, porque, quando despertei, o turno havia mudado.

— O senhor voltou a ter sonambulismo — disse a enfermeira. — Eu simplesmente o deixei andar por aí.

— Aonde eu fui?

Ela sorriu.

— Foi muito estranho. Quero dizer, um pouco desconcertante. O senhor estava sentado na sua cadeira perto do Louis. Depois se levantou e veio até a escrivaninha. Eu estava na outra ponta da enfermaria. No começo pensei que estava acordado, mas havia alguma coisa estranha na sua maneira de andar. E Jacqueline contou que o senhor fez isso recentemente, e que poderia acontecer de novo.

— O que eu fiz? Simplesmente sentei lá?

— Por algum tempo. Depois pegou o receituário e escreveu uma receita. Em seguida, amassou-a e jogou-a no lixo. Então se levantou de novo, andou de volta até sua cadeira e continuou dormindo até agora.

— Preciso ver isso.

— É claro. — Ela parou, olhando para mim com um sorriso perplexo. — Estava um pouco curiosa, por isso a li. Espero que não se importe. O senhor escreveu um total absurdo, Dr. Dannachet. Vai rir quando ler.

Ela pescou um pedaço de papel do lixo e o desamassou diante de mim. Bastou um olhar. Tentei forçar um riso, mas não consegui.

— Não conte a ninguém sobre isso — pedi num murmúrio. — Certo?

Tentei parecer calmo, mas estava começando a suar incontrolavelmente. Porque, embora não fosse minha, a letra gigante e inclinada era asquerosamente familiar.

Insulina. Clorofórmio. Arsênico. Gás sarin. Sementes de lupino.

E eu tinha preenchido o nome da paciente: Sra. Natalie Drax.

Ela diz que eu era muito pequeno para lembrar, tinha só oito semanas. Mas parecia a síndrome da morte súbita. Eu não conseguia respirar. Os pulmões são como duas bolsas de carne. Inspire, e as bolsas aumentam, expire, e elas diminuem. Sempre dormi na cama dela, desde que nasci. Os bebês gostam muito de dormir com a mãe, e era só ela e eu na cama grande.

O papai ainda não estava com a gente. Eu nunca te contei isso antes, contei? Mas agora você sabe. Talvez até já tivesse adivinhado. Às vezes acho que você adivinha todo tipo de coisas, Lou-Lou. Antes de o papai chegar, éramos só você e eu. Você não vai se lembrar, porque era pequeno demais, apenas um bebê. Não contei isso antes porque não queria chateá-lo. Mas posso te contar agora, não posso? Posso te contar muitas coisas agora.

Seja como for, naquela noite quase perdi você. Quase perdi você muitas vezes, mas aquela foi a primeira.

Coitada da mamãe. Deve ter ficado com o coração na boca.

Ela diz que acordou, não sabe por quê. Era madrugada, e parecia ter alguma coisa errada, então ela percebeu que eu estava respirando com dificuldade, porque os ruídos que eu fazia não eram ruídos de bebê, eram ruídos de esforço.

Acendi a luz e gritei porque sabia que podia ter rolado sobre você durante o sono e o esmagado, podia ser minha culpa, eu podia não servir para ser mãe, como minha irmã dizia. Essa foi a primeira coisa que pensei. Seu rosto estava azulado, seus pulmões não estavam recebendo ar suficiente. Liguei para a ambulância na mesma hora, e eles vieram e cuidaram de tudo. Você quase morreu no caminho. Eles tiveram de pôr você num respirador para fazer seus pulmões funcionarem de novo. Levaram você embora, e fiquei sentada lá na sala de espera e chorei. Chorei tanto que depois de algum tempo não me sobravam mais lágrimas, eu estava completamente vazia. Depois telefonei para um homem que conheci quando você era só um bebê pequenininho, e ele foi lá e me consolou e passou a noite toda comigo na sala de espera, aguardando para saber se você ia morrer. Ficamos sentados juntos e ele segurou minha mão a noite inteira.

Quando o médico entrou, cometeu um engano, pensou que éramos casados. Pensou que o homem era seu papai. Rimos disso, mas no final das contas ele se tornou mesmo seu papai. Poucos meses depois, fomos todos morar juntos em Gratte-Ciel, e mais tarde nos casamos. Pensei que era a melhor coisa que podia acontecer para nós, porque precisávamos ser uma família. Precisávamos de um homem que fosse bom e cuidasse de nós. Foi uma pena para a mulher do papai, mas ele não gostava realmente dela, sabe. Só pensava que gostava. Era a mim que ele amava, mesmo antes de me conhecer. A mim. A mim e a você.

— Não sei do que ela está falando — digo a Gustave. — Todo esse blá-blá-blá idiota no meu ouvido.

— Você não precisa escutar — fala Gustave. — Ela não vai saber.

— Ela sabe tudo.

— Não, Jovem Senhor. As crianças pensam isso sobre mães e pais, mas não é verdade.

Depois vem Jacqueline e faz carinho no meu braço. É gostoso. Ela tem cheiro de hortelã e quer ser a mãe de todo mundo, até dos adultos. O filho dela, Paul, morreu, mas ela conversa com ele mesmo assim. A maior parte das pessoas não sabe que pode fazer isso. Antes eu não sabia, não sabia nada, exceto o que estava na *Encyclopédie médicale* e em *Les Animaux: leur vie extraordinaire* e livros assim. Mas estou ficando bom em saber das coisas.

— Acho que um pouco de ar fresco não iria fazer mal a você, Pascal — diz ela, porque o Dr. Dannachet chegou e o nome dele é Pascal. Jacqueline está preocupada com ele, acha que está ficando um pouquinho maluco. — Você está com uma aparência horrível. Tem dormido bem?

— Na verdade, não — responde o médico.

— Eu trouxe as cadeiras de rodas; que tal levar uma delas para um passeio enquanto espera a detetive? Vamos, vai te fazer bem.

— Eu também vou — sussurra Gustave. — Vou aonde quer que você vá, meu Jovem Senhor. Achei um mapa da caverna na sala do Dr. Dannachet. Na parede. Poderíamos usá-lo. Veja. — E me mostra um quadro numa moldura.

— Isso não parece um mapa. Parece a cabeça de alguém.

— É um mapa, Jovem Senhor. Confie em mim.

— Ar fresco — diz alguém. — Lindo dia. Quente. *Escaldante*.

— Vou dar uma volta com ele pelo jardim — decide o Dr. Dannachet. — Diga à mãe dele onde estamos, se ela aparecer. Vou levar o walkman.

— A cadeira está esperando.

— Sim — diz Gustave. — Vamos para um lugar escuro. Só você e eu. Um lugar afastado do sol. Eu conheço um lugar. Está no mapa. É frio lá, como uma geladeira. A gente pode ouvir a água pingando. Morcegos guinchando. Você gosta de morcegos, não é, Jovem Senhor? Vou levá-lo para a caverna e mostrar onde escrevi os nomes deles com sangue. É um bom lugar para morrer.

Lá fora está quente e dá pra ouvir passarinhos e sentir o cheiro de flores e de fumaça. Dá vontade de virar um bebezinho chorão, e a gente anda como se tivesse rodinhas e mamãe está falando no meu ouvido de novo sobre como sou seu bebê querido, que ela sempre vai me amar, que o que aconteceu comigo não foi culpa de ninguém. *Não se preocupe, meu benzinho, eles vão encontrá-lo e levá-lo para a prisão e depois vamos poder viver juntos de novo, e vou levá-lo ao mar Vermelho para nadar com os golfinhos e vamos comprar um carro, um lindo carro esporte só para você e eu. Sabe de uma coisa, Louis, meu querido? Se você faz uma escolha errada, tem de conviver com ela. Todo mundo tem de conviver com o que fez. Você escolheu, Louis. Foi sua escolha.*

E aí a voz dela fica diferente. *Ele me dá medo, Lou-Lou. Ele me dá medo. É como se estivesse aqui em algum lugar. Posso senti-lo pensando coisas ruins. Posso senti-lo inventando mentiras.*

— Tape os ouvidos — diz Gustave. — Me escute em vez disso. Ou ao Dr. Dannachet. Conte até mil na sua cabeça. Qualquer coisa. Apenas não a escute, certo, Jovem Senhor?

— O papai bebe cerveja, vinho e conhaque demais — conto a Gustave. — E põe a família em risco. Mas eu não me importo, porque sinto falta dele. Quando penso nele, é como beber sangue quente.

— Vamos parar aqui e sentar um pouco — diz o Dr. Dannachet. — Sabe de uma coisa, Louis? Recebi uma carta muito estranha, e sua mãe também. Eu me pergunto... será que você sabe alguma coisa sobre ela?

— Não diga nada — sussurra Gustave.

— Não, claro que não, por que saberia? Acha que estou ficando louco, Louis? Acha que é um pouco esquisito que seu médico esteja receitando veneno para sua mãe enquanto dorme?

— Psiu — sussurra Gustave. — Não fale. É contra as regras.

— De todo modo, eu trouxe *La Planète Bleue*. Ouça: *Em 1998, biólogos observaram uma carcaça de baleia cinza. Os primeiros a chegar ao corpo foram enxames de anfípodes, crustáceos com poucos centímetros de comprimento que têm maxilares afiados para penetrar na carne...*

E assim por diante.

— Você conhece alguma boa história? — pergunto a Gustave enquanto o Dr. Dannachet está lendo.

— Posso contar *O pequeno príncipe*. Sei de cor.

— Blá-blá-blá, muito infantil. Meu pai sempre queria ler essa pra mim porque falava de aviões.

— E planetas, e um menino, e um baobá. Fala de todo tipo de coisas — diz Gustave. — Mas talvez você esteja grande demais para ela. Muito bem, cá está outra. Era uma vez um menino, e ele tinha uma mãe e um pai que o amavam. Quer ouvir essa?

— Não, essa não. Acaba mal.

— Não precisa acabar mal — insiste Gustave. — Você mesmo pode escolher o fim. Qualquer coisa que quiser.

— *Eles foram seguidos por peixes das águas profundas, muitos dos quais eram necrófagos com um olfato aguçado.*

— Não é fácil ser mãe de uma Criança Perturbada — digo a Gustave. — Às vezes o perigo é grande demais. Ela não conseguia lutar contra ele, mas eu sei que tentava. Sei que tentava.

Queria poder ver o rosto do Gustave por trás das ataduras e o terreno cheio de pedras que cheira a lavanda e fumaça. Se eu pudesse abrir os olhos veria oliveiras e um jardim com cascalho e flores que parecem fogos de artifício amarelos e talvez o mar e, lá no fundo, criaturas subaquáticas.

— *Entre elas, lampreias parecidas com enguias que rasgam pedaços de carne contorcendo o corpo num nó, para conseguir uma torção extra. Depois foram tubarões-dorminhocos-do-pacífico, que arrancaram enormes bocados da carcaça. Depois que a primeira onda de comensais tinha se banqueteado, outro grupo de necrófagos mais lentos chegou: estrelas-do-mar, poliquetas e caranguejos desnudaram lentamente a baleia, deixando só um esqueleto branco e limpo, como o da ilustração.*

— Já vi essa foto — digo a Gustave. — São uns ossos de baleia no leito do mar. Uma coisa morta que foi toda devorada por parasitas. Coisas vivas pòdem ser comidas por parasitas também. Um parasita inteligente não destrói seu hospedeiro. O hospedeiro é a coisa que vai alimentar o parasita. Um parasita inteligente mantém o hospedeiro vivo pelo maior tempo possível, porque quando o hospedeiro morre, o parasita tem que encontrar outro e, se não conseguir, vai morrer também.

— Vamos andar mais um pouco — fala o Dr. Dannachet e empurra minha cadeira de rodas; Gustave vem junto com a gente, mancando, e não diz nada por um longo tempo. Nós paramos, e o Dr. Dannachet continua: — Lavanda. Consegue sentir o cheiro, Louis?

Consigo, está bem no meu nariz, mas não posso responder.

— Ela o ama, Jovem Senhor — diz Gustave. — Sente a sua falta. Você pode tentar voltar. Mas não pode ser como antes. Você sabe disso.

— Eu sei, eu sei — digo, e andamos de novo.

— Quando eu estava na caverna, era com isso que sonhava. Caminhar num jardim com um menino como você — comenta Gustave. — Éramos uma família pequena, nós três de mãos dadas com o menino no meio. Contávamos até três e depois balançávamos o menino entre nós. Ele gostava disso. Todas as crianças pequenas gostam.

— Sei o nome de cada planta neste jardim — diz o Dr. Danna-chet. — Cada planta e cada árvore e cada arbusto. Por causa de La-vinia. Ela era paciente minha, uma paisagista. Seis anos em coma. Líamos sobre plantas juntos. Ela me deu alguns bonsais. Acho que você os acharia interessantes, Louis. É uma verdadeira arte criá-los, é preciso podar a raíz primária.

Ele parece que vai chorar. Devagar, damos a volta no prédio. A entrada parece um modelo de Lego, toda branca. E está escrito em letras grandes na pedra branca La Clinique de l'Horizon, e embaixo, como numa escrita fantasma, L'Hôpital des Incurables.

— Você sabia que a clínica tinha esse nome? — pergunto a Gustave.

Ele não diz nada, é bom nisso; em vez disso começa a tossir, e alguma coisa sai da sua boca e cai no cascalho. Parece que vomitou, mas não é vômito, é água suja cheia de algas.

— Sim, eu sabia — responde ele enquanto desaparecemos no bosque e deixamos o Dr. Dannachet pra trás. — Eu sabia que era chamada assim. Sou incurável, Jovem Senhor. Mas você, não.

Tínhamos deixado o Dr. Dannachet pra trás agora. O hospital está longe, o jardim também. Gustave anda na minha frente na floresta, e dá pra ver como a cabeça dele parece bojuda e branca como uma lâmpada por causa das ataduras. Tem árvores em toda parte e está quente, e talvez cobras; esse é exatamente o tipo de lugar onde ví-boras vivem. Uma víbora tem uma faixa escura em zigue-zague nas costas e talvez uma listra reta e manchas, e sua picada pode matar uma criança e deixar um adulto muito ferido, ainda mais se for ve-lho ou debilitado.

— Vamos colher pinhas — propõe ele. — Para uma fogueira.

O que é uma ideia legal, por isso estou correndo por toda parte, colhendo, as maiores que consigo encontrar, e estamos juntando todas num monte que fica cada vez maior. A gente pode empilhar elas, elas grudam umas nas outras, e a gente pode pôr gravetos e até galhos, cada vez mais alto, até chegar à minha altura.

— Mamãe não iria gostar disso — digo a Gustave. — Ela detesta que eu brinque com fogo.

— E quanto a você?

— Eu adoro. Queria ser um incendiário um dia. Assim eu poderia matar todos os meus inimigos.

Ele me entrega uma caixa de fósforos.

— Pode começar.

Eu acendo um e coloco ele bem no meio e no fundo da pilha, entre os gravetos e galhos secos, e o fogo vai queimando os galhos de pinheiro e solta faíscas e depois sobe, sibilando. E nós vemos tudo aquilo estalando e chiando com calor e luz vermelha.

— Ela vai queimar sozinha agora — diz Gustave. — Vai fazer o que você quiser, porque é assim que as coisas são neste lugar, Jovem Senhor. Vamos. Vamos para o lugar escuro. O lugar mais escuro da Terra. Você confia em mim, Jovem Senhor? Precisa ter certeza de que confia em mim. As pessoas vão dizer que eu o roubei, mas não é assim. Você sabe disso, não sabe?

E eu sei, mesmo que não possa ver o rosto dele, por isso seguro sua mão e nós descemos o morro juntos, através das árvores.

Voltei para a minha sala e passei meia hora ali, tentando refletir sobre o que tinha acontecido. Mas minha mente dava voltas, débil como uma cobra-de-vidro. A noite caía e o pôr do sol dominava o céu, lançando um fulgor tangerina sobre a floresta de pinheiros e os vinhedos na encosta mais adiante. Avaliei meus bonsais. O bordo parecia em mau estado; cinco folhas pendiam flácidas e doentes. Por que eu tinha receitado venenos absurdos para Natalie Drax durante meu sono? E escrito aquelas duas cartas — *incluindo uma para mim mesmo?* Ou eu estava ficando louco, ou Louis Drax estava me usando. Mas se fosse o segundo caso, quem acreditaria em mim? Certamente não Natalie. Nem a detetive Charvillefort.

O sistema de segurança da clínica, recém-reformado, exigia que a equipe trocasse as fitas do circuito interno de TV diariamente e as guardasse por uma semana na enfermaria em questão. A troca ocorria às seis da tarde. Esperei até as oito, quando as enfermeiras mudavam de plantão, e voltei à enfermaria. Elas estavam ocupadas na outra extremidade da sala, então fui até a escrivaninha. Destrancando rapidamente a gaveta inferior, localizei a fita do dia e a da quinta-feira anterior e as enfiei no bolso. Senti-me tonto e estranhamente aliviado com o que estava fazendo. Ao caminhar para casa na crescente penumbra e em meio ao canto insistente das cigarras, senti um cheiro de fumaça mais forte que antes. O calor do entardecer estava de rachar.

A casa parecia enorme e vazia sem Sophie. Fui até a sala de estar e me servi de um Pernod, depois me acomodei para ver a fita do dia. Sentia-me nervoso, embora não soubesse de fato o que esperar. Parte de mim tentava se distanciar da situação e rir do absurdo de minhas próprias suspeitas. A câmera estava fixada em um ângulo que mostrava toda a enfermaria, com o leito de Louis bem no centro da imagem. Vi as imagens em preto e branco saltando bruscamente de um quadro para outro. Louis estava deitado lá como sempre, pálido e imóvel, mas havia movimentos ocasionais nos outros leitos, especialmente o de Isabelle. Avancei a fita até me ver entrar na enfermaria, parar junto à cama de Louis e me sentar. A imagem estava um pouco imprecisa, mas meu abatimento me chocou. Era nisso que eu havia me transformado? Como outras pessoas me viam? Apertei o *play* e assisti. Vi-me tirar um livro da minha pasta e começar a ler para Louis. Avancei a fita rapidamente de novo até o momento em que meus ombros pareceram relaxar e o livro escorregou dos meus joelhos para o chão. Fiquei ali sentado de olhos fechados, mas nada aconteceu. A fita mostrou a enfermeira da noite indo e vindo, e Isabelle se mexendo, inquieta. De repente, de um quadro para o seguinte, eu tinha me levantado. Andado até a escrivaninha. Pegado papel e caneta e escrito alguma coisa muito depressa. Depois destaquei a folha, amassei e joguei na lixeira antes de voltar para minha cadeira. Em razão da natureza entrecortada da gravação, a coisa toda tinha parecido durar apenas alguns segundos. Rebobinei a fita e olhei de novo. Havia algo de estranho na maneira como eu segurava a caneta. Uma falta de jeito que a princípio não pude identificar, até que de repente percebi...

Sou destro. Mas estava segurando a caneta com a mão esquerda. Não era de admirar que a caligrafia parecesse tão diferente. Não me dei ao trabalho de ver a outra fita. Sabia o que iria mostrar.

Levantei-me e senti o sangue subir-me à cabeça. Com o andar vacilante, cheguei ao banheiro bem a tempo de vomitar no vaso. Limpei tudo rapidamente, escovei os dentes e joguei água fria no rosto, o coração aos pulos.

Em seguida, liguei para o apartamento das meninas em Montpellier. O telefone tocou por muito tempo sem nenhuma resposta. Quando eu estava prestes a desligar, Melanie atendeu, sonolenta. Quando soube que era eu, lançou-se num discurso veemente. Mamãe encontrava-se num estado deplorável, disse, e até pensava em procurar um emprego em Montpellier. Ela esperava que eu estivesse satisfeito comigo mesmo. Aquilo era algum tipo de crise da meia-idade ou o quê?

— Posso falar com ela? É importante.

— É uma hora da manhã, pai. De qualquer maneira, ela não quer falar com você.

— Há uma coisa que preciso dizer a ela — insisti. — Talvez eu esteja com problemas. Na clínica.

— Que tipo de problema? Tem a ver com essa tal Sra. Drax pela qual você está obcecado?

— Não. Tem a ver com o filho dela. O menino. Ouça, lamento tê-la perturbado, *chérie*. Diga à mamãe que liguei... e... bem, diga que eu a amo.

— *Ama?* Estamos todas furiosas com você, pai. — Pude ouvir a voz dela oscilar. — Furiosas e desapontadas e contrariadas e...

— Eu sei — falei. — Vocês precisam ser pacientes comigo, Melanie. A vida está uma confusão neste momento. Estou tentando encontrar uma saída. Por favor...

Ela desligou. Servi-me de mais um copo e liguei o rádio para ouvir o noticiário. Oito incêndios florestais tinham varrido diferentes partes da Provença. Dois ainda se alastravam sem controle, o maior deles a apenas dez quilômetros de distância, logo a oeste de Cannes.

Tudo pode mudar de um instante para outro, pensei. Uma paisagem, um casamento, uma vida.

Eu não sabia ao certo como proceder. Não sabia nada sobre grafologia. Nunca me parecera uma ciência precisa. Seria possível que o grafologista da polícia pudesse fazer uma conexão entre a letra inclinada, como a de um bêbado, nas duas cartas escritas por meu eu canhoto e minha letra habitual da amostra que Noelle havia fornecido? Eu não tinha a menor ideia. Mas precisava supor que era uma possibilidade... e que, portanto, o tempo que eu tinha ganhado ao pegar as fitas do circuito interno de TV era muito curto.

Na manhã seguinte, antes de tomar o trem para Lyon, verifiquei um endereço e número de telefone. Levei as fitas comigo, a receita amassada e uma cópia da carta que havia recebido.

Tive dificuldade em me concentrar em minha palestra sobre "ampliação da consciência" no simpósio daquela tarde, realizado no Sofitel com vista para o Ródano. Não fui bem. Houve uma confusão com meus slides, e vários estavam fora de ordem. Normalmente enfrento bem o desafio de fazer apresentações, e muitas vezes me divirto num grau quase risível. Não dessa vez. Foi um suplício. Gaguejei algumas vezes e em certa altura deixei uma folha cair. Durante todo o tempo, senti como se me observasse de uma longa distância, mas não o suficiente para não me dar conta da deficiência de meu desempenho. Para um evento tão concorrido, os aplausos no final foram sem dúvida discretos. Não lidei bem também com as perguntas posteriores. Repeti-me ou divaguei. Minha mente estava em outro lugar.

Ao final, saí à procura de Philippe Meunier. Havia presumido que ele estaria lá, que teria a oportunidade de lhe perguntar mais sobre o caso Drax. Mas não consegui encontrá-lo em parte alguma e, quando verifiquei os registros, seu nome não constava neles. Frustrado, e na esperança de que ele talvez acabasse aparecendo, fiquei matando tempo no bar, até que uma mulher com quem eu havia tido um breve caso em meus tempos de estudante se aproximou de mim. Ela me falou com entusiasmo sobre a evolução de sua carreira e seu recente segundo casamento com um pediatra, com quem estava muito feliz. Os dois tinham cinco filhos ao todo e pretendiam levá-los para passar as férias na Califórnia. Eu, no entanto, senti dificuldade em me concentrar no que ela dizia, e seus brincos me irritaram. Ela me pareceu vulgar e superficial. Senti falta de Natalie, percebi. Senti falta de seu rosto triste. Quando pensei nela, senti um aperto no peito, uma estranha mistura de felicidade e dor. Depois me lembrei da tentativa de falar com Sophie na noite anterior. Levantei-me e senti que oscilava ligeiramente no carpete felpudo do bar. O que eu queria?

— E como vai seu casamento? — perguntou Charlotte, como se lesse meus pensamentos.

— Ótimo — respondi vagamente.

Charlotte sorriu como se esperasse mais, mas não tive vontade de me alongar na mentira, nem me sentia disposto a confessar a verdade, por isso pedi licença. Não estava com vontade alguma de ir ao jantar da conferência. Tinha coisas demais em minha mente.

Por volta das sete da noite eu estava em Gratte-Ciel, subindo no elevador barulhento e claustrofóbico de um antigo prédio de apartamentos na rue Malesherbes. Esperei um pouco à porta, e estava quase desistindo quando uma fresta se abriu e um homem mais alto que eu surgiu na escuridão do corredor. Estava claro que Marcel Perez não esperava mais nenhum visitante, muito menos desconhecidos que se davam o direito de chegar sem avisar. Eu não tinha imaginado que ele fosse maior que eu, mas era. Era mais jovem também, com 40 e poucos anos.

— Sou o Dr. Dannachet — falei. — Estou tratando de Louis Drax. Posso conversar com você?

O rosto estranhamente infantil de Marcel Perez anuviou-se. Ele tinha um cabelo escuro e oleoso que caía pesadamente sobre a testa, além de olheiras e uma barba de três dias. Ele hesitou, o bastante para que eu lhe mostrasse a garrafa de Pernod que eu havia comprado no cassino local, a caminho de lá.

— Comprei isso para você. Quem sabe podemos tomar um drinque juntos?

Funcionou. Dei um passo à frente e segui-o pela pequena cozinha, onde ele abriu a garrafa em silêncio e serviu dois copos. Em seguida, me apontou o caminho da sala, onde me sentei numa das poltronas. Então fora ali que Louis havia tido suas sessões. Não parecia inspirador. Havia indícios do que ele tinha feito ao longo do dia, antes do nosso aperitivo: uma garrafa de Pernod (eu havia acertado) e um copo com um resto de bebida.

— Sente-se — disse ele, pousando a garrafa na mesa próxima a uma poltrona. — Por favor.

Brevemente, contei-lhe o que havia para contar sobre Louis, e disse que o prognóstico era ruim. Em suma, eu não esperava que Louis saísse do coma.

— Pobre menino — murmurou ele, depois desviou o olhar rapidamente.

— Soube que parou de clinicar.

— Sim — confirmou ele pesadamente. — Parei de clinicar.

— Por causa do Louis?

Alguma coisa em sua atitude derrotada — ou talvez a bebida — me permitia ser direto. O homem estava arruinado.

— Não. Por causa da mãe dele. Ela veio me ver depois do acidente — explicou ele, me olhando nos olhos de uma maneira inquietante. Tomou um grande gole de Pernod e tossiu. Observei o esforço do seu pomo de adão. — Disse que não desejava que isso acontecesse a mais ninguém.

Notei um par de binóculos no parapeito da janela. Nas prateleiras havia livros sobre arte primitiva e biografias de artistas, alguns clássicos — Flaubert marcava forte presença. Uma prateleira inteira era dedicada a livros de psicologia. Mas havia certo ascetismo no apartamento: nenhuma obra de arte nas paredes e praticamente nada de decorativo, exceto uma pilha de conchas.

— Contei à detetive Charvillefort tudo o que havia para contar — disse ele. — Respondi a todas as perguntas dela.

Embora ele estivesse mais do que levemente embriagado, não pude deixar de perceber que Perez, assim como a detetive Charvillefort, me observava com interesse profissional. Sorri e tomei mais um gole de Pernod. O álcool estava me subindo à cabeça rapidamente, e eu precisava permanecer no controle da situação. Não tinha comido. Precisava ir mais devagar.

— Então vai responder às minhas? — perguntei.

— Quero ajudar Louis — respondeu. — Se for possível... — Ele foi baixando a voz, mas continuou sustentando meu olhar. Estava tentando tomar alguma decisão. — Natalie disse que eu devia ter percebido que isso iria acontecer.

— E você concorda?

— Não da maneira que pensa. Admito que entendi mal as coisas. Interpretei mal os sinais. Disse isso a Charvillefort.

— Sobre Pierre Drax, quer dizer?

— Sobre tudo. Sobre mais do que você imagina. Mas, em minha própria defesa...

— Não o estou culpando — falei rapidamente. — Não foi para isso que vim. Não sei se alguém poderia ter impedido o que aconteceu. Mas continue.

— O fato é que eu estava trabalhando no escuro. Havia coisas que Natalie Drax devia ter me contado. Eu fiz muitas perguntas sobre Louis antes que ele começasse a vir aqui, mas ela não me deu algumas informações cruciais. Se eu soubesse então o que fiquei sabendo mais tarde, teria escutado Louis de outra maneira. Volta e meia ele me dizia que Pierre não era seu verdadeiro pai. Eu simplesmente supunha que era uma fantasia. Mas acabou que ele estava dizendo a verdade. Ele não sabia disso como um fato, mas tinha entreouvido fragmentos de conversa e captava as vibrações. Tinha uma espécie de intuição. Era muito preocupado com estupro, também.

Perez parou e olhou para mim atentamente, para ver se eu sabia. Assenti devagar.

— Portanto, ele adivinhava mais do que qualquer pessoa poderia supor — concluiu. — Era um menino inteligente. E se eu soubesse que ele tinha percebido uma coisa como essa... Se eu *soubesse* desse fato, quanta coisa teria se encaixado em seu devido lugar. Mas eu não tinha a menor ideia, só descobri depois.

— Você gostava dele? — perguntei em voz baixa. — Como ele era?

— Extremamente perturbado, de uma forma inusitada. Contava histórias. Nunca cheguei a apurar o quanto era real ou exagerado, ou o quanto ele simplesmente inventava para entreter a si mesmo e me manter afastado das coisas que realmente o incomodavam.

— Mas você gostava dele?

— Eu não era pago para gostar dele. Achava-o intrigante e irritante ao mesmo tempo. Ele me atacava às vezes, quebrava coisas. Depois que paramos de nos ver, ele me escreveu uma carta.

— Uma carta?

Alguma coisa se revirou dentro de mim.

— Ele gostava de escrever cartas. — Perez se levantou com dificuldade e foi até uma escrivaninha num canto da sala. Abrindo uma gaveta, tirou um pedaço de papel dobrado. — Mas esta foi a única que me enviou. É uma cópia; a polícia ficou com a original.

Vi que era uma clássica letra de criança: nítida, cuidadosa, caprichada.

— Veio com algumas bolinhas de fezes de hamster — acrescentou Perez com um sorriso pesaroso. — O que foi um toque muito característico de Louis. Mostrei isso à detetive Charvillefort.

Você é um grande mentiroso gordão, Perez Balofo. Disse pra ela que não queria me ver mais. Disse que eu era demais pra você. Foi isso que ela me contou. E você me disse que nada ia sair daquela sala, e isso também não era verdade. Ou seja, você é um bundão. Espero que morra ou pegue uma doença nojenta.

Louis Drax

A raiva ali contida me chocou. Quem diabos era aquele menino? O que tinham feito com ele para instigar esse nível de raiva? E quem?

Perez enxugou os olhos com a manga; quando viu que eu percebi seu gesto, deu de ombros e desviou o olhar.

— Também recebi uma carta de Louis — falei lentamente. Senti a boca seca. — Foi por isso que vim aqui. Não queria apenas fazer perguntas. Vim pedir sua ajuda.

Ele se virou bruscamente para mim, com uma expressão sofrida.

— Recebeu uma carta? Mas ele está em coma.

Peguei a cópia da carta e a receita e as mostrei para ele. Esperei enquanto lia as duas.

— E aí? — perguntou ele, erguendo o olhar. — Não entendi. É melhor você explicar.

— Eu era sonâmbulo durante a infância e a adolescência. Há anos isso não acontecia. Mas recentemente, depois que Louis chegou, comecei a ter crises de sonambulismo de novo. Na verdade, não fui a lugar algum. Escrevi coisas. Escrevi esta carta e uma outra, para Natalie; e esta receita. Eu as escrevi enquanto dormia, e tenho um vídeo que me mostra fazendo isso.

Ele assentiu devagar, mantendo os olhos em mim. Pude ver seus pensamentos se atropelando e uma crescente empolgação.

— *Insulina. Clorofórmio. Arsênico. Gás sarin. Sementes de lupino* — murmurou ele, lendo a receita em voz alta. Depois bateu na mesa com tanta força que nossos copos estremeceram. — É Louis. Não há a menor dúvida. Ele tinha interesse por toda espécie de fatos. Anomalias médicas, venenos. Tudo se encaixa. É ele. É extraordinário. A carta também. É ele.

Senti uma onda de alívio.

— Pensei que podia estar enlouquecendo — confessei.

Ele concordou.

— Claro que pensou. E você não contou à detetive porque acha que ela não acreditará que é realmente Louis.

A frase saiu naturalmente, sem tom de acusação.

— Isso mesmo.

— É compreensível. Mas precisamos pensar adiante.

Conversamos durante muito tempo. A empolgação súbita de Perez me contagiou. Eu tinha me sentido apavorado com o que estava acontecendo, perplexo e ansioso — incapaz, talvez, de ver algo além da ameaça à minha própria reputação. Naquele momento, porém, comecei a ver tudo por outra perspectiva. Era uma oportunidade. Indicava esperança para Louis — e talvez redenção para o homem que acreditava tê-lo enviado para sua quase morte. Embora embriagado, Marcel Perez mostrou-se mais rápido e arguto do que eu havia imaginado.

— Você é o canal dele — disse Perez. — Seu meio de comunicação. Ele percebeu alguma coisa em você. Precisa dizer alguma coisa a você. Isso é apenas o começo. Esta carta também é típica de Louis. Uma criança perturbada com complexo de Édipo. E, por sinal, ele é canhoto.

O psicólogo fez uma pausa e pareceu pensar febrilmente.

— Então o que faço?

— Volte. Passe o máximo de tempo possível com ele. Durma na enfermaria, e espere que ele faça isso de novo. Ele pode estar mais perto da consciência do que você pensava. E fique de olho em Natalie.

— Ficar de olho nela?

— Sim, apesar de você ter se apaixonado por ela — disse com voz baixa. Foi uma afirmação, não uma pergunta. Rapidamente, me levantei para sair. — Essa é a outra razão que o trouxe até aqui — continuou ele. — Não é? Louis não está certo a respeito disso?

— Isso é completamente absurdo — retruquei, estendendo a mão para pegar meu paletó.

Mas ele não engoliu minha cena. Pareceu apenas pesaroso.

— Bem, não é da minha conta — disse com um suspiro. — Mas precisa saber que ela é mais complicada do que pensa. Precisa de terapia mais do que o filho. É algo comum entre os pais. Natalie dava a impressão de ser uma pessoa equilibrada, mas... bem... tinha grande dificuldade em ver a realidade. Foi ela quem quebrou o contrato, não eu. Foi ela quem decidiu fazer Louis parar de vir. Exatamente quando estávamos chegando a algum lugar. Pensando melhor, suponho que ficou aterrorizada com a ideia de que Louis havia descoberto alguma coisa que o associava a estupro. Não queria que ele adivinhasse mais nada. É isso que penso agora. Na época, fiquei simplesmente desconcertado com a situação toda.

— Não acha compreensível?

— Acho. Mas o que quer que eu pense sobre Natalie e seu estado mental, há uma coisa que você precisa saber. Louis morreu, ou quase, por minha causa.

— Foi isso que Natalie disse para você?

— Foi. Foi isso que ela me disse. E ela estava certa.

— Pensa realmente que o pai o empurrou?

— Eu entendi as coisas de maneira completamente errada — confessou ele devagar. — Louis parecia ter uma boa relação com o pai. Mas era mais complicado do que eu pensava. Por causa do que eu não sabia. Passei horas pensando nisso. Sempre acreditei que Louis estava provocando seus próprios acidentes.

— Acha que era maltratado pelo pai? Pelos pais?

— Só o atendi durante um ano. Não posso dizer como as coisas eram antes. Mas, na época em que o atendia, tive a clara impressão de que ele fazia aquilo consigo mesmo. Como uma maneira de chamar a atenção dos pais. Porém, não sei mais. E não vejo como podemos descobrir. A menos que Louis queira nos contar.

Quando nos despedimos, Perez me deu um triste sorriso alcoolizado.

— Mantenha-me a par do que está acontecendo — pediu. — Vou respaldá-lo com relação às cartas, se isso fizer diferença para a polícia.

Agradeci-lhe e parti para a estação, onde peguei o trem noturno para a Provença e adormeci como uma pedra.

Eu devia estar revivendo a conversa com Perez em meus sonhos, porque, quando acordei, aproximadamente duas horas mais tarde, no vagão frio e quase vazio, restava-me certa empolgação. Perez me infundira otimismo, e agora eu estava animado, não temeroso, com relação à perspectiva de descobrir mais coisas. De me comunicar com Louis e procurar compreender o que ele estava realmente tentando dizer, de me inocentar de alguma maneira nesse processo. Aquilo pareceria maluco, inverossímil aos meus colegas. Eu teria dificuldade para convencer Vaudin. Mas precisaria encontrar uma maneira. Jacqueline ficaria do meu lado; disso eu tinha certeza. Perez me daria respaldo. Quando o trem parou em Layrac, eu também havia tomado outra decisão. Ela ganhara corpo por conta própria, na verdade, após minha conversa com Perez. Por enquanto, eu não deveria passar mais tempo com Natalie do que o profissionalmente necessário. Por enquanto, ela precisava de minha proteção — nem mais, nem menos. Antes de levar aquilo adiante, eu precisava enfrentar meus próprios sentimentos. Acertar as coisas com a minha mulher.

Imaginei Sophie em Montpellier, bebendo uma garrafa de vinho com as meninas, lendo Tolstói na cama e adormecendo de óculos. Meu coração bateu forte.

Quando cheguei, a casa pareceu vazia sem ela. Pensei em ligar para as meninas novamente, mas me detive.

O que eu diria a Sophie se conseguisse falar com ela?

Que eu estava ficando louco? Que um menino de 9 anos estava se comunicando telepaticamente comigo? Que eu estava irremediavelmente obcecado por Natalie Drax?

Levantei cedo na manhã seguinte e, antes das sete, já estava na minha sala, decidido a não ver ninguém, a manter a cabeça no trabalho, ficar longe de problemas e a tentar reduzir, de algum modo, o estranho domínio que Natalie exercia sobre mim e que não faria bem algum a nenhum de nós. No entanto, cada vez que eu me lembrava de como tínhamos feito amor — a maneira como ela havia me abraçado e como havia chorado feito uma criança —, sentia-me fraco. Fechei-me em minha sala e disse a Noelle que estava escrevendo um artigo e não atenderia nenhuma ligação, a menos que fosse uma emergência. Eu realmente tinha prazo para entregar um artigo que estava produzindo para uma revista de neurologia nos Estados Unidos.

E consegui escrever. Eu sempre fui bom em esquecer da vida trabalhando. Já eram dez horas quando Noelle bateu na minha porta. Ela parecia aturdida e chocada.

— Não foi exatamente uma emergência, e não quis perturbá-lo. Mas achei que deveria saber.

— O quê?

— Bem, houve um pequeno incidente na enfermaria. Talvez ainda esteja acontecendo. Jacqueline ligou; diz que o senhor deveria ir até lá. É um dos familiares. Sra. Drax. Parece que ela foi agredida.

Senti um baque no peito e saí correndo. Quando cheguei, sem fôlego, estava um caos na enfermaria. Vaudin estava lá, além de Charvillefort e o policial que deveria estar vigiando Louis. Não havia nenhum sinal de Natalie. A mesa de cabeceira de Louis havia sido derrubada, e um vaso de flores — com enormes lírios e flores de gengibre — estava despedaçado no chão no meio de uma poça d'água, as pétalas laceradas como se tivessem sido pisoteadas na briga. Jacqueline se aproximou e se postou ao meu lado junto à cama do menino.

— Levei Kevin, Isabelle e Henri para a sala de fisioterapia; eles estão ouvindo música.

— Ela está bem?

— Apenas muito chocada, acho. Alguns cortes com o vidro. Berthe está fazendo os curativos.

— O que aconteceu? Como ele entrou?

— Não foi ele — sussurrou ela. — Foi a mãe, Lucille Drax.

Senti uma onda de alívio e fechei os olhos por um instante.

— Ela entrou na enfermaria, mas quando viu Natalie, começou a gritar para ela se afastar de seu neto. Natalie estava sentada com Louis, segurando a mão dele e de costas para a sogra; só entendeu de fato o que estava acontecendo quando foi atacada.

Ouvi, a princípio com perplexidade e depois com raiva, Jacqueline descrever como a mulher tinha agarrado Natalie pelos ombros, forçando-a a se levantar e gritando insultos. Natalie havia tentado se desvencilhar, derrubando a mesa e quebrando o vaso. O policial tinha conseguido separá-las, mas havia sido uma luta e tanto.

— E Louis? Alguma reação?

— Nem piscou — respondeu Jacqueline.

— Graças a Deus.

Balancei a cabeça, incrédulo, afastando-me para dar lugar a Fatima, que havia chegado com um pano de chão. A detetive Charvillefort se juntou a nós.

— Onde está Natalie? Como ela está?

— Georges a levou de volta ao seu quarto. Ela está muito chocada, é claro, mas não sofreu nenhum ferimento grave.

— Parece que a violência é de família — falei enquanto deixávamos Jacqueline e seguíamos, em um acordo tácito, para as janelas francesas.

Charvillefort deu de ombros.

— Não sei. É mais complicado do que parece.

— O que quer dizer?

— Dr. Dannachet — disse a detetive calmamente quando chegamos à sacada sob um sol violento —, o que preciso dizer ao senhor neste momento é que, quando se trata de Natalie Drax, é muito difícil estabelecer a verdade com clareza. O senhor não tem todos os fatos a seu dispor.

— E a senhora tem, suponho? Ouça, segundo minha experiência... — comecei.

Mas ela me cortou.

— Dr. Dannachet, preciso contar ao senhor que, desde ontem, temos uma nova pista muito interessante. Algo que não prevíamos. Natalie está sendo informada dela agora.

— E o que é?

— Estamos aguardando os resultados de mais algumas análises de uma evidência — disse a detetive, pondo os óculos e olhando para o jardim. — Pode não ser nada, Dr. Dannachet. Mas, se for alguma coisa, ficaremos sabendo em cerca de uma hora.

O relatório do grafologista. Enrubesci, e meu estômago se revirou. Era hora de eu contar a verdade sobre o que tinha feito, e como o havia descoberto. Perez iria me corroborar. Mas não o fiz. Em vez disso, pedi licença, alegando ter um prazo a cumprir. Deixei-a postada na sacada, contemplando a paisagem inundada pelo sol. Nuvens escuras se aglomeravam a distância.

Sentei-me com Louis.

— Não sei o que você está tramando, Louis — falei de mansinho em seu ouvido. — Mas estou escutando. Fale comigo de novo, está bem? Sei que você está tentando. Estou em apuros. Posso ajudá-lo, mas você precisa me ajudar também. Temos que nos ajudar a sair dessa.

Mas ele apenas continuou ali deitado, as pestanas projetando uma sombra em suas bochechas, a boca ligeiramente aberta, a respiração leve.

De volta à minha sala, liguei para o quarto de Natalie, mas fui transferido diretamente para a caixa postal. Não podia censurá-la por isso. Deixei uma breve mensagem dizendo o quanto lamentava saber do incidente e que eu tinha algo que precisava discutir com ela com urgência. Deixei o número do meu celular para que me ligasse de volta.

— E, por favor, tenha cuidado — recomendei. — Eu queria que você...

Fechei os olhos com força. Desliguei. O que eu queria que ela fizesse, exatamente? Que amasse o homem que havia escrito uma mensagem de ódio para ela em seu sono?

A Sra. Lucille Drax estava na casa dos 70 anos, com olhos francos e uma fisionomia inteligente, uma imagem que discordava de maneira desconcertante da louca esbravejante que eu havia imaginado. Senti-me perturbado por sua presença em minha sala, e um pouco traidor por concordar em recebê-la ou mesmo por permitir que se sentasse. Mas ela tinha todo o direito de visitar o neto e falar com o médico dele. Tinha vindo de Paris com esse objetivo. Teria sido grosseiro — e antiprofissional — recusar o encontro.

— Soube do incidente com sua nora — falei, assim que apertamos as mãos. Expressei-me com delicadeza, mas com voz firme. — Devo dizer à senhora que esse tipo de comportamento é totalmente inaceitável numa enfermaria de comatosos. Em qualquer enfermaria, aliás.

— Eu sei. E peço desculpas — disse Lucille Drax. — Foi um encontro muito estressante, para dizer o mínimo. Natalie tentou me impedir de ver o meu neto, espero que o senhor possa compreender. Disse que não me queria perto dele depois que Pierre... desapareceu.

Eu não sabia ao certo o que dizer. Podia ver que a mulher devia estar sob enorme pressão.

— A senhora não o viu?

— É claro que não — retrucou ela. Pude perceber que estava à beira das lágrimas. — Ninguém o viu. E agora há essa nova evidência... Desculpe-me. — Ela parou abruptamente e cobriu a boca com as mãos. — Eu não deveria dizer. Provavelmente é uma pista falsa; é o que não paro de dizer a mim mesma. Tenho estado muito preocupada com Pierre. E agora estou ainda mais. Isso não é do feitio dele.

— Mas diante do que ele fez...

Nesse momento ela se levantou e falou com extrema dignidade e raiva. Sua voz era trêmula, mas forte e inteiramente convicta.

— Meu filho não tentou matar o meu neto, Dr. Dannachet. Ele é incapaz disso. Pierre amava Louis muito mais do que Natalie jamais o fez. O senhor simplesmente tem que acreditar em mim.

Em seguida, reprimiu as lágrimas. Estendi a mão por sobre a mesa e toquei seu braço. Senti imensa pena dela.

— Por favor, fique — disse, indicando-lhe que devia se sentar novamente. Eu não queria discutir com ela. Sentia-me exausto. — Vamos falar sobre Louis.

Preparei mais café — a essa altura eu estava tremendo de tanta cafeína — e falamos de amenidades para desanuviar a atmosfera antes que eu lhe informasse o prognóstico. Suas dúvidas eram inteligentes e pertinentes. Perguntei sobre as cartas. A ideia de que Louis poderia tê-las escrito era absurda, respondeu ela.

— Concordo — afirmei.

Sentia-me culpado. Teria que contar a ela. Mas como? Que palavras usaria? Ela pensaria que eu era louco. Assim, fiquei calado. Ela saberia muito em breve. A "nova evidência" só podia significar uma coisa: o grafologista havia me descoberto. Como Marcel Perez, ela confirmou que as cartas eram típicas de Louis. Aquilo era "estranho". Somente alguém que conhecesse Louis muito bem poderia imitá-lo daquela maneira. Ele escrevia para ela mais ou menos duas vezes por ano, contou. Um menino muito idiossincrático, um pouco excêntrico. Adorável, mas difícil.

— Eram cartas de agradecimento, mas muitas vezes ele escrevia sobre outras coisas, morcegos e outros bichos, ou o que ele achava da escola, ou do mundo. Um menino precoce; não era de admirar que não se adaptasse a lugar algum. Com frequência eu me perguntava como era seu verdadeiro pai.

Quase engasguei com meu café. Claramente ela não sabia a história toda, mas pensava que sim.

— Um rapaz simpático, muito inteligente, segundo a irmã de Natalie.

— Pensei que ela e a irmã não se dessem bem.

— De fato, mas eu estava curiosa para saber um pouco mais sobre a mulher com quem meu filho tinha se casado. Por isso procurei a irmã dela.

— Quando?

— Há quatro meses, quando Pierre estava morando comigo em Paris.

— E o que mais ela disse sobre esse homem?

— Francine? Pouca coisa. Apenas que ele era simpático e que não era justo o que havia acontecido. Concordo. Mas, de todo modo, se não fosse por ele, eu não teria um neto, não é? Portanto não posso exatamente me queixar.

— O que quer dizer com "não era justo o que havia acontecido"? É uma descrição um tanto eufemística, não acha?

Ela olhou para mim: um olhar longo, severo.

— Há diferentes versões dessa história, Dr. Dannachet. A versão que ouvi de Francine é discrepante da que Natalie contou ao meu filho. Totalmente. Ela me contou... e, francamente, nunca duvidei dela... que Natalie e Jean-Luc tiveram um relacionamento e que...

Houve uma forte batida à porta, que se abriu rapidamente. A detetive Charvillefort entrou, parecendo pálida e séria.

— Com licença. Preciso falar com a Sra. Drax imediatamente. Dr. Dannachet, o senhor se incomodaria se usássemos sua sala por um momento? Em particular?

A detetive apareceu na hora errada, e fiquei irritado. Sentia que Lucille Drax estava prestes a me dizer algo importante. Algo de que eu poderia não gostar, mas que eu precisava saber. Saí para a recepção de Noelle. Ela estava falante, claramente fascinada pelos acontecimentos recentes.

— O pobre menino — disse. — Toda essa confusão, isso não pode ser fácil para ele.

— Ele está em coma — lembrei.

— Mesmo assim.

Percebendo que não conseguiria obter nenhuma informação de mim, ela passou a me contar sobre sua família e seus pequenos triunfos. Seu neto mais novo tinha acabado de ganhar uma medalha na natação. Parabenizei-a. O neto mais velho era um dos melhores alunos da classe. O filho mais velho tinha acabado de ser promovido. Cumprimentei-a de novo. Ela achava que sua nora talvez estivesse pensando em engravidar novamente, agora que o futuro deles parecia mais seguro. Balbuciei algo que considerei adequado, mas não conseguia me concentrar em uma palavra que ela dizia. Nesse instante, um terrível gemido veio de minha sala, seguido por um silêncio mortal e depois outro gemido. Noelle e eu nos entreolhamos enquanto aguçávamos os ouvidos em busca de indícios. O único som perceptível era o murmúrio calmo da voz da detetive Charvillefort.

Depois a porta se abriu e a detetive saiu.

—Posso pegar alguns lenços de papel? — perguntou.

Noelle lhe entregou a caixa em silêncio.

— O que aconteceu? — indaguei. Mas ela apenas me lançou um olhar aflito e voltou a entrar.

Cinco minutos depois as duas mulheres saíram da sala. A Sra. Drax parecia andar com dificuldade. Seu rosto estava marcado por lágrimas, seus olhos, transtornados. Quando a detetive Charvillefort ofereceu-lhe a mão como apoio, ela a agarrou e apertou como se estivesse se afogando.

— Tenho que levar a Sra. Lucille Drax a Vichy — anunciou a detetive Charvillefort serenamente. — Georges Navarra entrará em contato com o senhor em breve, Dr. Dannachet. Creio que sabe do que se trata.

E as duas desapareceram.

O que aconteceu nas vinte e quatro horas seguintes permanece em minha memória como um borrão de imagens e conversas, como fragmentos de um sonho angustiante do qual ainda tenho que me recuperar. Quero dizer, realmente me recuperar, me curar, perdoar, compreender, seguir em frente. Uma estranha nódoa no tempo cuja cor em minha mente tem o tom de um sangrento céu vespertino, um pôr do sol doentio que põe fim a um dia de aflição.

Logo depois que a detetive Charvillefort e a Sra. Lucille Drax saíram, Georges Navarra chegou, parecendo constrangido. Tinha uma postura estranha, como se tentasse ser formal. O que logo percebi que ele, de fato, estava sendo. Quando Noelle o acompanhou até minha sala, ele tossiu — o tipo de tosse que damos mais para quebrar o silêncio do que para limpar a garganta —, mas não disse nada. Levantei-me para cumprimentá-lo e apertei sua mão. Por fim, ele falou. Eu deveria acompanhá-lo à delegacia em Layrac para ser interrogado. Noelle, que estava preenchendo alguns formulários em minha sala, deu um pequeno arquejo de surpresa. Ela pediu licença e saiu às pressas, deixando-me a sós com Navarra.

— Sinto muito — disse ele.

Eu sabia que seria apenas uma questão de tempo. Mas, como qualquer noção teórica que ganha contornos concretos de repente, a realidade me chocou. Eu não estava sendo acusado de nada, Navarra me tranquilizou. Mas havia uma "questão" que precisava ser elucidada. Com relação às cartas. O relatório do grafologista havia chegado; ele indicava que eu tinha escrito as duas cartas que pretendiam ser de Louis Drax: uma para Natalie Drax e outra para mim mesmo.

— Foi feito de maneira inocente — argumentei. — Quero dizer, quando fiz isso, eu não estava consciente. Compreende o que estou dizendo? Eu me encontrava num estado de inconsciência física.

Georges me olhou com perplexidade por um segundo, então seu rosto se vincou de preocupação.

— Creio que é melhor o senhor não dizer mais nada por enquanto, doutor — murmurou. — Vamos apenas levá-lo à delegacia.

Ao sair, pedi a Noelle que ligasse para Sophie em Montpellier e contasse que eu estava sendo interrogado. Depois pensei melhor e falei para não fazer isso. Mas reconsiderei minha decisão outra vez.

— Mas não a deixe preocupada, está bem?

Noelle teve um sobressalto e me lançou um olhar de desespero indignado. Eram coisas demais para ela enfrentar. Estendeu o braço para pegar seu hidratante.

Deixamos a clínica. Enquanto Navarra dirigia devagar pelo caminho de cascalho branco, vi o jardineiro, monsieur Girardeau, inspecionando as lavandas. Enquanto passávamos, ele colheu uma espiga e esmagou-a entre os dedos, pensativo, depois a levou ao nariz. Como o invejei naquele momento. Quando me avistou no carro, ele sorriu e acenou.

— Tenho que admitir que estou surpreso, Dr. Dannachet — comentou Navarra trocando de marcha. — Foi uma bela encenação a que o senhor fez quando me ligou para falar da primeira carta.

— Não foi uma encenação. Veja, talvez seja difícil de compreender, mas eu não estava consciente. Isto é, se fui eu. O que ainda tem que ser provado, não é? Tenho um histórico de sonambulismo. E por que eu escreveria uma carta ameaçadora para mim mesmo? É isso que não consigo entender.

— Sonambulismo, hein? — retrucou Navarra. E dirigiu por algum tempo em silêncio, refletindo.

— Mas e quanto a Pierre Drax? — perguntei-lhe por fim. — Com certeza continuam procurando por ele, não é?

— Não — respondeu ele. — Não há necessidade agora, há?

Ele virou à esquerda na estrada para Layrac, depois acelerou para ultrapassar um trator carregado de troncos.

— É claro que há! Ele ainda está solto, não está?

— Na verdade, não — disse ele, virando-se para me olhar enquanto dirigia. Um olhar atento, perscrutador. — Pierre Drax foi encontrado. Foi por isso que a detetive Charvillefort teve que buscar a mãe dele. Ela a levou a Vichy para identificá-lo.

— Ele foi encontrado? Mas isso certamente é uma boa notícia! Com certeza isso...

Ele me interrompeu.

— É de um corpo que estamos falando. O corpo de Pierre Drax.

Observei seu perfil nítido e inteligente enquanto prosseguíamos em silêncio. Parecia não haver mais nada a dizer. Pierre Drax estava morto. Portanto, não estava perseguindo ninguém. Não estava escrevendo carta alguma. Não estava...

Finalmente, perguntei:

— Suicídio?

— Não faço a menor ideia — respondeu ele. — E, por enquanto, ninguém faz.

A delegacia de Layrac era pequena e sossegada, com notícias sendo agitadas ao vento em um quadro de avisos e um ar de decadência controlada. Numa sala de interrogatórios, Navarra me informou, com uma voz rígida, profissional, que o grafologista da polícia tinha identificado que a carta havia sido escrita por uma pessoa destra com a mão esquerda.

— Infelizmente, as fitas do circuito interno de TV referentes àqueles dias desapareceram — acrescentou Navarra. Depois parou e suspirou, baixando a voz. — O senhor gostaria de falar com seu advogado, Dr. Dannachet, ou acha que será capaz de encontrá-las?

Percebi que ele queria me ajudar, mas eu não sabia como deixar que ele fizesse isso; o que era de praxe na minha situação? Eu deveria simplesmente falar a verdade? Dizer que, sim, eu tinha pegado as fitas, porque sabia que havia escrito as cartas? Mas que o fizera durante o sono, guiado por Louis? Perez me daria respaldo; ele tinha dito isso em Lyon naquela noite. Mas será que eu podia confiar que Perez reagiria da mesma maneira quando sóbrio? Será que ao menos se lembrava da minha visita? Será que não seria melhor simplesmente esperar, conversar com meu advogado? Paralisado por minha própria indecisão, eu não disse nada, até que Georges Navarra suspirou e pediu licença, dizendo que iria me deixar refletir. Em certa altura, ouvi um cachorro latindo. Olhei por uma janelinha e vi Natalie com Jojo; ela andava pelo corredor de braço dado com uma policial. Parecia estar com os olhos vermelhos e abatida, menor e mais frágil que nunca. Lembrei-me da magreza de seu corpo contra o meu — pele e osso — e senti um nó na garganta. Seguido pelo golpe súbito e quente das lágrimas. Quis chamá-la, mas sabia que não podia. Que iria dizer? Eles deviam ter lhe contado sobre a descoberta do corpo de seu marido, eu supunha. E deviam ter lhe contado que eu tinha escrito as cartas, talvez perguntado se ela queria prestar queixa. Ela iria pensar que eu era doente. A menos que, como Perez, Natalie acreditasse que era Louis se comunicando. Com certeza acreditaria. *Acho que meu filho é uma espécie de anjo.* Será que ela se dava conta de que eu a amava? Podia sentir isso?

Veja Louis como apenas mais um caso, Meunier havia me aconselhado.

Mas eu não tinha sido capaz disso. Em seguida, um pensamento me assaltou. Philippe devia ter visto algo de estranho em Louis para me aconselhar a ficar longe dele. Eu tinha desconfiado que ele havia se apaixonado por Natalie. Mas e se fosse outra coisa? Eu precisava falar com ele.

— Você precisa de uma licença — disse Guy Vaudin, surgindo na sala de interrogatórios e colocando a mão com firmeza em meu ombro. — Falei com Navarra. Sinto muito, Pascal. Sinceramente, eu não fazia ideia de que você estava sob tanta pressão. E com Sophie fora, em Montpellier...

Ele não precisou deixar claro o que tinha em mente: eu estava tendo um colapso.

— Não é o que você está pensando — protestei. Mas sabia que era inútil.

— Navarra me contou sua teoria. A história do sonambulismo. Mas sinto muito, não a engulo — disse Vaudin, com um suspiro profundo. — Admiro o seu trabalho, mas nisso você agiu mal. É extremamente antiprofissional. Olhe, estou muito ocupado neste momento. Não posso parar para conversar. Mas por que você não tira alguns dias de licença e escreve a coisa toda quando voltar? Veja a situação sob outra perspectiva.

Jacqueline foi minha próxima visita. Chegou com um saco de uvas roxas e colocou-as diante de mim. Tinha encontrado Vaudin na rua, e ele havia lhe contado sobre nossa conversa.

— Louis levou você a fazer isso — anunciou ela, escolhendo a melhor uva e entregando-a a mim com um cinzeiro de alumínio para as sementes. Observou-me comer como se supervisionasse a administração de um medicamento. Senti-me um inválido agradecido.

— Mas Guy... — comecei.

Ela deu uma risadinha.

— Você sabe como é Guy. Ele só quer uma vida tranquila.

— Conte para a Natalie — pedi. — Natalie vai acreditar. Faça isso, Jacqueline. Por favor.

Ela sorriu, mas pareceu em dúvida.

— É claro — disse rapidamente, arrancando outra uva do cacho para me entregar. Era escura como sangue. — Quanto mais pessoas pensarem a mesma coisa, melhor. Nesse meio-tempo, andei ocupada. Sophie me ligou de Montpellier. Ficou sabendo por Noelle. Estava muito aflita. Tive a impressão de que estava dividida entre continuar em Montpellier e voltar. O que eu devo dizer a ela, se voltarmos a nos falar?

Eu compreendia a vontade de Sophie de escapar da situação. Se ela voltasse naquele momento, para o que estaria voltando? Para o mesmo homem que havia deixado. Um homem irremediavelmente apaixonado por Natalie Drax, ainda que incomodado com isso. A verdade era que, apesar de mim mesmo, apesar de todos os instintos que me recomendavam ser razoável, eu havia sucumbido a algo que estava fora do meu controle. Eu não tinha mudado. E não queria mudar.

— Diga a ela que ficarei bem. Eu só queria que ela soubesse o que estava acontecendo, só isso. — Pensei em Natalie. Nas cartas. *Fique longe de homens. Coisas ruins vão acontecer. Insulina. Clorofórmio. Arsênico. Gás sarin. Sementes de lupino.*

Louis me fizera prescrever veneno para sua mãe. Uma criança perturbada com complexo de Édipo, diagnosticara Perez.

Louis Drax, em seu coma, queria a mãe morta.

Mas por quê? Que tipo de criança iria querer punir a mãe que o amava? Desejaria fazer mal a uma mulher tão devastada pelas circunstâncias que era de admirar que ainda estivesse de pé?

Depois que Jacqueline saiu, comi o restante das uvas e arranjei as sementes na mesa numa série de círculos concêntricos. Essa atividade me trouxe uma estranha calma e baniu todos os pensamentos da minha mente.

Gustave pega um grande galho de pinheiro com um monte de pinhas e acende a ponta com um fósforo até todas as agulhas crepitarem com o fogo, então segura ele no ar e sacode ele de tal maneira que as faíscas caem e nos fazem tossir.

Crianças precisam de um adulto em que possam confiar. É o que a mamãe diz. Mas quem? E como a gente sabe?

— Já viu uma tocha assim antes?

— Não. É legal.

Ele está segurando a minha mão, como papai fazia. Mas é mais lento que o papai, porque manca. Está todo quebrado e magro por ter passado fome o tempo todo — se você desse um empurrão nele, ele cairia — e não é nem um pouco mais forte que um menino de 9 anos. Se nós dois brigássemos, eu poderia vencer, poderia até matar ele por acidente. Esse é o tipo de coisa que pode acontecer, acredite. Uma pessoa fica furiosa e não sabe o que está fazendo e depois se arrepende, mas é tarde demais.

Está escuro, e dá pra ouvir uma coruja piar e sentir cheiro de queimado da floresta que está pegando fogo; dá também pra ver um pontinho vermelho brilhando se você olhar na direção do morro, bem no lugar onde a gente acendeu a fogueira, lá longe, mas talvez esteja chegando mais perto, porque o fogo se espalha como uma enchente, só que ele pode avançar montanha acima, e a água, não, a menos que seja uma onda gigantesca provocada por um maremoto chamada *tsunami*, que pode devastar uma região inteira, como várias ilhas do Caribe. E, enquanto caminho com Gustave, segurando sua mão tão magra que dá pra sentir os ossos, começo a entender uma coisa. Preciso contar pro Dr. Dannachet, porque, se você sente o perigo chegando, precisa contar pra um adulto, um adulto em que possa confiar. Mas ele sumiu e não ouço mais sua voz. Ele ficava bem ali, numa sala bem ao lado, ou debaixo d'água, com as poliquetas monstruosas. Mas desapareceu como uma estrela. Papai uma vez me contou sobre as estrelas. Há estrelas cadentes, e você pode ver elas, mas elas não estão ali; o que você está vendo é só a luz que ficou pra trás depois que elas desapareceram. Mas às vezes você vê uma estrela realmente desaparecer. Você pode olhar e olhar bem pra ela, e de repente você pisca ou olha pro outro lado só por um segundo, e ela sumiu. Eu devo ter piscado ou olhado pro outro lado, porque foi assim que o Dr. Dannachet desapareceu, e os outros também, a mamãe e as enfermeiras. O que aconteceu com l'Hôpital des Incurables? Talvez, se eu quisesse voltar e contar pro Dr. Dannachet o que preciso contar, eu não conseguisse. Posso sentir o perigo chegando mais perto, e estou assustado.

— Estamos quase chegando — diz Gustave. — Basta vir comigo, Jovem Senhor.

Mas em seguida ele tropeça numa raiz e cai, e é nessa hora que vejo como é magrinho, dá pra ver suas costelas, e ele fica ali deitado, tossindo e expelindo mais algas e vômito, e fico ainda mais apavorado porque talvez ele esteja morrendo mais depressa do que eu pensava, talvez eu esteja matando ele, talvez esse seja o perigo. Tento levantar ele, mas não consigo porque é pesado demais, então sento ao seu lado até que ele recupere o fôlego e a gente possa voltar a andar. Mas dessa vez vamos muito mais devagar; ele gastou toda sua energia, que nem pilha palito.

Depois talvez a gente tenha dormido, porque, quando acordamos, estávamos em um lugar novo. É frio e a luz está voltando, e estamos numa encosta olhando para um grande buraco escuro e assustador, de onde sai um ar frio, que nem uma boca gélida expirando.

— É ali embaixo — indica ele. — Vamos precisar escalar. Aposto que você gosta de escalar, Jovem Senhor.

Mas estou apavorado. Parece íngreme demais pra qualquer pessoa descer, ainda mais se ela estiver toda quebrada e enfaixada e sua energia tiver acabado. E eu não quero seguir ele porque, se a gente entrar, como é que vai sair depois? Não vai. Isso não cheira bem, e eu preciso falar com o Dr. Dannachet ou talvez até com Perez Balofo sobre a sensação de perigo que está me esmagando como uma cobra enorme que pode quebrar meus ossos. Mas não há ninguém aqui, só eu e Gustave com suas ataduras ensanguentadas, e se você fizer uma escolha a escolha é sua e de mais ninguém.

— Detesto escalar. Escalar é chato.

— Confie em mim, Jovem Senhor. Vou ajudá-lo. Vou acender uma de suas tochas, veja.

E pega os fósforos e acende as agulhas na ponta de seu galho, *uuuush*, e elas estalam e soltam faíscas e chiam como fogos de artifício, e as ataduras dele parecem de um branco brilhante, mas o sangue nelas é escuro como terra, como terra ressecada, e de repente quero ver o seu rosto mesmo que ele não tenha nenhum.

— Por aqui — diz. — Eu vou primeiro. Depois você. Basta me seguir, Jovem Senhor. Vamos devagar, um pouquinho de cada vez. É melhor descer de costas. Procurar apoio para os pés.

Ele tosse um pouco mais e, quando termina, se arrasta até a beirada e começa a descer de costas, segurando o galho-tocha acima da cabeça, todo flamejante e crepitando e cuspindo espinhos em brasa, e, quando me chama, eu sigo ele, apesar de estar apavorado, porque não sei o que mais posso fazer; vou descendo de costas como ele, agarrando-me às rochas e enfiando os dedos nas fendas — está frio, está congelante — pra me segurar. É um longo caminho e continuo apavorado e o ar frio bate no meu peito e meus pés estão congelando. Estou todo congelado e tremendo — por causa do frio, mas também por estar com medo —, e a fumaça da tocha sobe e me sufoca e me faz tossir, e isso continua sem parar, descendo, descendo e descendo na quase escuridão com Gustave, e tudo que dá pra ver dele é o fogo do galho-tocha; estou descendo em direção ao perigo, posso sentir.

— Não falta muito agora! — grita ele. Pela voz, parece estar muito abaixo de mim. — Estou no fundo. É plano aqui. Vou acender outra tocha, Jovem Senhor, e você poderá enxergar melhor o seu caminho. Pronto. Só mais uns metros e chegará.

Depois sinto suas mãos ossudas envolvendo minha barriga, e ele me suspende para eu descer aquele último pedaço, mas depois cai debaixo de mim porque não é forte o suficiente, e em seguida estou de pé no chão e estamos numa caverna, e o galho em chamas mostra paredes em toda parte; pedra branca feito osso, como se estivéssemos dentro de um crânio horripilante.

— É este o lugar?

— É — confirma ele. — Dá para ouvir barulho de água. Escute.

Então a gente escuta água correndo, e o som parece alguma coisa que já ouvi uma vez, muito tempo atrás; papai tomando um banho de chuveiro, talvez.

— Você tem que confiar em mim, Jovem Senhor — sussurra ele. — Você tem que acreditar que eu te amo e nunca te faria mal.

Em seguida, aponta para a pedra.

— Foi onde eu escrevi o nome dela com sangue. E o nome do meu filho também. Está vendo?

Eu vejo. No começo não dá pra enxergar, está escuro demais. Depois dá pra ler. São letras enormes, todas tortas e deformadas, as maiores letras que eu já vi, e dá pra ver que o sangue escureceu sobre a pedra branca assim como nas bandagens que ele está começando a desenrolar, girando e girando e girando como espaguete à bolonhesa.

CATHERINE
LOUIS

Eu olho pra esses nomes por muito tempo, piscando e piscando, em seguida me viro e lá está ele. Tirou as ataduras, e lá está o seu rosto.

G eorges Navarra voltou depois de uma hora, parecendo um pouco mais feliz que antes. Havia um brilho em seus olhos.

— O que aconteceu?

— Nada certo ainda — respondeu ele. — Mas conversei com o Dr. Vaudin e a Sra. Drax. Ela está ocupada demais com outras coisas para prestar queixa. Talvez mude de ideia, mas está num péssimo estado, como pode imaginar. Portanto, parece que você está livre, se puder devolver à clínica os objetos que pegou emprestado. Nesse ínterim...

De repente, suas mãos ficaram ocupadas, examinando um maço de papéis dentro de uma pasta aberta. Entre eles, uma página de *Le Monde*.

— Eu realmente não deveria falar nada, Pascal, mas acho que posso deixá-lo ler isso, pois é de domínio público.

Ele me entregou o papel, apontou para uma manchete e saiu, fechando a porta silenciosamente.

CORPO MISTERIOSO ENCONTRADO EM CAVERNA. Engoli em seco. Senti a boca e a garganta secas enquanto lia. Em Auvergne, perto de Ponteyrol, uma equipe de espeleólogos havia feito uma descoberta macabra: os restos mortais de um homem numa saliência de rocha dentro de uma caverna.

Parecia que o penhasco do qual o homem provavelmente tinha caído era pontilhado de cavernas, algumas três metros acima do nível da água; toda a encosta da montanha naquela região de Ponteyrol parecia um queijo suíço. Quando o nível da água estava alto, como acontecia sempre que havia uma tempestade violenta, o volume do rio subia, inundando todas as cavernas. Os espeleólogos haviam suposto a princípio que o corpo pertencia a outro explorador de cavernas. Mas ele não tinha nenhum equipamento e não estava vestido para isso. Parecia que o cadáver havia sido tragado para dentro de uma das cavernas pela força da água.

Era um local sombrio, pouco mapeado e de acesso quase impossível. Se os espeleólogos não estivessem explorando de forma detalhada o rio e suas cavernas, o corpo poderia nunca ter sido descoberto. Era um buraco de rocha grande e irregular com uma pequena fenda, muito acima, através da qual uma faixa ocasional de luz conseguia penetrar. Era habitado por uma enorme colônia de morcegos pipistrelos. Foi muito difícil tirar o corpo da caverna. Ele se encontrava em adiantado estado de decomposição, e o acesso era difícil. No fim das contas, tiveram de cavar de cima para baixo, uma equipe desceu até a caverna através de uma fenda estreita. O que quer que tivesse acontecido, parecia que o homem não morrera na queda. Evidências indicavam que ainda estava vivo quando chegou à caverna.

A polícia fez a ligação entre o corpo e Pierre Drax de imediato; assim que o DNA foi confirmado, ela entrou em contato com a mãe de Pierre Drax e lhe informou a descoberta.

Li o artigo três vezes antes de Georges Navarra voltar.

— Mas, se ele estava vivo quando chegou a essa caverna, como foi que morreu? Que "evidências" são essas? — perguntei depois de acabar a leitura.

— É isso que eles não sabem ao certo — respondeu Navarra. — Mas parece possível... bem provável, que ele...

Georges parou e fitou o vinhedo pela janela. As longas fileiras paralelas de videiras estendiam-se por uma longa distância na encosta do morro, iluminadas por um sol abrasador.

— Ele morreu de fome — disse baixinho. — Pierre Drax morreu de fome numa caverna.

Antes da hora do almoço, eu estava livre para deixar a delegacia. Não havia nenhuma ameaça grave nas cartas, segundo o Dr. Guilhen, meu advogado, com quem conversei por telefone. Nada realmente ilegal havia sido feito; eu tinha pegado emprestado algo de propriedade da clínica e estava prestes a devolvê-lo. Era improvável que Natalie Drax apresentasse queixa, e, com a descoberta do corpo do marido, ela tinha o bastante com que se preocupar. O caso nunca chegaria a um tribunal. Quanto à minha história de sonambulismo, era melhor eu me manter calado, ou passaria por louco. O advogado concluiu com o que chamou de "uma observação pessoal", dizendo que achava que eu precisava de um descanso da clínica e que estava satisfeito por saber que o Dr. Vaudin havia recomendado o mesmo. Engraçado, eu nunca lhe parecera um tipo excêntrico, acrescentou.

— Não sou — respondi. — Trato pacientes em coma. Tenho quatro bonsais. Pago meus impostos.

— Não sabia sobre os bonsais — disse ele. — Devo reconsiderar meu veredicto? Olha, tire umas férias. Club Med ou coisa que o valha. Ouvi falar que a Turquia é linda. Leve Sophie.

Assim que meus pertences me foram devolvidos, verifiquei meu celular. Havia duas mensagens. A primeira era de Sophie. Seu tom era formal. Ela não entendia o que estava acontecendo, mas tinha o direito de saber por que a polícia estava envolvida. Eu deveria telefonar para o apartamento das meninas e contar a ela o que precisava saber. A segunda era de Natalie. Mal reconheci sua voz. Ela falava em meio a lágrimas raivosas. Eu era doente. Que diabos eu pensava que estava fazendo. Ela tinha confiado em mim. Ela tinha ligado para mim ao receber a carta. E, o tempo todo, era eu que a havia escrito. Eu era ainda mais doente que Pierre.

Liguei para ela na mesma hora, mas ninguém atendeu, por isso deixei uma mensagem longa, divagante, absurda, na qual explicava sobre o sonambulismo e Perez, e como lamentava por ela, e como desejava poder ajudar, desejava poder fazê-la compreender que não era doença, era Louis, Louis que estava tentando se comunicar com ela, com nós dois... e como sentia sua falta. Sentia sua falta, sentia sua falta. Não sabia o que estava acontecendo comigo, tinha tentado não pensar nela, mas... Acabei desligando, horrorizado com minha própria incapacidade de me expressar e a inutilidade daquilo tudo. O que, em nome de Deus, eu achava que estava fazendo?

Voltei à clínica e devolvi as fitas à gaveta discretamente. A enfermaria estava quase vazia, e a única enfermeira, Marianne, me informou que uma reunião de emergência estava em curso no salão de conferências. Quando Vaudin me viu entrar, franziu o cenho; claramente não esperava me ver ali. Estava explicando como o Corpo de Bombeiros havia recomendado que o prédio fosse evacuado já no dia seguinte se o vento continuasse naquela direção. Todos resmungaram. Era uma medida de precaução, disse ele. Mas, com a previsão do tempo e os ventos fortes...

Vaudin me puxou num canto ao final e me disse que, qualquer que fosse o resultado da investigação policial, ele insistia para que eu tirasse uma licença. Eu estava claramente passando por uma crise pessoal, e não era bom, para mim, estar perto de ninguém naquele momento. Eu devia descobrir o que fazer com relação aos meus problemas. Ele conhecia um bom psiquiatra em Cannes. Anotou um nome e um telefone e me empurrou o papel.

— Faça isso, Pascal — disse ele. — Quero mantê-lo aqui, acredite, mas você está tornando isso difícil. Descanse e volte.

— Mas a evacuação...

— Podemos cuidar disso.

Ao sair, dei uma olhada em Louis. Ele não se mexia, afora o leve subir e descer do peito. Em seu rosto — céreo à luz do sol —, nada. Menos que nada: o vazio da total e absoluta ausência. Era possível ver por que ninguém conseguia acreditar no que havia acontecido. Exceto eu, Jacqueline e Perez, e talvez sua mãe. Apesar da mensagem raivosa dela, eu ainda tinha esperança. Ela conhecia o filho como ninguém. Sabia do que ele era capaz. *Talvez Louis realmente tenha morrido*, dissera. *Talvez ele seja uma espécie de anjo. Isso é possível?*

Com certeza ela sabia, lá no fundo, o que ele estava aprontando, não é?

Onde estaria ela agora? Sendo interrogada, presumi, e obrigada a reviver o pesadelo na montanha, reconfigurá-lo para dar lugar à morte do marido. Ele devia ter se matado; disso eu tinha certeza. Como poderia viver com o que tinha feito? Imaginei a detetive Charvillefort submetendo Natalie a um interrogatório rigoroso. As mesmas perguntas sendo repetidas muitas e muitas vezes. Natalie ora chorosa, ora desafiadora. E sozinha. Eu não teria permissão para chegar perto dela, eu sabia. Não queria deixar mais uma mensagem. Uma carta poderia ser uma ideia melhor. Mas, nesse meio-tempo, havia algo que eu precisava fazer enquanto estava livre.

Dirigi até Nice e peguei um avião para Clermont-Ferrand, onde aluguei um carro e comecei minha familiar viagem para essa antiga beldade decadente, Vichy — A Meca da França para os moribundos, os convalescentes e os hipocondríacos. Lavinia havia passado três meses ali depois de deixar a Clinique de l'Horizon, convalescendo em meio à população flutuante, os doentes mimados. Eu a visitava regularmente, e cheguei a conhecer bem a cidade.

Sabia onde encontrar a detetive Charvillefort; ela ainda devia estar no necrotério do hospital central, e presumi que Lucille Drax estava lá com ela. Uma hora mais tarde, eu perambulava pela cidade. Era mais fresca que a Provença, mas as paredes e as vidraças refletiam um sol luminoso. Vichy é de uma beleza triste. Sempre gostei de sua brancura elegante, do tênue e reluzente modernismo, do leve cheiro de água medicinal e de *ancien régime* que perfumava as ruas. Liguei para o consultório de Meunier do meu celular. Ele deu um longo suspiro quando ouviu minha voz.

— Pensei que poderia ter notícias suas.

— Quero encontrá-lo. Ou melhor, preciso encontrá-lo.

— Não aqui.

— Por que não?

— Simplesmente não é uma boa ideia — disse sem mais explicações. — Ouça, vou me encontrar com você no Hall des Sources... beba as águas medicinais e leia um jornal enquanto tento arranjar um tempo. Me dê dez minutos para eu resolver uma coisa, certo?

Entrei na estufa com fedor de enxofre, paguei e me sentei entre os coxos e estropiados que bebericavam a água rançosa e morna em copos de plástico ou em suas próprias xicarazinhas de louça. Alguns estavam enchendo garrafas térmicas. O ar fumegante parecia rodopiar uma profusão de infecções reais e imaginárias.

Não sei ao certo quando Philippe chegou, porque a princípio não o reconheci. Eu havia tomado o homem trôpego, de andar arrastado, que olhava vagamente ao redor, como se à procura de um assento, por mais um inválido, alguém que tinha deixado a cadeira de rodas havia pouco tempo e estava ansioso para se ver nela outra vez. Pareceu menor e mais grisalho do que eu me lembrava, como uma velha fotografia desbotada dele mesmo.

— Pascal — disse, dando-me um fraco aperto de mão. Até sua voz parecia apagada. Perdida.

— Philippe.

Sentamo-nos a uma mesinha. Pardais saltitavam à nossa volta. O vapor fedorento subia das torneiras, saturando o ar.

— Eu estava esperando por você — disse ele. — Pensei que viesse antes.

Macilento. Abatido. Tinha envelhecido dez anos em seis meses.

— Você tem de me contar o que aconteceu com Natalie Drax — falei.

Ele fechou os olhos e respirou fundo. Observei-o com atenção, alerta às mudanças de fisionomia que traem a todos. Ele me contou como, durante sua permanência em Vichy, Louis vinha dando sinais de recuperação. Isso havia agitado Natalie: ela passou a ficar muito preocupada com qual seria o estado mental do filho se saísse do coma, e com o que ele iria se lembrar.

— Constatei isso também — concordei. — Não é de surpreender.

— Ela também afirmava estar convencida de que Pierre Drax a seguia. Disse que pensou tê-lo visto em várias ocasiões... O problema é que ninguém mais o via. — Ele fez uma pausa, como se à espera de que eu refletisse, mas eu estava impaciente e fiz sinal para que continuasse. — Um dia, o estado de Louis piorou de repente.

Ninguém esteve com ele naquela manhã, exceto sua mãe. Mais uma vez, ela insistiu em dizer que tinha visto Pierre de relance... e, novamente, ninguém mais o havia visto, e as câmeras de segurança não mostravam nenhum sinal de que ele tivesse entrado na clínica. Entende o que estou dizendo, Pascal? Sobre dilemas?

Demorei um pouco para entender o que ele queria dizer.

— Está dizendo que ela realmente... tentou fazer mal ao filho? E culpar Drax?

— Não sei. — Ele suspirou, tirando os óculos e limpando-os com a camisa. — Mas quando li ontem no jornal local que haviam encontrado o corpo dele, não pude deixar de me perguntar. Ela tem muito conhecimento de medicina, mais do que você supõe. Sabe com que facilidade isso poderia ser levado a cabo. Um bloqueio do oxigênio... ninguém jamais saberia. Nada poderia jamais ser provado.

— Então você a questionou?

— Sim. E foi aí que o tiro saiu pela culatra. Ela negou e me acusou de ser incompetente. Na época não havia nenhuma prova de que Pierre Drax estava morto... pensávamos que estivesse foragido. Portanto, era apenas uma suspeita de minha parte, nada que eu pudesse comprovar. Ela sabia disso. E me acusou de a estar caluniando. Ficou realmente histérica. Disse que eu estava tentando incriminá-la. Tudo que você puder imaginar.

— Você contou à detetive Charvillefort?

Ele me encarou brevemente, em seguida desviou os olhos. Uma mortalha putrefata de silêncio recaiu entre nós enquanto contemplávamos as implicações de seu fracasso.

— Você ficou com medo — falei sem rodeios. Podia imaginar tudo tão facilmente.

— É claro que fiquei — retrucou ele. — Do ponto de vista médico, o que aconteceu não deveria ter acontecido. Era muito fácil apresentar o fato como mais um erro de minha parte. Era fácil qualificar como negligência. Ela sabia e tirou partido disso. Eu já havia declarado Louis morto uma vez, lembre-se. Veja que impressão isso dava. Nada boa. Pascal, ouça. Ouça com atenção. É a minha carreira. Você teria feito a mesma coisa.

Ele me encarou nos olhos nesse momento, esperando encontrar neles uma confirmação para o que estava dizendo. Mas não. Eu não teria feito a mesma coisa. Nunca. Balancei a cabeça. Houve outro silêncio. Mais curto, porém mais tenso.

— Então você fez Louis ser transferido para minha clínica para se livrar dela?

Não pude esconder meu ressentimento. Minha raiva. Ele ruborizou, e por um momento me preocupei com seu coração. Se tivesse uma parada cardíaca ali mesmo, eu iria ajudá-lo ou o veria se contorcer?

— Você sabe que não foi tão simples assim — disse ele, súplice.
— Ele estava entrando em EVP. É a política do hospital. Ela queria que ele fosse transferido também. Fizemos um pacto. Se eu ficasse em silêncio, ela não me acusaria de negligência. Iríamos ambos nos livrar um do outro.

Eu o veria se contorcer.

— Obrigado. Obrigado, Philippe. *Obrigado!* — Vários inválidos começavam a observar com interesse nossa animada conversa. Instintivamente, Philippe e eu nos inclinamos sobre a mesa para ficar mais próximos.

— Ouça, Pascal, você tem que entender. Eu estava numa situação terrível. Não podia provar nada. Não tinha como fazer frente a Natalie. Sua dor, sua raiva, sua estranheza... nada disso. A coisa toda me deixou realmente mal. Quase precisei me aposentar antes da hora. Lamento, Pascal. Eu me comportei mal. Deveria ter avisado a você... mas eu estava lutando. Pensei que estava enlouquecendo. Alguma vez você já achou que estava enlouquecendo?

Levantei-me bruscamente, derrubando minha cadeira, que caiu com um pesado som metálico. Levantei-a e apoiei-me pesadamente sobre ela por um instante. As pessoas agora nos encaravam abertamente.

— Preciso ir — falei abruptamente.

O fato foi que senti que estava enlouquecendo naquele exato momento. Precisava ir embora dali e tentar compreender o que tinha ouvido. O mundo estava mudando à minha volta, mas eu não deixaria isso acontecer. Eu tinha de me agarrar à vida que conhecia. À Natalie que eu conhecia. Meu amor a compreendia e conhecia. Meu amor conhecia a verdade nela. Philippe não tinha isso, e não tinha como conhecê-la como eu a conhecia. Era simples assim. Deixei-o sentado à mesa em meio ao vapor e aos inválidos. Minha mente agitava-se dolorosamente enquanto eu andava em direção ao necrotério. Meunier havia suspeitado de Natalie. Absurdo. E — igualmente absurdo — não tinha dito nada. E quanto a Perez? *Assumo a culpa pelo acidente de Louis*, dissera ele. Muito claramente. *Devia ter percebido que isso iria acontecer, mas não percebi.*

Havia uma única pessoa nesta Terra capaz de conter minha ansiedade. Ela detinha a resposta.

Liguei para seu celular, e ela atendeu de imediato.

— Diga que nunca tentou fazer mal ao Louis — pedi.

— Pascal, que diabos...?

— Apenas diga. Apenas diga que nunca tentou fazer mal ao Louis. — Houve um longo silêncio. Quando ela finalmente falou, sua voz estava meiga.

— Sinto muito pela mensagem que deixei antes, Pascal. Estava tão confusa. Você pode explicar por que escreveu aquelas cartas, sei que pode. Soube que Pierre está morto?

— Diga que nunca tentou fazer mal ao Louis — repeti. Eu podia ouvir a aspereza em minha voz, a crueldade de minha exigência. Houve mais uma pausa. Mais longa dessa vez. Tentei imaginar o rosto dela, mas não consegui. Nada era coerente. — Apenas diga! — explodi.

— Ah, Pascal. Eu nunca tentei fazer mal ao Louis — disse ela baixinho. E lá estava, em sua voz, inconfundível: um tom de perdão; perdão pela trapalhada que eu havia aprontado comigo mesmo, com ela, com o "nós" pelo qual eu tanto tinha esperado e que havia traído. Consolo. Um sentimento amoroso, até. Sim, pude sentir isso. Agradecido, meu coração se esgueirou de volta ao seu lugar. — Como eu poderia, Pascal? Amo Louis mais do que qualquer coisa no mundo! Vamos, Pascal. Como pôde duvidar disso?

— Porque sou um idiota — respondi, sorrindo estupidamente de alívio. E desliguei.

Digitei o número de Perez, em seguida mudei de ideia e liguei para Charvillefort. Notei que meus dedos tremiam. Ela disse que continuava no necrotério com Lucille Drax. Eu falei que estava a caminho. Depois, quase com relutância, relatei o que Philippe Meunier tinha me contado. Senti que tinha o dever de fazê-lo, mas ao mesmo tempo me contorcia de angústia. Como ela interpretaria? Percebi que Charvillefort escutava atentamente.

— Vou falar com ele agora — disse ela. — Precisarei de uma declaração dele. Nunca me disse que suspeitava de que Natalie fizesse mal a Louis, mas eu tinha minhas dúvidas.

Fiquei sem fala.

— A senhora não pode realmente acreditar nisso... Eu não pretendia que pensasse...

— Não. Não é uma evidência. É uma possibilidade. Uma teoria. Uma hipótese entre muitas. Não pense que não a interroguei exaustivamente. Mas ela sempre se ateve à mesma história. Nada pôde ser provado, e ainda não pode. Ouça, Dr. Dannachet, agora que a morte de Pierre Drax foi confirmada, preciso conversar com o Dr. Meunier e interrogar de novo Marcel Perez em Lyon. Imediatamente. O senhor poderia levar Lucille Drax de volta à Provença para mim?

Discutimos brevemente os arranjos: claro que eu acompanharia Lucille de volta à Provença se fosse possível conseguir uma reserva para ela no voo para Nice que eu tomaria no fim da tarde.

— Ótimo! — exclamou Charvillefort, aliviada. — Ela está muito consternada, e acho que é melhor que esteja com algum conhecido. De todo modo, não vão liberar o corpo antes de uma necropsia completa.

Cinco minutos depois, eu estava no necrotério, um prédio baixo de concreto anexo ao hospital. Encontrei Lucille Drax e a detetive Charvillefort esperando no saguão. A detetive parecia atormentada; pediu licença para dar alguns telefonemas, e fui deixado com a Sra. Drax. Sentei-me ao lado dela e ficamos olhando para o horizonte por algum tempo, observando as idas e vindas no saguão. Quando eu lhe ofereci minhas condolências, ela pareceu ouvir as palavras, mas sem registrá-las de fato. Reconheci o olhar atordoado; vira-o antes nos rostos de pais que perderam um filho. O mundo deles tinha desabado, deixando-os desorientados. Ela começou a procurar alguma coisa na bolsa, parecia escavá-la com movimentos furiosos.

— Não terminamos nossa conversa — disse ela, ainda escavando.

— Lamento que ela tenha sido interrompida por uma notícia tão terrível.

— Meu filho era um homem maravilhoso — respondeu, encontrando o que procurava. — Um pai maravilhoso.

— Tenho certeza de que era — concordei. Ela puxou uma fotografia da bolsa e mostrou-a para mim. Era Pierre Drax sendo um pai maravilhoso. A prova. Pai e filho sorrindo juntos para a câmera. Louis segurava um aeromodelo bem acima da cabeça. Eles pareciam um bom pai e um bom filho. Orgulhosos de estarem juntos, orgulhosos de seu avião.

— O que aconteceu com o avião?

— Espatifou-se — respondeu ela com uma risadinha. — Todos acabavam se espatifando. — E desviou os olhos.

— Vou levá-la de volta para a Provença, Lucille — disse com brandura. — Louis precisa de você.

Acompanhei-a até o carro. Seu andar era rígido, como se tivesse mil anos. Viajamos em silêncio até sairmos da cidade e chegarmos à grande curva da *route nationale*. Meus pensamentos se agitaram quando me lembrei das dúvidas que Philippe havia plantado em minha cabeça. Fiz bem em ligar na mesma hora para Natalie, em obter sua garantia. Mas, por alguma razão, as dúvidas continuavam me consumindo. Por um momento horrível, vertiginoso, eu me permiti imaginar que Natalie tinha realmente feito mal ao filho. O medo me invadiu. Um medo egoísta, sobre que tipo de criatura poderia fazer uma coisa dessas e como eu podia amá-la — e continuar amando. Em seguida, um medo mais agudo: será que Louis estava em segurança?

— Suponho que você não saiba como Pierre e Natalie se conheceram, não é? — perguntou Lucille de súbito. Foi uma interrupção bem-vinda.

— Não — respondi.

— Era algo que eu pretendia contar a você. Isso mostra... bem, mostra que tipo de homem meu filho era.

— Continue — disse suavemente. O fato de estarmos sentados um ao lado do outro, livres da necessidade de nos olharmos, ajudava. A paisagem tremeluzia diante de nós, o sol projetando miragens na estrada à nossa frente.

— Foi por meio de uma agência de adoção. Natalie havia oferecido Louis para adoção, e Pierre e sua mulher, Catherine, tinham sido selecionados como pais adotivos. Eles não podiam ter filhos, sabe? Vinham tentando havia muito tempo.

— E depois?

— Natalie queria conhecer as pessoas com quem seu filho iria viver. Mas logo após o primeiro encontro, ela recuou. Mudou de ideia antes que qualquer papel tivesse sido assinado. Pierre e Catherine ficaram desesperados. Mais tarde, receberam um telefonema dela. Natalie queria que Pierre fosse vê-la. Sozinho. Foi o que ele fez. Pensou que poderia persuadi-la a deixar que ele e Catherine ficassem com o menino, afinal. Mas... bem, outra coisa aconteceu. Eles começaram a se encontrar. A princípio tratava-se de Louis.

— E depois não mais?

— Catherine desconfiou de alguma coisa quase imediatamente. Meu filho não se comportou de maneira muito honrada, lamento dizer. Há alguma coisa em Natalie que mexe com os homens. Certos homens. Ela desperta o espírito salvador neles.

A observação me lembrou algo que Sophie tinha dito. Senti que o sangue me subia ao rosto e me virei ligeiramente para o outro lado, para me concentrar no retrovisor lateral.

— Natalie ligou para ele uma noite do hospital; Louis estava tendo um problema respiratório. Pierre foi para lá e passou a noite toda na sala de espera com ela. Esse era o tipo de homem que ele era. Mas isso foi a ruína dele.

Eu podia sentir Lucille Drax me encarando fixamente com seus olhos claros enquanto falava e sabia que ela não estava mentindo. Percebia como aquilo podia ter acontecido. Era capaz de imaginar a situação. Podia me imaginar fazendo a mesma coisa no lugar de Pierre Drax. Apaixonando-me, graças a uma mistura de piedade e admiração, por uma mãe solteira que lutava para criar o filho gerado por um estupro.

— Então Pierre deixou sua primeira mulher por Natalie? — perguntei. Alguma coisa pareceu se romper dentro de mim. Senti-me desconfortável, embora não houvesse razão para isso. Por que um homem não deveria deixar sua esposa por uma mulher que amava e ser um pai para o filho dela?

— Acabou deixando. No fim, Catherine disse que ele tinha de escolher, e ele escolheu Natalie porque ela precisava mais dele. Meu filho era um bom homem. Mas essa acabou sendo a pior escolha que ele fez na vida, e ele sabia disso. Veja ao que ela levou. Continuo em contato com Catherine. Liguei há pouco e contei tudo a ela. Ficou devastada. Mora em Reims. Casou-se de novo e eles adotaram duas mininhas da China, mas depois conseguiram ter um filho de forma inesperada. Isso realmente perturbou Pierre: descobrir que ela não era estéril afinal de contas. Provocou alguma coisa nele. Desencadeou todos os remorsos, talvez. Acho que ele não podia deixar de pensar que tolo havia sido, e que se ao menos tivesse ficado com ela... Foi então que começou a se perguntar se Natalie poderia estar fazendo mal ao Louis.

— O quê? — perguntei bruscamente. Meu coração disparou.

— Fazendo mal ao Louis — repetiu ela claramente. Eu podia sentir seus olhos em mim. Quanto ela sabia? Poderia ter adivinhado meus sentimentos com relação a Natalie? Será que certas mulheres mais velhas eram dotadas de olhos de raios-X, capazes de localizar e identificar amor ilícito? Foi minha impressão. Ela continuou devagar, ainda me observando. — Então ele insistiu para que Louis consultasse um psicólogo. Marcel Perez. Natalie não ficou entusiasmada, mas concordou. Dispensou-o após alguns meses. Não sei até que ponto as sessões chegaram.

Ela mantinha a voz equilibrada, mas notei o esforço enorme que isso demandava.

— E o estupro? — De repente, eu precisava saber. Pude sentir o nó na garganta.

Lucille me olhou com firmeza. Avistei a placa para Clermont-Ferrand e pisei no acelerador. Ainda assim, ela não disse nada. Senti que me observava. Será que ela percebia o turbilhão em que eu me encontrava?

— Mas por quê? — perguntei finalmente. — Por que diabos alguém fingiria que foi estuprada quando...

— Piedade — interrompeu-me Lucille Drax bruscamente. — Natalie sabia tudo sobre piedade e como explorá-la.

Havia alguma lógica naquilo, do tipo que nos leva a lugares que não queremos acreditar que existam.

Detestei a ideia. A dúvida estava espalhando-se dentro de mim como um fungo. Eu não conseguia detê-la.

— Quando Pierre estava morando comigo em Paris, fez-me confidências — continuou ela. — Foi um casamento tão infeliz... quase desde o princípio. Eu sempre soube que havia algo de errado com Natalie, de modo que fui procurar a irmã dela. Descobri que a razão do desentendimento entre ela e Natalie foi que Francine sabia que a irmã tinha tentado forçar Jean-Luc a se casar com ela, e que ele a havia desmascarado. E que ela afirmava que tinha sido estuprada. Francine disse à irmã que sabia tudo, e esse foi o fim da relação.

— Você contou isso a Pierre?

— Achei que ele devia saber.

— Quando?

— Apenas uma semana antes do piquenique.

— Então, quando eles saíram para o piquenique, ele tinha acabado de descobrir que ela havia mentido sobre ter sido estuprada?

— Sim.

— Você acha que isso veio à tona na briga que tiveram?

— Não tenho como saber — respondeu Lucille. — Ninguém tem.

Prosseguimos em silêncio enquanto eu absorvia aquela conversa. Senti uma vontade absurda de chorar, ou gritar, ou ambos.

— Quero saber o que aconteceu com o meu filho — disse Lucille por fim. — Ele não se matou. E nunca teria feito mal ao Louis.

— Mas o que você está querendo dizer? — Mantive os olhos na estrada, que parecia se abaular diante de mim. Minha perspectiva parecia estranha, distorcida. Talvez, ocorreu-me de repente, eu estivesse na estrada errada. Dirigindo na direção errada. Indo para lugar nenhum.

— Acho que ela o matou — confessou Lucille em voz baixa. — É isso que acho.

— Ela contou que eles tiveram uma briga por causa de balas — soltei bruscamente. — Pierre não queria que Louis chupasse balas.

Por que essas balas de repente me incomodavam tanto? Por que nada fazia sentido?

— E Louis? — perguntei. Sentia a garganta muito seca. — Acha que ela tentou matar Louis também?

Vi o rosto dele enquanto estava caindo, dissera Natalie. *Sua boca estava aberta, como se quisesse me dizer alguma coisa.* Alguma coisa se revolveu dentro de mim. Não podia ter acontecido dessa maneira. Não podia. A menos...

— Sim — respondeu Lucille suavemente. — Acho. Acho que ela tentou matar Louis também.

Havia um posto de gasolina mais adiante. Liguei a seta e tomei a via de acesso. Dirigi para um canto tranquilo do estacionamento, à sombra de algumas bétulas, perto de uma área de recreação. Descemos e nos dirigimos para uma mesa de piquenique, onde nos sentamos um de frente para o outro. Eu suava. Crianças corriam e pulavam por toda parte num complexo sistema de escorregas, pneus pendurados e túneis, rindo e gritando. Lucille contemplou-as com os olhos secos. Enfiando a mão no bolso, peguei a receita que tinha escrito e entreguei-a a Lucille. Ela leu em silêncio, perplexa.

— O que significa isso?

Expliquei as circunstâncias em que eu a tinha escrito.

— Arsênico, gás sarin, sementes de lupino — murmurou ela. — É muito veneno.

— É quase como se ele quisesse vingança por alguma coisa — comentei. — Não acha?

Senti-me um judas.

— Ligue para a detetive Charvillefort — ordenou ela. — Agora.

— Mas isso não prova nada — eu disse baixinho. Não queria que aquilo significasse o que podia significar. — Escrevi isso dormindo. Meu subconsciente pode ter...

— Ligue para ela — atalhou Lucille com aspereza. — Agora. Ou quer que eu o faça?

Peguei meu celular e entrei em contato com Charvillefort no mesmo instante.

— Ouça — falei. — É importante. A senhora tem que manter Natalie Drax longe de Louis. Não pode permitir que ela se aproxime dele.

— Georges Navarra está com ela. Mas não podemos impedi-la de ver o filho.

— Por que não?

— Não há nenhuma prova, Dr. Dannachet. Não compreende? Não há absolutamente nenhuma prova!

Suspirei e fechei os olhos.

— A senhora me pediu para contar o que Natalie disse sobre o acidente — disse devagar, me odiando. — Ela disse que viu o rosto de Louis enquanto ele caía. Sua boca estava aberta como se ele tentasse dizer alguma coisa.

À minha frente, Lucille estremeceu.

— Tem certeza de que ela disse isso? — perguntou Charvillefort rapidamente. Tive de apertar o telefone com força contra o ouvido para escutá-la. Pude sentir a tensão crescendo em Lucille. — Tem certeza de que ela disse que viu o rosto dele enquanto caía?

— Sim. Absoluta.

— O senhor sabe que isso não corresponde ao que ela nos contou — apontou Charvillefort. — Natalie disse que estava longe demais para impedir o que aconteceu.

— Eu sei — respondi. — Ela me disse isso também. Houve uma contradição. Não a percebi no momento.

— Vou precisar que dê um depoimento.

— É claro — respondi secamente. — É claro.

— Embora possa não ser suficiente para uma acusação formal. Nesse meio-tempo, tenho uma má notícia.

— Não sei se aguento mais alguma coisa.

— Bem, sinto muito. É Marcel Perez. Ele está no hospital com intoxicação alcoólica. Tomou um porre homérico. Estou a caminho, mas ele pode não resistir.

Não dá pra ver nada na caverna, só pedra branca e as ataduras ensanguentadas de Gustave no chão, como se a gente estivesse pisando em espaguete à bolonhesa. A mão dele está ficando cada vez mais fria e cada vez mais ossuda. Mas eu estou segurando ela mesmo assim porque não tenho mais nada pra segurar. Eu sempre devia ter sabido que era ele, mesmo quando ele me dava medo, mesmo quando dizia coisas estranhas e eu podia sentir o perigo em toda parte. A voz dele é só um ruído rouco agora, tão baixo que é como se estivesse na minha cabeça.

— Era uma vez um menino amado pela mãe e pelo pai, até que um dia...

— Blá-blá-blá.

— Até que um dia...

— Eu não quero ouvir essa, não sou um bebê e não quero ouvir contos de fadas idiotas pra bebês, porque eles são uma droga! — Estou gritando, mas ele não grita comigo. Está quieto.

— Como sabe qual é a história?

— Porque já a ouvi antes. É *O estranho mistério de Louis Drax, o incrível menino que sofre acidentes*, blá-blá-blá. Conta uma que não seja um saco.

— Ok. Era uma vez duas princesas.

— Não quero princesas. Quero morcegos.

— Certo. Morcegos. Era uma vez dois morcegos. Não, três. Três morcegos, um macho e duas fêmeas. E uma das fêmeas estava sempre rindo e a outra estava sempre chorando, e o macho teve que escolher entre elas.

— Pra copular?

— Sim. Então ele escolheu a que sempre ria, mas depois pensou melhor. Teve pena da que sempre chorava. Ela parecia precisar mais dele. O morcego pensou que se a amasse bastante, poderia fazê-la parar de chorar. Mas estava errado.

— Por que ela chorava?

— Porque isso fazia as pessoas terem pena dela, e ela gostava desse sentimento, mais do que de piadas ou de histórias de amor.

— O que aconteceu com ela?

— Acabou sozinha.

— E a morcega que ria?

— Ela se apaixonou por outro morcego e eles tiveram três bebês morcegos e viveram felizes para sempre.

— E o que aconteceu com o morcego?

Mas Gustave não responde porque eu adivinho que a história — que é chata — acabou. Talvez ele saiba que é chata, e que eu achava que era chata, porque a maior parte das histórias é uma porcaria se for sobre coisas idiotas de amor, mesmo com morcegos. Então ficamos lá sentados na caverna fria que parece um crânio assustador, e ainda seguro a mão dele, que é feita de ossos, mas é quentinha, como uma fogueira crepitando no peito da gente, como as pinhas na floresta pegando fogo, porque você pode amar uma pessoa, mesmo que esteja morta, e ela pode amar você também, foi isso que eu acabei de descobrir.

— Tenho que ir logo, Jovem Senhor — diz ele. — Vai haver um enterro.

Deixei Lucille na enfermaria com Louis e fui para minha sala, onde telefonei para Jacqueline e pedi que viesse ao meu encontro. Noelle já tinha ido para casa ao fim do expediente. Enquanto eu esperava Jacqueline, liguei para o apartamento das meninas em Montpellier na esperança de encontrar Sophie, mas a ligação caiu na secretária eletrônica. Sem saber o que dizer, hesitei e desliguei. Como isso pareceu covarde, liguei de novo e deixei a mensagem mais breve que pude.

— Sophie, é Pascal. Precisamos conversar.

Em seguida, confuso, reguei meus bonsais. Eles pareciam empoeirados e desmazelados. Limpei e borrifei algumas folhas, mas de repente não me importei muito se eles iam viver ou morrer. Jacqueline bateu na porta, entrou e me disse que eu estava com uma péssima aparência e que não deveria nem estar ali.

— Então onde eu deveria estar?

— Em Montpellier. Com Sophie — respondeu ela, um tanto depressa demais. — Você falou com ela?

— Não sei o que dizer. Estou numa enrascada, Jacqueline.

Ela não respondeu, mas me deu uma palmadinha no braço de uma maneira tão serena e humana que tive vontade de desabar ali mesmo. Não o fiz. Em vez disso, com um esforço penoso, contei-lhe sobre minha viagem a Vichy e o que tinha descoberto por intermédio de Philippe Meunier e Lucille Drax. Cortou-me o coração confessar o cerne da questão: que agora eu temia que Natalie Drax

— a mulher que eu amava — pudesse ter feito mal ao próprio filho. "Pudesse ter feito mal ao próprio filho"; dizer isso em voz alta me deixou nauseado, mas teve um efeito diferente sobre Jacqueline. E instantâneo.

— *Pudesse ter feito mal ao Louis?* Pascal, o que você está dizendo é que *ela tentou matá-lo.*

Eu nunca a tinha visto enraivecida antes, não sabia que aparência teria: sua boca ganhou uma forma diferente; a mesma, imaginei, que talvez usasse para chorar. Nunca a tinha visto chorar tampouco. Ela foi até a janela e olhou para fora.

— Tem mais — continuei. — Lucile Drax pensa que Natalie matou Pierre.

Usei um tom de riso para mostrar como a ideia era absurda. Mas soou forçado.

— Sempre houve algo de estranho nela — comentou Jacqueline por fim, quase para si mesma. — Nunca quis nenhum contato. Jessica Favrot disse que era como se ela pensasse que tinha o monopólio da dor. Mas acho que tinha apenas medo de que nos deparássemos com sua verdadeira natureza. Mas isso não é algo que passe pela nossa cabeça, não é? Por que passaria pela cabeça de alguém?

— Charvillefort mencionou isso — falei devagar, relembrando. — Logo no início. Quando estávamos na sala de Vaudin, ela disse que o pai ou a mãe de Louis podia tê-lo maltratado.

— Mas não queríamos pensar na possibilidade de ser ela, não é? — perguntou Jacqueline. Continuava de costas para mim, e pude perceber que estava com raiva de si mesma. — Tudo apontava para o marido dela. Acreditamos naquilo em que queríamos acreditar.

Mas agora tínhamos de submeter nossos pensamentos a uma guinada de 180 graus. Quando Jacqueline voltou o rosto para mim, seus olhos brilhavam. Pude perceber que pensava no próprio filho, Paul.

— Se Natalie está determinada a mentir sobre seu papel no acidente de Louis, e possivelmente também na morte do marido, o que podemos fazer? — perguntou ela simplesmente. — O que podemos fazer, Pascal?

Concentrei-me em meu mapa frenológico, perdendo-me nas câmaras do cérebro. Onde silenciosamente, vindo do nada, um pensamento muito claro e muito óbvio começou a ganhar forma.

Embora eu não estivesse oficialmente trabalhando, passei a hora seguinte com Isabelle e seus pais. A Sra. Masserot tinha vindo de Paris a pedido do ex-marido, e parecia que eles haviam finalmente chegado a uma trégua instável. Isabelle tinha reagido bem à atmosfera encorajadora e apresentado mais alguns pequenos e promissores sinais de que estava retornando à consciência. Tinha voltado a abrir os olhos e pigarreado como quem está prestes a falar. A mãe havia penteado seu cabelo, e ela tinha protestado.

— Como sempre fazia — disse a Sra. Masserot, sorrindo.

Era bom vê-la sorrir finalmente. Eu sempre a vira apenas como uma pessoa sobrecarregada pelo peso de sua própria ira, mas naquele momento senti uma súbita simpatia por ela. Felicitei os pais por sua decisão de deixar o passado para trás e resumi de que forma o tratamento de Isabelle poderia agora ser intensificado. Em seguida, os deixei à cabeceira da filha. Nesse exato momento, Charvillefort entrou. Parecia exausta e desgastada, tendo passado as últimas horas junto ao leito de Marcel Perez, discutindo com os médicos em quanto tempo ele poderia partir.

— O quê? *Partir?* — perguntou Jacqueline, arregalando os olhos.

— Mas certamente ele está doente demais para...

— Eu o trouxe comigo, porque acho que precisamos dele aqui — respondeu Charvillefort. — Para o caso de Louis acordar. Ele quis vir.

A detetive soava triunfante, mas detectei um tremor em sua voz. Perguntei a mim mesmo há quanto tempo não dormia ou comia. Por um acordo tácito, todos nos dirigimos para fora da enfermaria.

— Onde ele está? — perguntei.

— No saguão. Eu tinha a esperança de que o senhor pudesse arranjar um leito para ele.

— Vou providenciar — disse Jacqueline, e saiu apressada.

— Sobre tudo isso — falei a Charvillefort enquanto percorríamos o corredor branco. — A falta de provas. Tenho uma ideia. Jacqueline a achou boa e acho que Vaudin poderia ser persuadido. E agora que Marcel Perez está aqui, ele poderá ajudar também. Será útil.

Mas quando lhe contei o que estava pensando, ela me olhou como se eu tivesse perdido a cabeça.

— Não — disse, parando para me encarar bem de perto. — Absolutamente não.

Senti súbita irritação.

— Por que não?

Ela continuou me olhando com aqueles olhos muito penetrantes.

— Porque é uma loucura, Dr. Dannachet.

— Mas com certeza a esta altura a senhora está disposta a tentar qualquer coisa, não é? — Sentia-me desesperado. — Não há muitas opções. Temos um menino em coma, um homem morto e nenhuma prova concreta do mais leve delito da parte de quem quer que seja. Nada.

— Não posso impedi-lo de fazer o que quer, Dr. Dannachet — disse ela por fim. — Mas não posso participar disso. Se for em frente, desejo sorte.

— Tem uma ideia melhor? — vociferei.

— Na verdade, sim. Vou interrogar Natalie Drax pelo tempo que for necessário. Temos novas informações agora. A nova versão fornecida por Philippe Meunier sobre os acontecimentos no hospital em Vichy e seu relato do que Natalie Drax contou sobre a queda de Louis. Duas incoerências. Creio que, se eu a confrontar, ela perderá o controle.

Fui à procura de Jacqueline e encontrei-a no saguão com Lucille Drax e Marcel Perez. Os três estavam entretidos numa conversa, e eu sabia que Jacqueline havia contado a eles o que eu planejava fazer. Perez tinha péssimo aspecto. Ainda estava preso a um suporte para soro, claramente não se barbeava havia dias, e sua pele exalava um rançoso cheiro de bebida. Imaginei que o álcool levaria muito tempo para sair de seu organismo.

— Prazer em vê-lo — disse-me ele.

— Vai nos ajudar? — perguntei.

— Nós dois vamos — disse Lucille.

— A detetive Charvillefort diz que é uma loucura.

— Talvez esteja certa — retrucou Marcel Perez. — Mas o que temos a perder?

Todos trocamos um sorriso nervoso e, em seguida, entramos para falar com Vaudin. Ele estava prestes a ir para casa; nós o pegamos desprevenido.

— Você nem deveria estar aqui, Pascal — resmungou ele, fazendo-nos entrar. — Não disse a você para tirar uma licença?

— Vou tirar — respondi. — Mas há uma coisa que tenho que fazer primeiro.

Eu, Jacqueline e Marcel Perez falamos, mas foi Lucille Drax quem conseguiu de fato persuadi-lo.

— Perdi meu filho — concluiu ela. — Meu neto está em coma. Se há uma maneira de fazê-lo se comunicar novamente, quero tentá-la. Acho que não pode me negar isso, Dr. Vaudin.

Guy ficou envergonhado, mas deu-se por vencido e nos permitiu ir em frente com o que chamou de "o experimento de vocês". Faria vista grossa se ele fosse realizado enquanto estava fora da clínica. Mas havia condições. Deveria ser devidamente supervisionado. Jacqueline e Lucille Drax deveriam estar à cabeceira de Louis. Tudo deveria ser registrado por uma câmera, e rapidamente interrompido caso houvesse ameaça de incêndio. Deveríamos executar o plano naquela noite. Caso fosse deixado para mais tarde, as circunstâncias se tornariam caóticas. Os incêndios florestais estavam se aproximando a cada hora, e poderíamos todos ser obrigados a evacuar o prédio, quer quiséssemos ou não. Não havia como ignorar o cheiro cada vez mais penetrante de fumaça que vinha da floresta.

— E lembrem-se — concluiu. — Oficialmente, isso não está acontecendo. Você não está aqui, Pascal, está de licença médica.

Assim ficou combinado: eu passaria a noite na enfermaria com Louis, na companhia de Jacqueline Duval, Marcel Perez — que logo estava instalado na clínica, arrastando os pés por toda parte de pijama — e Lucille Drax.

Georges Navarra passou por lá e disse-me que a detetive Charvillefort ainda estava interrogando Natalie Drax.

— Stephanie é muito firme, mas até agora Natalie Drax está se atendo à versão da história que deu à polícia. Nega completamente ter dito a você que viu o rosto de Louis enquanto ele caía. Diz que você inventou isso.

Senti-me corar de raiva. Ela tinha dito aquilo. Eu lembrava com absoluta clareza. Lembrava do sofrimento dela, das lágrimas que havia derramado, da expressão de coragem que tinha tentado assumir, de como eu havia me derretido, com pena.

— Ela está mentindo.

Em seguida, lembrei-me da firme suavidade de sua voz quando eu telefonei para ela de Vichy. *Eu nunca tentei fazer mal ao Louis.* Ela o amava. Isso era o suficiente para mim. Não era? Senti-me nauseado ao pensar que uma parte de mim havia duvidado dela alguma vez. Mas ainda mais nauseado ao perceber que a dúvida subsistia, e estava se intensificando, apesar de tudo.

— Boa sorte — disse Georges. — Se valer de alguma coisa, acho que é uma boa ideia. Se Stephanie Charvillefort não conseguir obter mais nada da Sra. Drax, talvez ela mude de ideia.

Mas ele não parecia convencido.

Começamos às seis da tarde, assim que Vaudin saiu. Eu estava ansioso, embora fosse ter um papel passivo. Tomei um comprimido de 20 mg de temazepam, que logo me deixou enjoado e, em seguida, foi completamente absorvido pelo meu corpo. Deitei na cama que havia sido instalada ao lado da de Louis, deixando a euforia me invadir. Não havia nenhum ruído, exceto o zumbido dos dois respiradores que serviam a Kevin e Henri. O barulho me acalmou, e por um belo e cristalino momento antes que o sono me dominasse, tudo pareceu simples, claro e perfeito.

O temazepam fez seu trabalho com eficiência; eu estava inteiramente inconsciente, segundo Jacqueline, às seis e meia, quando ela acionou a câmera do circuito interno de TV e o gravador e chamou Lucille Drax e Marcel Perez para se juntarem a ela à minha cabeceira. Juntos, os três se sentaram em cadeiras próximas às camas em que Louis e eu estávamos deitados e esperaram. Fui munido de papel, uma caneta e uma prancheta. Mas nada aconteceu.

Nada e nada. Uma hora se passou, depois duas, e o plano que antes dera a impressão de ser tão inspirado começou a parecer uma maluquice inútil. Mas eles continuaram ali. Que escolha tinham? Mais horas se arrastaram; eles se revezaram para dormir. À meia-noite, tinham mergulhado num estado de desânimo que pesava como um frio e infeliz cobertor. Eu mal tinha me mexido e Louis havia permanecido imóvel, sua respiração tão superficial que mal era detectável, as longas pestanas projetando sombras nas bochechas, a mão fechada em volta do alce de brinquedo.

À uma da manhã, a detetive Charvillefort e Georges Navarra voltaram à clínica, levando consigo uma exausta, mas insubordinável Natalie Drax. Ela não havia revelado nada, e eles estavam silenciosamente desesperados. Georges Navarra tinha convencido Charvillefort de que, se Louis fosse revelar alguma informação através de mim, eles deveriam estar presentes e observar a reação da mãe dele. Diante de seu próprio fracasso em fazer Natalie confessar, Stephanie Charvillefort acabara por concordar. Natalie observaria tudo pelo monitor do circuito interno em outro cômodo, sob a supervisão de Georges Navarra, que ficaria o tempo todo com ela e observaria suas reações — com uma câmera do circuito interno para lhe dar respaldo. Só Deus sabe pelo que Natalie estava passando àquela altura. Talvez só estivesse sobrevivendo. Imagino que tenha simplesmente desligado alguma coisa dentro de si, sufocando qualquer impulso em prol da introspecção. Quando imagino seus olhos — como faço naqueles momentos em que sou varrido por uma enorme onda de lembranças que desnuda meus pensamentos até os ossos —, sinto-me desmoronar. Porque seus olhos, tal como os recordo, não mostram nada, nada.

Eu continuava dormindo. Perez, Lucille, Jacqueline e Charvillefort estavam sentados em cadeiras junto à cama. Natalie Drax, como combinado, estava num cômodo ao lado com Georges Navarra.

Foi então que, às quatro horas, Marcel Perez, que havia cochilado junto à cama, acordou. Ele tinha sonhado com Louis, contou-me depois. O menino tinha ido visitá-lo em Gratte-Ciel e eles ficaram felizes em se encontrar. Tentando reconstituir o sonho a partir de seus fragmentos, Perez teve uma ideia — uma ideia tão simples que, quando a verbalizou, pareceu-lhe incrível que não tivesse pensado nela antes. Não havia nenhuma necessidade de caneta e papel. Marcel Perez iria simplesmente falar com Louis, como sempre tinha feito. Ele pigarreou.

—Fale, Louis — disse suavemente. — O que aconteceu na montanha?

E eu abri os olhos e comecei a falar.

Maomé veio em Alcatraz, mas a gente deixou ele na mala enquanto fazia o piquenique.

— O que vocês comeram? — pergunta Perez Balofo, porque ele gosta de comida e foi por isso que ficou tão gordo e é chamado de Perez Balofo e não de monsieur.

— Comida, dããã! Será que seu cérebro encolheu e ficou do tamanho de uma ervilha?

— Que tipo de comida? — pergunta ele. (Está vendo?) — Você consegue se lembrar?

— Você quer uma lista? Tudo bem, era isso que estava na cesta de piquenique, Monsieur Perez. Aposto que vai te dar fome. Tinha pão e patê e queijo e *saucisson sec*, que a gente chamava de pinto de jumento, e vinho pra eles e Coca-Cola pra mim. E montes de bactérias inofensivas, porque a comida está sempre cheia de bactérias inofensivas e às vezes de bactérias nocivas também; foi assim que peguei febre tifoide uma vez. Mamãe falou que eu devia ir mais devagar ou teria dor de barriga, é isso que ela está sempre repetindo, porque ela tem medo que eu vomite ou engula um parafuso por acidente, isso pode acontecer. Uma vez eu comi um parafuso de três centímetros por acidente, pode perguntar pra ela. Ela vai confirmar que não sou um mentiroso.

— Sei que você não é mentiroso, Louis. Fale mais.

— Sobre comida? Você quer mais comida?

— Sobre qualquer coisa.

— Tinha bolo de aniversário. Chocolate. E a gente tinha que fazer um pedido. O pedido da mamãe foi que eu ia ser dela pra sempre e que nada de ruim aconteceria comigo.

— E o seu pedido?

— Que papai fosse meu pai de verdade, assim ele ficaria com a gente.

— Aham. E você contou a eles o seu pedido, Louis, ou o guardou para você?

— Blá-blá-blá.

— O que isso quer dizer?

— Quer dizer blá-blá-blá.

— Será que isso significa...

— Significa que eu não ia falar nada. Mas eu falei porque papai ficou zangado comigo por causa das balas.

— As balas?

— Não eram balas. Ele pensou que eram. Elas estavam no meu bolso. Só comi uma.

— Se não eram balas, o que eram, Louis?

— Blá-blá-blá.

— Alguma coisa que deixou o papai zangado?

— Pílulas de mulher nem parecem balas. Elas não têm gosto de bala também, você só engole elas. Ele queria saber por que eu estava com elas no bolso e por que eu tinha comido uma. Então contei pra ele que eu comia uma todo dia.

— Você comia pílulas de mulher todo dia, Louis?

— É claro.

— Mas por quê?

— Assim eu viraria menina.

— E por que você queria isso?

— Pra não ser um estuprador. E quando eu contei isso pro papai ele começou a gritar com a mamãe, dizendo que ela era uma *mentirosa patológica* e olha ao que isso levou e blá-blá-blá, então eu tentei fazer eles pararem dizendo o meu pedido em voz alta. Aquele que eu não tinha contado antes, sobre ele ser meu pai de verdade. Se ele fosse meu pai de verdade, eu não ia precisar das pílulas de mulher, não é? Então a culpa era do papai, não da mamãe.

— E depois?

— Depois eu disse: eu sei quem é meu pai de verdade, ele é um estuprador chamado Jean-Luc, e ele decepcionou muito a mamãe. E ela não quer que eu cresça e seja como ele. Nem eu, porque deviam cortar fora o pinto dos estupradores, e o meu também, pra eu não crescer e virar um. Talvez eu mesmo corte o meu um dia. Tenho um canivete. Mas antes disso eu vou só comer pílulas de mulher.

— E então?

— A mamãe começou a gritar com o papai, por isso eu saí correndo e ela correu atrás de mim e ele correu atrás dela e ele estava gritando pra mim e dizendo que o Jean-Luc não era um estuprador e você não é filho de um estuprador e posso provar isso pra você, Louis, isso é uma coisa que ela inventou. Vem comigo pra Paris.

— E você queria fazer isso, Louis? Queria ir para Paris com o papai?

— Não. E eu nem podia, porque ela me agarrou e a gente ficou bem na beira, onde é perigoso, e ela gritava e berrava com o papai. E o papai parou de correr. Ele disse: solte Louis, Natalie. Porque a gente estava bem pertinho da beira. Solte ele.

— E depois?

— Ela não soltava. Ela me arrastou bem pra beirada.

— Por quê, Louis?

— Blá-blá-blá.

— O que a mamãe estava fazendo, Louis?

— É permitido, sabe? Foi isso que o papai não entendeu.

— O que é permitido?

— É uma regra secreta. Chama Direito de Descarte. Mas aí o papai deu um pulo pra frente de repente e agarrou nós dois e me puxou dela e disse não, Natalie, nunca mais. E ele gritou pra eu ir pro carro e esperar lá, mas assim que ele disse isso, ela deu um enorme empurrão nele, e ele cambaleou, igual ao desenho animado. E blá-blá-blá.

— Ele caiu?

— Podia ter sido um acidente. Eu entendo de acidentes. Podia ter sido um, dava pra pensar que ela estava tentando ajudar ele.

— Mas foi um acidente, Louis? — pergunta Perez Balofo.

— Podia ter sido. Eu podia ter pensado que sim. Podia.

— O que você fez depois, Louis? — sussurra Perez Balofo. Sua voz está falhando como um rádio velho.

— Eu fiz o que a mamãe queria, como eu sempre faço. Ela não precisou nem me ajudar, não dessa vez. Foi fácil. Sempre faço isso. É o que eu faço. Mas não foi culpa dela.

— O que não foi culpa dela?

— O que eu fiz. Porque fui eu que fiz isso. Eu escolhi isso, e ela diz que se a gente faz uma escolha, não é culpa de mais ninguém. É sua, e você não deve ficar inventando histórias por aí pra impressionar as pessoas. Você tem que viver com a escolha que fez, e não deve nunca culpar ninguém por isso.

— O que você fez, Louis? — sussurra ele. A voz dele está distante, e talvez a minha esteja também. De repente sinto uma dor no peito, como se alguma coisa fosse estourar.

— Eu andei pra trás. Contei os passos. Foram cinco. Foi fácil. Um, dois, três, quatro, cinco. Depois eu pensei que podia ter um seis, mas não tinha um seis. Em vez de um seis, eu caí na água e morri.

Foi nesse instante que Louis Drax parou de respirar.

Despertei abruptamente ao som de um grito terrível. Era Natalie Drax, que tinha entrado correndo com Georges Navarra em seu encalço. Foi um tumulto completo. A princípio tudo me pareceu sem pé nem cabeça; eu estava numa espécie de paralisia, entre o sono e o estado de vigília, mas me lembrava de tudo o que Louis tinha dito, e aquilo me dava vertigem. Os olhos do menino estavam abertos. Arregalados, exatamente como antes. Vi Charvillefort sair correndo em busca de ajuda e Jacqueline trazendo um respirador. A detetive voltou com mais duas enfermeiras, e Jacqueline conectou Louis à máquina rapidamente.

— Nós estamos perdendo ele — disse Jacqueline. Sua voz estava calma, mas senti a urgência por trás dela. — Vou chamar Vaudin. Não consigo fazer isso funcionar.

— Não — interveio Charvillefort bruscamente. — Não há tempo. Pascal pode fazer isso. Não pode, Pascal?

— Não sei — hesitei. Sentia-me estranhamente distante da cena, como se ainda estivesse em parte dentro da mente de Louis, num lugar completamente diferente. Um lugar sombrio e assimétrico e estranhamente frio.

— Bem, eu posso — falou Charvillefort com firmeza e me deu uma bofetada chocante e violenta no rosto. Antes que eu tivesse sequer tempo de reagir, ela me esbofeteou na outra face com a mesma força. Gritei de dor e raiva, mas a agressão funcionou: ela me trouxera inteiramente de volta de onde quer que eu estivesse. O instinto falou mais alto. Pulei da cama e entrei em intensa atividade. Louis estava com insuficiência respiratória, mas assim que prendi a máscara ao seu rosto e efetuei uma reanimação cardiopulmonar, massageando seu peito de maneira rítmica para fazer seu coração e os pulmões pegarem no tranco, o respirador assumiu o comando e fez seu trabalho. Segurei o punho do menino e senti seu pulso, que se normalizou pouco a pouco. Outra enfermeira da noite chegou de outra enfermaria, junto com um porteiro, e de repente havia uma multidão na cabeceira da cama.

— Onde está Natalie? — perguntei finalmente. Eu havia notado sua presença em algum lugar à minha esquerda quando estava estabilizando Louis, mas agora ela não estava mais ali.

— Ai, meu Deus — exclamou Navarra, girando para encarar as janelas francesas. Estavam escancaradas. Lá fora, o dia raiava. Uma nuvem tênue e enfumaçada pairava no ar. Ela havia desaparecido.

— Vão atrás dela — disse Lucille, determinada. — Agora. Vocês têm que trazê-la de volta.

— Vou pedir reforço — disse Charvillefort, teclando em seu celular. — Ela não irá longe.

Marcel Perez chorava. Jacqueline lhe dava palmadinhas no ombro e falava com brandura, como a uma criança. Mas ele não parava, não conseguia parar. Seu peito arfava, e as lágrimas corriam. Quando ergueu os olhos para mim — por que ergueu os olhos de repente? —, vi pura agonia. Foi como levar um tiro no peito à queima-roupa. Desviei os olhos de sua franqueza. Parecia fatal demais. Lucille estava sentada em silêncio junto de Louis, segurando a mão do menino com um olhar atordoado. Ambos estavam pálidos como fantasmas.

Charvillefort fez uma rápida avaliação da situação. Disse que Natalie provavelmente se manteria longe de qualquer estrada, o que tornaria a busca mais difícil, em especial com a fumaça sufocante que começava a ocupar toda a paisagem. O amanhecer avançara, um cor-de-rosa febril borrado com vapores cinza escuro que se erguiam encosta acima em nossa direção. Rapidamente, combinamos de tomar caminhos diferentes. Stephanie pegaria um carro e seguiria pela estrada que levava ao vilarejo. Georges desceria o morro a pé, margeando a *route nationale*, e eu iria subir pela encosta, também a pé, até os limites da floresta de pinheiros.

Um carro subiu a toda pelo caminho da entrada do hospital quando estávamos saindo e freou bruscamente diante de nós. Era Vaudin. Ele abaixou o vidro e se dirigiu a Charvillefort.

— Acabo de receber um telefonema do Corpo de Bombeiros — gritou. — Temos que evacuar a clínica. — Em seguida olhou para mim. — O que diabos você ainda está fazendo aqui?

— Depois eu conto — gritei. E saí correndo.

Avancei aos tropeços. A trilha íngreme que levava à floresta estava coberta de pedras, cascalho, pedaços de galhos de oliveira, cardos, cascas de árvore. As nuvens de fumaça tinham remodelado a paisagem de tal forma que seus marcos — uma ruína de pedras, um campo de lavanda, uma torre de alta-tensão — pareciam deslocados. Truques de luz que deixavam tudo estilhaçado e desconjuntado. Continuei correndo. Podia perceber a linha entre a terra e o ar borrar-se incessantemente, fundindo-os em um. Houve um momento em que pensei ver uma forma que se agitava, mas ela desapareceu de maneira tão instantânea que de imediato duvidei de sua existência. Eu examinava o terreno à minha frente, ávido por um vislumbre dela, um sinal de que Natalie havia passado por ali. No horizonte, vi o vulto distante de Georges Navarra correndo encosta abaixo na direção dos olivais a oeste da *route nationale*, mas a visibilidade estava piorando, e eu sabia que logo nos perderíamos um do outro.

A massa de árvores tentava se esconder de mim, densa. Dentro dela imaginei uma bomba, o calor se espalhando rapidamente para fora. Ainda não havia chamas, mas a fumaça aumentava no céu, uma pulsação baixa que sugava, cuspia e exalava sujeira. Depois, em minha visão periférica, pensei ter visto uma forma passar correndo pelas árvores, uma centena de metros à minha frente, e em seguida desaparecer. O sangue latejava em meus ouvidos e eu ouvia minha própria respiração: um arquejo forçado, penoso. Por um instante, o mundo pareceu sair de sua órbita.

— Natalie! — gritei. Meus pulmões sentiram o esforço, e tossi. A fumaça se adensava, engrossada por poeira preta. — Volte!

A figura reapareceu brevemente em meio às árvores. Era ela. Embora muito distante, era possível ver o contorno de seu rosto, como se tivesse sido recortado de um papel: oval, perfeito, pasmo. A forma e a cor de uma terrível inocência. Uma mistura de sentimentos — amor, aversão, repugnância, piedade — subiu à minha garganta como vômito. Aquele momento durou uma eternidade, aquela fração de segundo em que a adoração se tornou tamanha que deu uma guinada, transformando-se em caos, fúria, ódio: o desejo de estraçalhar e abraçar, amar e destruir. A traição faz isso. Força o conflito da crença e da descrença. Mostra quão inútil é o amor quando seu objeto é indiferente, cruel, não mais que uma máquina de sobreviver.

Ela me viu. Virou-se. E correu.

Ainda zonzo pelo temazepam e meio cego pela ardência provocada pela fumaça, avancei aos tropeções atrás dela, mantendo os olhos focados em seu vestido, cuja palidez cintilava em meio aos troncos como uma mariposa grotesca. Uma criatura que eu queria acima de tudo punir, apagar, desvencilhar-me dela para sempre. E, sim, salvar. Dela mesma, do fogo, de minha própria fúria. Alcançá-la, perdoá-la. Compreender. Sim, essa necessidade destrutiva que o homem tem de compreender.

Eu parecia estar chorando. Vagamente, registrei o ronco de um helicóptero, mas não havia nada à vista no redemoinho escuro do céu, e eu sabia que era inútil gritar. Continuei em frente, tropeçando e me arranhando, até chegar ao ponto onde ela havia desaparecido. Eu tinha certeza de que a alcançaria. Ela havia se arriscado ao avançar em direção às chamas. Devia estar pensando que podia escapar de mim, ou que eu hesitaria, mas tinha se enganado. Eu estava decidido a chegar até ela, por mais que nos aproximássemos do inferno. Minha sobrevivência parecia irrelevante, um pequeno detalhe num mundo em que eu era apenas um inútil grão de poeira.

Era possível ver as chamas agora. Elas se espalhavam rápido pelas árvores, atravessando o horizonte como se tivessem sido libertadas de alguma embalagem hermética gigantesca: um laranja cruel, vital. Avistei-a de novo, só por um segundo. Ela emergiu, viu que eu ainda a perseguia, e desapareceu no mesmo instante, sugada pela floresta quente. Dominado por alguma coisa mais forte que eu, algo virulento e completamente desperto, avancei rumo ao calor. A força golpeou meu rosto e me fez dar um grito de dor. Chegar mais perto era suicídio, mas uma espécie de loucura me impeliu.

Aquilo não podia acabar bem. No entanto, embora cada célula do meu corpo me dissesse para voltar naquele momento — voltar, me salvar, buscar ajuda, deixar que a floresta decidisse o fim dela —, segui seus gritos e fui em frente. Por que eu não podia deixá-la lá? Por que continuava — a essa altura chorando desesperadamente, lacrimejando com a fumaça — me precipitando para as chamas como se estivesse possuído?

Os gritos dela eram um único uivo, longo e agudo, de dor. Quando a alcancei, ela era uma fogueira humana. Seu vestido claro estava preto, colado em seu corpo como uma tinta causticante, texturizada. As chamas jorravam de Natalie; elas pareciam não só envolvê-la, mas saltar dela. Por um segundo, fiquei paralisado, meus olhos fixos na boneca flamejante e mutilada diante de mim. Natalie ainda berrava, a boca escancarada num grito de dor. Sua cabeça estava aureolada por chamas efervescentes que se lançavam para todos os lados como cardumes assustados. Seu rosto, aquele rosto adorável. Eu o vi sendo devorado, senti o fedor. Corri para ela, saltando no instante em que ela ia cair, e abracei seu corpo em chamas.

Depois, o inferno.

Imediatamente, antes que eu pudesse pensar no que tinha feito, o fogo fundiu a pele dela à minha. Tentei gritar, mas não saiu nenhum som. Eu não podia soltá-la. Enojado e fustigado pela dor, arrastei-a comigo pelo leito flamejante da floresta. Não tinha escolha.

Não sei por qual distância a arrastei, ou quanto tempo levei para perder a consciência. Você não sente sua própria pele queimada de imediato, mas sente o cheiro. Nossos corpos fundidos — o meu ainda vivo, o dela talvez já morto — cheiravam a carne de porco queimada.

— O que ela disse, no fim? — perguntou-me Perez mais tarde. — Quando vocês chegaram ao riacho?

Porque sim, ela havia falado. Não sei como. Eu pensava que estava morta. Mas aí vieram algumas palavras, expelidas como bile. Sua voz moribunda e dissonante, cozida pelo calor.

— Eu sempre o salvei — disse Natalie. — Nunca o deixei morrer. Temos que proteger os filhos. Amo o meu filho. Amo o meu filho mais que qualquer coisa no mundo.

Foram suas últimas palavras antes que ela me encarasse com os olhos chamuscados. Estavam cegos, cozidos nas órbitas como ovos. Lembro-me da ânsia de vômito. De segurar seu corpo fétido em meus braços na água lamacenta e virar o rosto para vomitar. Depois, a escuridão.

Plantamos uma semente pensando que é amor. E é só quando a coisa começa a criar raízes que percebemos que ela não está crescendo como deveria. Mas então é tarde demais. Ela já produziu folhagem, floresceu e deu frutos doentes.

O que fazer com a doença dentro de nós mesmos?

Podemos abraçá-la, torná-la parte de nossa vida. Talvez Pierre Drax tenha tentado fazer isso por algum tempo. Mas, àquela altura, havia outra coisa puxando-o na outra direção: o conhecimento do que podia ter tido, do que havia jogado fora com Catherine. E o conhecimento de que seu filho estava em perigo. Podemos fugir até os confins da Terra. Ou podemos enfrentar nosso pior pesadelo. Talvez tenha sido isso que aconteceu na encosta da montanha naquele dia de junho, quando a história de Louis Drax teve um de seus muitos começos.

Um homem enfrentou a verdade, e duas pessoas pagaram o preço.

Fui hospitalizado em Cannes com queimaduras graves. Quando acordei, após três dias na UTI, sentia uma dor tão transcendental que perguntei a mim mesmo como ainda podia estar vivo, como qualquer corpo humano podia suportar tamanho sofrimento. A detetive Charvillefort estava sentada a meu lado. Seus olhos admiráveis pareciam vermelhos, tristes, chocados. Eu devia estar parecendo uma criatura saída do inferno. Ela me contou que haviam levado o corpo de Natalie — o que restava dele — para o necrotério. Eu havia tido sorte em sobreviver. Se não tivesse chegado ao riacho, se Georges Navarra não tivesse me encontrado naquele momento e me arrastado para o campo, se o helicóptero não tivesse nos avistado...

Eu também teria sido queimado até restar apenas os ossos.

Amo o meu filho. Mais que qualquer coisa no mundo. Nunca o deixei morrer.

Louis chamava isso de Direito de Descarte, segundo o relatório que Marcel Perez escreveu para a polícia depois da morte de Natalie, quando montou o quebra-cabeça. Louis matava seus hamsters de estimação, porque afirmava haver regras secretas. Regras sobre as quais ninguém falava. E, de acordo com elas, o dono de um bicho de estimação tem o direito de matá-lo. Se você o possui, tem o controle sobre a vida e a morte. E Louis havia crescido acreditando nisso porque era nisso que Natalie também acreditava com relação ao filho. A vida dele era uma propriedade dela.

Quando ele era pequeno, ela própria o machucava. Talvez até tivesse tentado matá-lo, mas tinha perdido a coragem. Depois, quando Louis ficou mais velho, logo aprendeu o que ela queria, e reagia às necessidades dela. Portanto, ele mesmo fazia aquilo. Depois de ouvir o que Louis dissera em coma, Perez teve certeza disso. Natalie não precisava tocar nele. Bastava estar por perto. Ele sofreria um acidente e ela o salvaria. Isso fortalecia o vínculo entre os dois. Ela o amava, ela o odiava. Queria estar com ele para sempre e nunca mais queria vê-lo. Não podia viver com ele e não podia viver sem ele.

E Louis era conivente.

Quando Sophie apareceu, chorosa e assustada, contei-lhe tudo.

— Sinto muito não ter estado ao seu lado — disse ela. — As meninas estão a caminho.

E depois nenhum de nós soube o que dizer. Apesar de todos os nossos anos de casamento, houve um constrangimento, uma formalidade. Parecíamos estranhos que teriam de conhecer, aos poucos, as novas pessoas que tínhamos nos tornado. Ela pousou a mão no meu braço e vi uma expressão terrível em seu rosto: não amor, mas piedade.

— Você vai voltar? — perguntei.

Houve uma longa pausa.

— Não sei. Realmente não sei se vou conseguir conviver com o que aconteceu com você. Não me refiro às queimaduras, mas ao que aconteceu em sua cabeça.

Quando ela disse isso, perguntei-me se eu mesmo conseguiria.

Saí do hospital em novembro e voltei a trabalhar na clínica em meio expediente. Ainda estava fraco. Em agosto, depois das necropsias, os funerais de Pierre Drax e Natalie foram realizados. O de Natalie, em Paris, havia sido um evento pequeno, segundo Lucille, que me visitou regularmente, trazendo-me notícias de Louis e do mundo exterior. Francine, a irmã de Natalie, compareceu, assim como a mãe que Natalie sempre dissera morar em Guadalupe. Não morava lá. Nunca sequer estivera lá. Vivia num abrigo em Étampes, ao sul de Paris. Parecia extenuada, desgastada e estranhamente resignada com o que havia acontecido. Embora não soubesse de nada, não compreendesse nada. Depois que Louis nasceu, Natalie rompeu qualquer contato. Nunca houve um padrasto, com ou sem mal de Parkinson.

Dezembro trouxe-me uma visita da detetive Charvillefort e de Marcel Perez, que havia parado de beber. Stephanie Charvillefort estava cuidando de um caso de fraude em Cannes, e Marcel Perez tinha ido até lá para pegar uma carona com ela. Ambos haviam aproveitado a oportunidade para visitar a mim, a Louis e a Lucille. Fiquei encantado em vê-los, encantado por terem feito esse desvio — uma viagem inteira, no caso de Marcel Perez — para me ver. Se ficaram chocados com a mudança em minha aparência, disfarçaram bem.

— E como você está, Pascal? — perguntou Marcel.

— Não fico muito atraente quando estou nu, mas Sophie diz que nunca fui bonito mesmo.

— Então ela voltou? — perguntou Stephanie, inquisitiva.

— Por assim dizer. É uma situação delicada. Em alguns dias estamos bem, em outros, não.

— Dê tempo ao tempo — aconselhou Marcel. — Trate isso como um luto. Há estágios.

— Ela ainda sente raiva.

— Deixe-a sentir.

— Vamos dar uma volta no jardim? — sugeri.

— Vou me sentar com Louis um pouco — disse Marcel Perez. — Tenho coisas para dizer a ele. Depois encontro vocês.

Quando ele viu Louis, seu rosto se iluminou, depois se anuviou. Ele tomou a mão do menino na sua e a apertou.

— Nenhuma mudança? — perguntou com tristeza.

— Nenhuma mudança. Continuamos esperançosos.

Eu precisava de duas bengalas para andar. Mesmo com a ajuda delas, não conseguia ir depressa. Tudo doía. Expliquei a Stephanie que as queimaduras levariam muito tempo para sarar, e eu poderia precisar de mais algumas cirurgias no peito e nas pernas. Minhas mãos se recuperavam devagar.

— Vamos. Vou te mostrar as rosas. Rosas de inverno. Acabaram de desabrochar.

Quando deixamos a enfermaria, Stephanie pegou seus cigarros e eu apanhei um pote de amostra vazio, de plástico, para servir de cinzeiro, sabendo que monsieur Girardeau jamais me perdoaria se eu não recolhesse a sujeira de minha visitante. Andamos em silêncio por algum tempo sob um céu pontilhado de nuvens brancas. As gaivotas rodopiavam acima de nós.

— Você perdeu a confiança nas mulheres, Pascal? — perguntou Stephanie Charvillefort abruptamente. — Estou curiosa.

Pensei por um momento. Nunca tinha feito aquela pergunta a mim mesmo. Tentei descobrir por quê. Era tão óbvia.

— Talvez devesse ter perdido. Mas não. Na verdade, me recuso a fazer isso. Por princípio. Perdi a fé em meu próprio julgamento.

O que eu não podia dizer era que não havia esquecido Natalie Drax. Que uma parte doente, torturada de mim mesmo persistia, ainda ansiando por ela. Stephanie pegou um cigarro e o acendeu. Estremeci à visão da chama.

— Desculpe — disse ela. — Não pensei...

— E quanto a você? Pode-se fazer a mesma pergunta a uma mulher?

— Não, porque é diferente. Você não pode perder a confiança em seu próprio gênero. Seria uma espécie de abdicação. Mas você sabe do que seu próprio sexo é capaz, e até onde ele pode ir. Talvez eu não seja uma mulher típica — ela me lançou um olhar irônico —, mas compreendo a psique feminina.

— E a masculina?

— De certa forma. Os homens querem pensar o melhor sobre as mulheres, em especial se forem atraentes. Não há uma verdade nisso? Que atribuímos bondade moral a pessoas atraentes? E àquelas que se apresentam como vítimas? Natalie fingia ser uma vítima muito convincente. Eu me deixei enganar também. Apesar de ser mulher.

Tive um súbito lampejo de memória: a figura queimada de Natalie gritando e pegando fogo. Era recorrente. Cinco vezes por dia, em média, eu via aquela pequena e frágil figura correndo de si mesma, de mim, do mundo. Arremessando-se no inferno. Via o cabelo antes claro em chamas, um halo horripilante em torno do rosto enegrecido, devorado.

Tínhamos chegado às rosas.

— Não são magníficas? — perguntei, vacilante, apontando com uma bengala para a massa amarela de flores. Empurrei a imagem de Natalie para um canto de minha mente, onde ela vivia e se emboscava.

— Uma cor muito chamativa — disse Stephanie, apagando o cigarro antes de triturá-lo na terra com o salto. — Louis não mencionou lupinos? Vocês os têm aqui?

— Centenas — respondi, apontando para o que restava deles. — Extremamente venenosos.

Ao ouvir isso, ela voltou a ficar séria, concentrada.

— O que acho intrigante é que a maneira de pensar de Natalie vem de outra era. Do tempo em que as mulheres eram realmente impotentes, em que de fato precisavam manipular os homens.

— Um anacronismo — murmurei. — Uma espécie de relíquia. Mas ferir o próprio filho e chamar isso de amor...

— Todos os dias uma mulher em algum lugar do mundo mata o próprio filho — disse Stephanie Charvillefort friamente. — Acredite.

Vimos Marcel Perez aparecer na sacada com Jacqueline, e, em seguida, descer os degraus em nossa direção.

— Não quero acreditar.

— Ninguém quer. Mas é a verdade. É o tipo de assassinato mais fácil de encobrir, porque a maior parte das pessoas prefere não contemplar essa possibilidade.

— O que nos torna cúmplices — falei lentamente, dando vazão ao pensamento. — Porque somos coniventes sem saber.

— Esse foi o ponto final. Mas tudo começou com algo muito pequeno. O primeiro erro de Natalie foi insignificante. Facilmente compreensível. Até perdoável, se você acredita no perdão. Ela queria um homem que não a queria, por isso tentou prendê-lo engravidando. É o truque mais antigo do mundo.

— Um dos truques mais antigos — concordou Marcel, juntando-se a nós enquanto Stephanie pegava outro cigarro. Desta vez ela me deu as costas para acendê-lo. -— Na verdade, há muitos. Que lindas rosas.

— Todos listados em algum lugar num livro de psicologia, certo? — disse Stephanie. Ela sorriu e continuamos andando, dobrando a esquina e parando perto do laguinho ornamental. Ocorreu-me que Stephanie e Marcel deviam ter passado algum tempo discutindo o caso de Louis Drax. Senti-me estranhamente excluído.

Contemplei os pequenos arco-íris que a fonte produzia. Minhas pernas doíam, e tive de parar por um momento.

— Pode ser algo moralmente questionável — disse Stephanie —, mas não é mau. Nem mesmo ilegal. É só jogar sujo. Fale com qualquer homem que se viu nessa situação. Ele se sente furioso, ressentido. As mulheres podem ser as piores inimigas de si mesmas.

— Mas por que inventar uma história de estupro? — perguntei. Eu ainda não entendia aquilo. — É tão... tão *drástico*. Como alguém pode pensar numa ideia dessas?

Perez suspirou.

— Foi aí que errei. Nunca duvidei quando soube dessa história. A gente não duvida, não é?

— Não — respondi. — A gente não duvida. É... indecente demais. É indecente questioná-la, mas inventá-la é indecente também. Ninguém com algum orgulho...

— Ah, mas ela nasceu do orgulho — interrompeu Marcel. — Olhe por esse ponto de vista. Ela dificilmente poderia contar a verdadeira história. Não ficava bem para ela. Mas podia inventar alguma coisa que não a fizesse parecer tão ruim, algum tipo de versão intermediária. A maior parte das mulheres nessa posição consegue fazer isso. Mas ela era orgulhosa demais. E ardilosa. Levou a coisa um passo adiante. A história do estupro conferiu a ela uma espécie de prestígio da doença.

— Foi de fato muito inspirado — disse Stephanie, desolada. — Transformou-a numa mártir santa. Três vivas à mente feminina.

Esse pensamento me deprimiu. Não me agradava pensar nas mulheres dessa maneira. A maioria não é assim. Não, com certeza a maioria não é assim.

— Foi por isso que perguntei se você tinha perdido a confiança nas mulheres — continuou ela. — Porque, na sua posição, eu perderia. Mas não quero que isso aconteça.

Sorri de sua súbita seriedade. Pude ver Marcel sorrindo também. Quando me senti um pouco mais firme, voltamos a andar devagar. Charvillefort fumando e falando, Marcel e eu sobretudo ouvindo e pensando. Lembrei em certo momento, com uma espécie de choque, que sentira bastante antipatia por Stephanie Charvillefort assim que a conheci. Ou pelo menos não a levara a sério.

— Tive uma impressão errada de você — falei de repente.

— Eu sei — disse ela, virando-se bruscamente para olhar para mim, depois sorrindo.

— As pessoas têm, Stephanie — completou Marcel. — É a impressão que você causa. Talvez devesse usar um pouquinho de maquiagem.

Mas não consegui rir com eles. Meus sentimentos — será que eles me deixariam um dia? — eram fortes demais, recentes demais, lancinantes demais. Sentamos no banco próximo das azaleias e ficamos olhando o jardim em silêncio por um momento, cada um absorto em seus pensamentos.

— Ela amava o filho — analisou Marcel Perez. — Mas o odiava também. Havia um eterno conflito. Era mais complexo que a síndrome de Münchausen. O instinto assassino estava realmente presente. Ela disse que nunca o deixou morrer, mas levou-o à beira da morte muitas vezes. Uma parte dele queria isso também. Era um jogo que jogavam juntos.

Uma carpa reluzente que deslizava sob a superfície da água tornou-se visível, com suas escamas lisas. Seguiu-se outra, depois uma terceira. Eu as contemplava, fascinado, enquanto suas formas serenas rodopiavam nas profundezas.

Era fevereiro. O inverno tinha desnudado tudo. As montanhas, coroadas de neve, se tornavam escuras e primitivas planície abaixo: uma paisagem desolada, quase lunar. Rochas enormes se espalhavam como um punhado de dados lançados por um gigante atrevido. Quase não havia nenhum outro carro na estrada, mas um ou outro caminhão de carga passava fazendo estrondo, seus pneus levantando cortinas de neve suja e meio derretida. Em algum lugar desse ermo, eles faziam entregas.

Depois de Ponteyrol a estrada se estreitava; de lá, levei mais uma hora para chegar ao ponto onde a família Drax tinha ido fazer seu piquenique. Ele era mais alto e mais remoto do que eu tinha imaginado.

Estacionei numa clareira próxima e fui abrindo caminho devagar pela trilha que cortava um capinzal alto e morto enfeitado com teias de aranhas congeladas. Stephanie tinha me dado o mapa da polícia, que mostrava alguns marcos: um abeto torcido, uma moita de bétulas, dois penedos. Havia estranhas nuvens de neblina; apesar de meu sobretudo grosso, eu tremia. As cicatrizes em meu peito e nas mãos doíam enquanto eu lutava contra os espinheiros que agarravam minha roupa. Pouco a pouco, dei-me conta do som de água. Manquei até a beira do penhasco e parei no ponto de onde Louis Drax havia caído.

Passaram-se alguns minutos até eu reunir coragem e olhar para baixo. Era íngreme e inexorável. Uma onda de náusea se apossou de mim. Vertigem. O truque é respirar devagar, subjugar o pânico.

Era impensável que alguém pudesse ter sobrevivido a semelhante queda. Dava para ver uma estreita fita prateada lá embaixo, com uma nuvem de borrifos elevando-se ao redor.

Continuei ali por um longo tempo, apenas respirando. Respirando e me perguntando se algum dia eu compreenderia a dança que Louis e sua mãe tinham dançado juntos durante nove anos, os rituais e atos de cumplicidade que o levaram a dar aqueles cinco passos para trás. Ou se algum dia eu saberia por onde Louis estava vagando agora. A mente é infinitamente mais ampla que o mundo que ela habita. O cérebro humano é muito mais que máquina ou carne. Acredito na alma, pensei de repente. Tudo que sei sobre o cérebro me diz para não crer nela, mas ainda assim eu acredito. Acredito na alma de Louis. Senti-me oscilar.

Na tentativa de controlar as coisas, escrevi sobre o caso de Louis Drax. Mas, apesar da prova de uma comunicação telepática — o filme do circuito interno de TV, as testemunhas —, meu artigo foi rejeitado por todas as principais revistas médicas. Lá no fundo, eu sempre soube que seria assim. Era bizarro demais. Os editores indicavam gentilmente que a publicação me desacreditaria. Que não seria bom que minha carreira fosse vista como mais dissidente do que já era.

Vaudin balbuciou palavras de solidariedade, mas eu sabia que concordava com eles. Não desconfiava da prova, mas era cauteloso. Pensei em escrever para um jornal, mas isso envolveria revelar mais da história do que era prudente. Ainda havia uma chance de que Louis saísse do coma. Seria injusto.

Assim, silenciei-me, levei adiante o meu trabalho, cuidei dos meus bonsais.

Sophie voltou, mas partia todo fim de semana para ficar com as meninas em Montpellier. Eu não tentava detê-la. Estávamos chegando a uma lenta reaproximação. Mas era penosa.

Voltar à vida pode ser algo tão lento quanto morrer. Mais, até. Porém houve alguns pequenos sinais encorajadores no progresso de

Louis na clínica. Ainda tendo ao otimismo, ainda acredito com igual firmeza no poder da esperança. Mudei de muitas maneiras desde o incêndio. Nesse aspecto, porém, sou o mesmo homem. E, assim — diferentemente de alguns de meus colegas —, gosto de pensar que, a despeito de quaisquer evidências em contrário, dentro de alguns meses Louis Drax terá saído do coma.

Em seguida penso na vida que teremos, num futuro distante. Sim, de vez em quando — frequentemente — eu me permito sonhar com coisas assim.

Formaremos uma estranha família. Talvez a essa altura Sophie e eu tenhamos alcançado alguma espécie de entendimento e estejamos reconstruindo uma vida juntos. Não aquela que compartilhávamos antes e que se despedaçou, mas uma nova, com uma nova forma e uma nova voz, novos sentimentos. Uma ternura cautelosa. Lucille ainda estará com os problemas de saúde provocados pela morte do filho, e embora tenha vindo morar no vilarejo, pedirá a Sophie e a mim para considerarmos Louis nosso filho. Quando ela sorrir, o que será raro, será possível notar o esforço necessário para mover os músculos.

Às vezes irei até chamar Louis de "filho". Será uma brincadeira, mas uma brincadeira de que ambos precisamos. Minhas filhas vão adorá-lo, e virão de Montpellier passar os fins de semanas conosco, os namorados a tiracolo, e mimar o garoto com jogos de computador, vídeos, idas ao McDonald's. Sophie preparará refeições para todos nós, como costumava fazer, e quando Louis comer, ela o observará de forma maternal, e eu a observarei observando-o e pensarei no quanto a vida é precária, em quão rápida e irreversivelmente ela pode ser transtornada. Em como há certos tipos de dor que nunca desaparecem realmente. Em como é melhor não dizer certas coisas, mesmo quando um menino começar a fazer perguntas.

Lucille manterá a lembrança de Pierre viva para Louis, mas nenhum de nós falará de Natalie Drax. Será melhor assim, se é que há um "melhor" nessas circunstâncias. Há lembranças de que não precisamos. O cérebro é mais vasto do que jamais percebi, seu funcionamento mais sutil e mais estranho. Quando uma parte de nós é cauterizada, a mente compensa. As plantas mais exóticas são aquelas que brotam das cinzas.

Marcel Perez virá nos visitar uma vez por mês, e, com sua ajuda, Louis fará visível progresso. Marcel, Sophie e eu discutiremos como está se saindo, sempre um pouco receosos, sempre atentos a sinais de agitação em sua memória. Pois estaremos nervosos, todos nós: nervosos com o temor de que, apesar de toda a cura, apesar da normalidade que agora o rodeia, o passado possa encontrar uma fresta pela qual se introduzir e inundar sua alma.

Não pense que não sofri quando Natalie morreu. Não pense que deixei de amá-la. Não deixei. Mesmo agora, não tenho certeza de que a eliminei de meu organismo. Talvez seja isso que Sophie vê em mim. Talvez seja por isso que ainda dormimos em quartos separados, e que, apesar da ternura, da nova cortesia que aprendemos, ela permanece vigilante.

Sim, por mais desajustadas que fossem, as emoções perturbadas que Natalie Drax incitou em mim ainda persistem, ainda se renovam em pequenas pontadas diárias de dor, vergonha, culpa e arrependimento. Eu certamente poderia ter sido capaz de salvá-la de si mesma, não é? Certamente, com o tipo certo de amor, ela poderia ter...

— Não — diz-me Marcel Perez. — Ela não era talhada para o amor. O amor nunca traria felicidade a ela. O projeto de Natalie era diferente.

Um dia, estarei purgado. Chegará o dia em que acordarei e não pensarei nela. Nesse meio-tempo, porém, o que ela tinha de melhor perdura. Seu filho. Que talvez um dia vá estar pronto para se comunicar e reingressar no mundo — um mundo diferente daquele que qualquer um de nós conheceu antes, um mundo onde ele tem um lugar e onde farei tudo que puder por ele. Tudo e um pouco mais. E talvez um dia, quase por acidente, eu tropece na redenção.

Imaginamos tudo isso enquanto contemplamos o animal, nós dois. É uma maravilha, enorme e de um malva leitoso, com longos tentáculos cor-de-rosa adornados com ventosas do tamanho de um pires. Está num tanque imenso, e todos no museu parecem, como nós, perdidos dentro dele. Ele flutua em animação suspensa, algo em que ninguém acreditava antes.

Antigamente diziam que elas eram invenção de marinheiros, ainda que as marcas de ventosas encontradas em baleias comprovassem sua existência nas entranhas escuras do oceano. Lá no fundo, haviam se escondido por anos, mas agora, triunfando no novo clima, estão se reproduzindo como nenhum outro animal na Terra, mensageiras silenciosas das câmaras escuras do mundo que imaginávamos eternamente trancadas, distantes, inatingíveis. O milagre não é que as tenhamos descoberto invadindo seu mundo, mas que — arrastadas pela água e mortas — elas tenham invadido o nosso.

Em sua cadeira de rodas, a cabeça presa no lugar, olhos arregalados e sem piscar, Louis olha e olha, tão silencioso e cego e talvez tão assombrado que mal podemos ouvi-lo respirar. E de repente parece-me uma estupenda maravilha que criaturas como essa existam, e que, ao lado delas, possa haver um menino como Louis, que talvez ainda volte daquele lugar enorme e desconhecido, debaixo da superfície das coisas.

Você não deve pensar "ah, coitado do Louis". Porque não é tão chato. Verdade. Não me importo de ficar aqui.

Muita coisa era muito ruim antes. Não é fácil ser uma Criança Perturbada ou que sofre acidentes. Ver Perez Balofo era uma droga, e mamãe e papai se odiando era uma droga, e a escola era uma droga, e ser chamado de Menino Maluco era uma droga, e até os Maomés eram uma droga.

Mas aqui não é uma droga. Sabe, o que Perez Balofo não entende é que nunca achei os hospitais uma droga. Eu só dizia isso. Gosto deles. Gosto que as pessoas cuidem de mim o tempo todo. Gosto de ficar quieto e pensar e outras coisas, e não ter que me preocupar em saber se elas são frágeis ou se estão brincando de Finja que Você Não O Odeia. Gosto de poder ficar só pensando no *La Planète Bleue* e sonhar com gente como Gustave e ouvir Pascal lendo *Les Animaux: leur vie extraordinaire* pra mim. É até melhor do que dormir, porque você nunca tem que acordar. A única coisa que precisa fazer é ficar deitado e respirar. Não precisa nem falar. E nas partes de que você não gosta, basta desligar e dormir. Sou bom em dormir nas partes chatas. Gosto do Dr. Dannachet, gosto de Jacqueline Duval e Marianne e Berthe e de todas as outras enfermeiras. Gosto quando *Mamie* vem e senta perto de mim e me conta sobre todos os cachorros que ela teve e o que aconteceu com eles, e todos os lugares onde ela morou quando era jovem. Gosto até que Perez Balofo venha me visitar.

Passei minha vida toda esperando por esse hospital. Nove anos inteiros. Nove é meu número da sorte, porque essa é a minha nona vida, e minha nona vida é a melhor. Verdade. Eu poderia ficar aqui pra sempre. Não preciso do papai ou da mamãe, porque tenho Gustave e o Dr. Dannachet. Toda noite ele vem e lê para mim. E quando diz boa-noite, ele sussurra. Você pode acordar quando quiser, Louis. Eu gostaria de levar você a Paris para ver criaturas mitológicas que vivem em grandes aquários. Mas ele não entende porque é meio tapado. Não saca. Não saca que já posso nadar debaixo d'água e ver quantas lulas-gigantes quiser, e qualquer outro animal e qualquer outra coisa, qualquer coisa que eu quiser no mundo todo. Posso ir aonde bem entender e fazer o que quiser.

Em qualquer lugar do mundo, qualquer coisa.

Só se eu fosse maluco pra deixar isso de lado e ser o Louis Drax outra vez.

É isso que o Dr. Dannachet não entende. Mas Gustave entende. Gustave sabe. Minha escolha é dizer: não, obrigado, Dr. Dannachet. Gosto de você. Gosto daqui. Minha nona vida é melhor que as outras oito, eu juro. Andei pensando, e essa é a conclusão: é legal estar aqui. Por isso vou ficar por aqui. Minha nona vida. *Se você faz uma escolha errada, tem de conviver com ela. Todo mundo tem de conviver com o que fez. Você escolheu, Louis. Foi sua escolha.*

— Então tudo bem pra você se eu ficar por aqui? — pergunto.

— Não, não tenho certeza disso, Louis.

Mas não é a voz do Dr. Dannachet. É a de Gustave. Papai. Faz séculos que não o ouço. Pensei que ele tinha ido embora. Parece muito fraco.

— Você não tem que ficar — diz Gustave. Diz o papai. — Pode acordar e viver. Se quiser. Você quer?

— Não. Talvez. Não sei.

Ele fica muito tempo sem dizer nada. Não posso mais vê-lo, já contei isso? Desde que fomos à caverna juntos e ele me mostrou meu nome e o nome Catherine escritos com sangue na parede e desenrolou as ataduras pra eu poder ver seu rosto pela última vez, eu perdi ele. Agora o papai é só uma voz na minha cabeça, como um sonho.

— Depende do quanto você está curioso sobre o que vem em seguida — diz ele. — Pode haver coisas boas. Sabe, depois de passar três dias preso naquela caverna, eu não estava curioso, só queria que terminasse. É diferente para você.

— O resto da vida pode ser ruim, também.

— Pode. E pode não ser. Mas há uma maneira de voltar, se você quiser, sabe?

— E você?

— Tenho que ficar aqui.

— Então você está morto?

— Pensei que você soubesse. Você sabe tanta coisa... Todos os seus Fatos Extraordinários sobre os Animais, seus venenos, a maneira como segue as instruções quando monta aviões... Pensei que você soubesse, Lou-Lou. Eu morri na caverna. Pense no mundo, Jovem Senhor. Pense em como ele poderia não ser ruim. Mas agora temos que dizer adeus. Está na hora.

Eu viro a cabeça pra janela. Dá pra sentir o dia clareando lá fora, e dá pra ouvir pássaros. Gaivotas. E sei que ele não está mentindo pra mim porque ele é o único que nunca mentiu. E sei mais uma coisa. Sei que um dia, se eu quiser, eu consigo. Posso dar mais um passo.

E depois mais outro.

AGRADECIMENTOS

Gostaria de agradecer a The Author's Foundation e ao Arts Council da Grã-Bretanha por me concederem a verba que me permitiu ter tempo e espaço para escrever este romance. Sou grata também a Paul Broks por seu livro *Into the Silent Land*, e a Clare Alexander, Gail Campbell, Polly Coles, Gina de Ferrer, Humphrey Hawskley, Carsten Jensen e Kitty e John Sewell por seus comentários, apoio e opiniões sobre o manuscrito.

Este livro foi composto na tipologia Palatino LT Std,
em corpo 11/15,1, e impresso em papel off-white
no Sistema Cameron da Divisão Gráfica
da Distribuidora Record.